EN SILENCIO

Viviana M. Sánchez

Nacida en México y apasionada por la lectura y la escritura, Viviana M. Sánchez, máster en Literatura infantil y juvenil por la Universidad Autónoma de Barcelona, publica su serie de siete libros, "Cromatismo", de la cual, los primeros cuatro pueden leerse en el orden que el lector prefiera.

Título original: *En silencio*
2018 por Viviana M. Sánchez.
Diseño de cubierta por: Gencraft y Aahihi
Número de registro: 03-2018-101810401300-01

Para mis editoras,
que con paciencia
y dedicación,
hacen posibles mis sueños.

Prólogo

Él estaba acostumbrado. Había aprendido con el paso de los años que las personas solían ser crueles con quienes eran diferentes. Tal vez fue por eso que había trabajado tan arduamente todo ese tiempo desde que recibió a aquella preciosa criatura en la puerta de su casa.

No tenía idea del porqué. Jamás se sintió capaz de cuidar a nadie y, a su edad, era más que obvio que no volvería a casarse. No después de Edna.

Su esposa y él no habían podido tener hijos, pero eso no significó ningún problema para él, pues desde el instante en el que él la había visto, se convirtió en la luz de sus ojos, en lo más importante y preciado de su vida. Ella era vida. Edna tenía las pestañas largas y espesas, las cejas delineadas, los labios carnosos y sonrientes, y los brazos más cálidos del mundo. Aún recordaba cuando la había visto realmente por primera vez, hacía más de treinta años.

Él vivía en una cabaña a orillas de la ciudad; no le gustaba el barullo, y a sus veinte años de edad, solía trabajar durante el día y la tarde. Se levantaba temprano para cortar madera y regresaba a su taller a medio día a pulir y a elaborar las piezas. Él solía sentirse cómodo estando solo. Su padre, como él, apreciaba bastante la privacidad y a no ser que fueran a vender muebles a la ciudad, no se presentaban allí. Las personas se habían acostumbrado a ver a su padre muy de vez en cuando, y con su barba tupida, su cabello rizado, su gran estatura y cuerpo musculoso no era extraño que todos lo hubiesen llamado "El ermitaño". Nadie nunca se molestó en preguntarle su nombre. En su caso, era igual. Siguiendo la costumbre de su familia, él también hacía y repetía las mismas acciones de su padre.

—¿Por qué nadie se interesa en conocerte? —preguntó a su padre una noche—. ¿Por qué nadie te habla ni te pregunta algo para saber de ti?

—La gente tiene miedo a lo que desconoce, Benjamín. No debes sentirlo personal. Es lógico que a nadie le importe conocerme cuando me ven tan poco. Ya lo comprenderás cuando seas mayor.

—Mi madre…

Los ojos negros de su padre se ensombrecieron ante sus palabras. A él no le gustaba hablar de eso y Benjamín de vez en cuando lo olvidaba.

—Me da curiosidad conocer la razón por la cual preguntas cosas que sabes que nunca contesto —musitó su padre mientras cortaba una manzana en pedazos y lo miraba con ternura.

—Tal vez algún día te canses de no contestarme.

Su padre alzó sus ojos hacia él y suspiró.

—Te lo diré cuando seas mayor.

Ben comprendió todo cuando fue mayor, en efecto. Su padre lo había engendrado ilícitamente, con una dama de alta alcurnia que al parecer lo usó, aprovechándose del amor que su padre sentía por ella. Ambos planearon huir juntos, pero ella se echó para atrás en los últimos minutos y no solo eso, sino que decidió dejarle al bebé en la puerta de la casa.

Ben había perdido el interés de conocerla al escuchar la historia salir por los labios de su padre casi antes de fallecer. Él hombre había querido proteger su memoria y las ilusiones de su hijo durante todos esos años, guardando silencio.

Su historia, sin embargo, fue muy diferente a la de su padre. Una mañana fue a vender los muebles de madera a la ciudad. Desde años atrás su abuelo y su padre habían pactado convenios con negocios pequeños que vendían sus muebles el doble de caros. Ben aprendió a encargarse de la venta de estos, pues desde pequeño acudía con su padre a la ciudad para entregarlos a los locales.

Recordaba vagamente a una de las familias y a su hijo, con el que solía jugar de vez en cuando mientras su padre hacía cuentas. Él continuaba cuidando esos convenios y lo prefería así, pues se ahorraba el trato personal con los clientes.

Cuando terminó su última entrega decidió sentarse a descansar en unas escaleras empinadas que estaban al pie de una majestuosa catedral. El lugar estaba poco transitado y bastante tranquilo. Ben le dio una mirada a su bolsa de monedas y sonrió. Solo un pequeño porcentaje de ese dinero estaba designado a él y a sus pocas necesidades. El bosque le daba todo lo que necesitaba y con la mayor parte del dinero que ganaba de los muebles, compraba semillas y se dedicaba a reforestar y sembrar en la zona de bosque alrededor de los terrenos de su casa. Escuchó un sonido agudo a lo lejos y alzó la vista. Como la ciudad estaba muy cerca del bosque era común ver y escuchar diferentes aves… Esa era un águila; su animal favorito, pues desde pequeño se imaginaba siendo una de ellas, surcando el cielo a toda velocidad.

Eran pasadas las cuatro de la tarde cuando se levantó y caminó escaleras abajo; de pronto sintió un ligero empujón y vislumbró de reojo algo oscuro que se volvió borroso en cuestión de microsegundos. Cuando reaccionó, se percató de que la bolsa de monedas no estaba en su lugar. Corrió lo más rápido que pudo, siguiendo la figura pequeña y oscura que ya había alcanzado a identificar escaleras abajo. Tenía una excelente condición y supuso que pronto le daría alcance; no obstante, algo se atravesó en su campo de visión y terminó hecho un desastre en el suelo.

—¡Mis melones! —La voz se alzó cerca de él y cuando recuperó el sentido se dio cuenta de que, en su carrera, había chocado con alguien y ambos habían rebotado contra un puesto de melones que estaba a su derecha. En efecto, algunos de los frutos estaban esparcidos en el piso, hechos pedazos; la dueña del puesto se llevaba las manos a las hebras plateadas que decoraban su coronilla mientras intentaba, en vano, ahogar los lamentos al ver su negocio estropeado.

—Creo que mi mundo es horizontal ahora —declaró alguien a su lado.

Ben se giró y se alarmó al ver a una chica cerca de él, tirada en el suelo, con las piernas sobre su cuerpo. La muchacha estaba llena de pedazos de melón, pero parecía no importarle, pues continuaba acostada en el suelo, mirando absorta el cielo. Él se levantó ágilmente y como pudo se acercó a la señora sin saber en qué ayudar para arreglar el desperfecto, en seguida se volvió a la joven que a su vez lo miraba desde abajo con una expresión que él no pudo interpretar. No sabía quién podría requerir más de su ayuda. Sus temores se esfumaron cuando escuchó que dijo:

—Puedo levantarme… solo que elijo no hacerlo.

Ben supuso que ese era el permiso que le otorgaba para auxiliar primero a la señora, pero la mujer cogió su negocio rodante y se fue completamente enfadada; berreaba y maldicía a los cuatro vientos, y él se había quedado demasiado sorprendido por todo como para reaccionar.

—Esa mujer se merece lo que le pasó. Tú eres como el karma.

—¿Cómo dices? —preguntó él al volver a la realidad.

—La he visto maltratar a los chicos que andan por el mercado. No les vende melones porque tienen las manos muy sucias o porque huelen mal.

Él ni siquiera le prestó atención pues recordó su bolsa de monedas. Miró hacia todos lados y no encontró la figura que había vislumbrado antes. Maldijo en voz baja, se limpió los trozos y semillas de fruta de la camisa, y se decidió a continuar buscando.

—Espera, ¿piensas dejarme aquí tirada? —La voz de la chica no sonaba recriminatoria, sino más bien sorprendida.

—Creí, por lo que dijiste, que te gustaba tomar el sol a la mitad de… la explanada —comentó extrañado.

Ella sonrió y él sintió que su mente viajaba al pasado por un instante. Incluso llena de comida, hecha un desorden de faldas y con la melena enredada, él pensó que no había visto a nadie más bonita.

—Es verdad, pero tengo mis límites y me ha comenzado a doler la espalda por el golpe.

—¿El de la caída?

—No. El que me diste al chocar conmigo.

Ben se acercó con premura y la sujetó de las manos, que a diferencia de lo que él podría haber esperado, no eran para nada suaves. Ella notó, cuando estuvo de pie frente a él, que estudiaba sus palmas con cuidado.

—Yo trabajo —anunció sabiendo de antemano que él iba a pedirle una explicación. Él advirtió que la había retenido más tiempo de lo normal, la soltó y se decidió a continuar su camino. Ella le dio alcance deprisa, mientras se quitaba los pedazos de melón de encima—. ¿No vas a preguntarme en qué trabajo?

—No podría interesarme menos —contestó de malas al notar que iba a su lado. Estaba acostumbrado a estar solo y no le gustaba platicar con extraños.

—Hago esculturas de metal.

Ben se detuvo y se dio la vuelta. No parecía, ni de lejos, una escultora de metal. No tenía los músculos que se necesitaban para ello. Se veía como una estudiante e incluso llevaba uniforme. Ella pareció leer su mente de nuevo, porque en ese momento, contestó:

—También estudio. Hago las dos cosas.

—¿Esculturas de metal?

—¿Te gustaría verlas?

Ben pensó que sí. Pero no la conocía y, de pronto, se sintió vulnerable, algo que le hizo gracia, pues él le sacaba más de una cabeza y ella era delicada y pequeñita.

11

—Te lo agradezco, pero voy con prisa. Lamento haberte lastimado —e inclinándose ligeramente se volvió y apuró el paso. Se subió a su camioneta en donde transportaba los muebles y manejó de regreso a su casa. Cuando llegó a la cabaña suspiró mientras abría la puerta. Se sentía mal de haber perdido el dinero... tendría que sembrar hasta la siguiente semana. El olor melcochoso del melón le llenó las fosas nasales y decidió ir a tomar un baño. Cerca de su cabaña había un claro muy hermoso, que daba a un lago al que iba desde pequeño a jugar y a pasar el tiempo mientras su padre cortaba los maderos.

Estando allí se permitió el tiempo para relajarse y para tratarse con el agua el brazo que se había lastimado al caer al suelo. Cuando terminó de masajear la zona adolorida apoyó la nuca sobre una de las rocas detrás de él y cerró los ojos. Sin aviso, el rostro de la joven estaba en su mente. Su sonrisa y su melena del color del sol con rayos anaranjados... quiso ponerle nombre, pero parecía que ninguno le quedaba bien. Salió del agua, se vistió y caminó de nuevo a su casa, descalzo y con los rizos negros goteando por doquier.

En su camino se detuvo para recoger unas manzanas para la cena y las guardó dentro de la "bolsa" improvisada que decidió hacer con su chaqueta. Cuando llegó de nuevo a su casa, casi al atardecer, miró hacia la puerta y sus manos perdieron fuerza, por lo que las frutas salieron de la prenda que liberó, y rodaron por el suelo. Cabeceó, espantando las ideas de su mente. Pero aún después de eso, ella continuaba allí. Tenía entre sus brazos algo enrollado en periódico, lo dejó con cuidado en el pasto, corrió hacia él y se inclinó en el suelo para recoger el contenido de la chaqueta.

—Tardaste mucho. Creí que tendría que regresar otro día.

Él se paralizó estupefacto mientras ella seguía recogiendo las frutas, hasta que levantó el rostro y lo miró reprobatoriamente.

—Entiendo que fue mi culpa por sorprenderte, pero al menos podrías ayudar.

Ben se olvidó de las manzanas; saliendo de su estupor la aferró del brazo y la levantó con facilidad.

—¿Qué estás haciendo aquí?, ¿cómo me encontraste?

—Tú me lo dijiste —comentó sin sentirse asustada por la fuerza del amarre en su brazo. Ben abrió los ojos en exceso, totalmente sorprendido y se alejó. Sonrió al darse cuenta de que él no tenía ni idea de lo que ella había dicho.

—Pero si apenas te conozco. ¿Por qué le diría en dónde vivo a una persona que acabo de conocer?

—Pues porque no me acabas de conocer. Nos conocemos desde hace años, ¿de qué hablas? —Luego, con una mueca burlona, agregó—: ¿No me recuerdas?

Alzando las cejas y negando frenéticamente, se inclinó a recoger las frutas, las puso en el centro de su chaqueta que volvió a utilizar como un saco, se levantó, la pasó de largo y caminó hacia la puerta; empero, casi llegando a las escaleras del pórtico, se detuvo. Esa sonrisa. Ya la había visto antes. Pero… era imposible. Se volvió de sopetón.

—Eras… ¿no eras un niño? —preguntó desconcertado mientras la miraba de arriba hacia abajo, con los ojos desorbitados. Ella sonrió y se acercó con elegante cadencia.

—¿Te parece que lo soy?

—No. Yo… quiero decir… —Sin estar consciente del gesto, se pasó la mano por el cabello mojado y lo peinó hacia atrás. Ella dio dos pasos más, sujetó lo que traía envuelto en periódico y subió las escaleras del pórtico; se volvió hacia él y le indicó la puerta, pero él no pareció comprender del todo lo que ella quería.

—Ben, abre la maldita puerta, esto pesa horrores —ordenó con una mueca.

Él asintió y subió los tres escalones, abrió y le permitió el paso primero. Ella sonrió y con dificultad entró y dejó el objeto pesado, cubierto de periódico sobre la mesa; se sacudió las manos y la ropa con la que se vistió en lugar del uniforme escolar, y se giró hacia él, que había cerrado la casa y eventualmente se apoyó sobre la madera, mirándola sorprendido.

—¿Me reconociste de inmediato? —preguntó desde lejos, como temiendo acercarse. Ella negó.

—Cuando te fuiste, a lo lejos vi la camioneta —explicó como si eso fuera suficiente. A continuación, sonriendo de nuevo, desenvolvió con cuidado lo que había llevado—. Acércate.

Pero él no se movió. Estaba sorprendido de verlo. Verla. No lo podía creer, pero a la vez era bastante obvio. Antes tenía el pelo muy corto y muy malos modales, siempre estaba sucia, jugando con lodo… no se veía como una niña para nada. Ed se volvió, tapándole la vista del objeto y ladeó la cabeza un pelín.

—¿En dónde estuviste todos estos años? —preguntó él.

—Mi padre me mandó a un internado. Creyó conveniente quitarme el lado salvaje y convertirme en una dama… supongo que no funcionó como él esperaba —murmuró. Se sentó en una silla, apoyó el codo en la mesa y el mentón en el puño cerrado—. Ser una dama es la mar de aburrido. Regresé apenas hace una semana.

Benjamín recordó el día en que dejó de verla. Nunca volvió a preguntarse por él… "ella", se corrigió mentalmente. Parecía como si cualquier pensamiento relacionado con ella, se hubiese esfumado de su mente. Se cruzó de brazos aún parado contra la puerta de madera y sonrió sintiéndose incrédulo.

—¿Por qué me hiciste creer que eras un niño?

—Jamás te dije eso —anunció sonriente.

—¿Ed?, ¿no me dijiste que ese era tu nombre?

—Es que sí lo es.

—Pero ese es nombre de niño.

Ella respingó la nariz e hizo un mohín de molestia, se puso de pie y caminó hasta estar a menos de un metro de distancia. Un trueno los hizo mirar hacia arriba por unos segundos.

—Es el diminutivo de Edna —añadió encogiéndose de hombros. Sin su permiso, lo asió del brazo y lo haló hacia la mesa. Ben pudo entonces observar una escultura de metal hermosamente trabajada… Un águila. Su corazón se sobresaltó y por un segundo pensó que estaba enfermo, eso nunca le había sucedido. Tosió,

14

incómodo, y se alejó unos pasos de la chica, quien continuaba sonriendo, como esperando una felicitación.

—Es bellísima —aceptó.

—La hice para ti —confesó en un susurro—. Tenía la esperanza de poder dártela algún día.

—¿De qué hablas? —preguntó en un abismo de incomprensión. El pulso le latió desbocado y se sintió mareado.

—Siempre me has gustado —confesó con tanta seguridad que él caminó dos pasos hacia atrás y se tropezó con una silla, algo que provocó en Ed una mueca divertida.

—Si esperas que diga lo mismo… es decir…

—Puedes decir que me echaste de menos —interrumpió.

—Yo…

Ella abrió los ojos de par en par y miró hacia el techo, decepcionada.

—¿No me extrañaste ni un poco? Éramos muy buenos amigos.

Ben se quedó con la boca seca y no pudo decir nada. La verdad era que no. No la había extrañado… había continuado con su vida y el trabajo lo había mantenido terriblemente ocupado. Ed rio asombrada.

—Cielos —dijo boquiabierta—. No me lo puedo creer… pensé en ti todo el tiempo que estuve lejos y tú ni siquiera lo hiciste ni lo más mínimo. Supongo que no éramos tan buenos amigos como yo creía.

La joven se volvió, enrolló el papel periódico con cuidado sintiéndose avergonzada y caminó hacia la puerta, la abrió decidida y antes de salir lo miró de reojo.

—Lo siento. No debí venir… no fue una buena idea.

Cerró la puerta con cuidado y se internó en la cortina de lluvia que se precipitaba afuera de la casa. Ben se quedó anonadado en el mismo lugar y, reaccionando más lento de lo que le hubiera gustado, se movió, abrió la puerta y la buscó entre la lluvia. Cuando le dio alcance, la hizo volverse, estremecido por el frío.

—No te vayas así. Lo lamento… soy malo para relacionarme con las personas.

Las gotas de lluvia bajaban por sus largas y espesas pestañas y él no pudo quitar la mirada de ella. Ed le sonrió de nuevo como lo había hecho desde que la conocía y se acercó a él.

—Podemos ser amigos —sugirió él al notar su cercanía.

—Bien… vendré a visitarte pronto.

Ed y él se vieron, efectivamente, todos los días después de ese rencuentro, y al final, luego de dos años, se armó de valor y le pidió matrimonio. Recordar la felicidad que se desbordaba por su rostro, todavía le hacía sentir un agradable calor en el pecho. Ed, como él continuó llamándola, había sido lo mejor de su vida. Ella era graciosa, era inteligente y ambos creaban y construían cosas maravillosas… incluso habían hecho varios juguetes para el futuro bebé que nunca llegó. Sin embargo, no poder ser madre, no la había deprimido; Ed había sido feliz cada día, incluso el último día de su vida lo fue.

Ben había perdido las esperanzas de ser padre y tampoco le molestaba no serlo, pues estaba con ella y eso era suficiente para él. Con el paso de los años, aunque no logró superar la pérdida de su esposa, volvió a su estilo de vida ermitaño, por lo que, cuando se encontró con la mujer rubia delante de la puerta de su cabaña, con una lindísima bebé de ojos verdes en sus brazos, se sorprendió mucho.

Aquella preciosa criatura marcó el segundo mejor momento de su vida. Él no sabía por qué lo había escogido la mujer; no tenía idea de cómo ser un padre, pero sabía dentro de su corazón que su esposa siempre estaría animándolo desde donde estuviera. Eso lo hizo sentirse capaz de poder esforzarse lo suficiente para hacer de la vida de esa niña la mejor, a pesar de las dificultades que tuviese que enfrentar. Él estaría con ella y las superarían juntos. Y en efecto, fue un excelente padre para Bea.

Topos dorados

Bea pareció acostumbrarse a él con mucha facilidad. Ben aún recordaba la primera vez que la sostuvo en brazos y cómo había dejado de llorar y puesto una extrema atención a su meñique que él le había prestado para jugar. Sus pequeñas manos se cerraron con fuerza alrededor de su dedo y él sintió que su corazón se calentaba. Sus grandes ojos verdes, adornados de unas espesas pestañas, eran como un milagro. Le recordaban a los de Ed, despiertos e inteligentes. La primera noche había dormido acurrucado con ella en su cama. Al día siguiente construyó una magnífica cuna de madera, la pintó de verde pastel y escribió su nombre en esta. A Bea le encantó. La cuna se movía de un lado a otro, sola, pues contaba con un mecanismo especial que él había agregado.

Ambos solían divertirse mucho juntos, y cuando Bea fue más grande, entre los dos construyeron un pequeño patio de juegos en la parte de atrás de la casa, con una resbaladilla, unos columpios y un sube y baja. Bea pasaba horas en el patio de juegos y a él le encantaba escuchar el sonido de su risa, jovial y llena de vida, mientras cortaba los árboles y pulía la madera. No le sorprendió

17

nada cuando Bea comenzó a juguetear con las piezas y las esculturas pequeñas que había hecho Ed, pues estaban destinadas a eso. Mas sí le sorprendió cuando unos años después empezó a construir diferentes objetos utilizando los restos de la madera que le quedaban a él, y pequeñas piezas de metal o de tela que encontraba cuando iban juntos a la ciudad. La primera muñeca que tuvo, la elaboró ella a sus cinco años. Él amaba observarla construyendo cosas; le recordaba a su esposa.

Bea se acostumbró con una rapidez increíble al hecho de que cada vez que iba a la ciudad las personas la señalaban, los niños se alejaban y cuando ella quería entablar conversación, nadie se atrevía a seguirle la corriente. A Ben le dolía, pero no hacía nada. No podía. No debía, pues Bea tendría que entender que las personas la tratarían diferente, no solo porque tenía ojos verdes en un lugar en el que todos tenían ojos negros, sino por todo lo que vendría después. Era su destino… pero a ella no parecía importarle, no parecía dañarla; como si hubiese erigido un escudo a su alrededor.

Un día, cuando regresaron de la ciudad, Bea se apeó de la camioneta y corrió hacia la casa, quitándose los zapatos de camino a las escaleras.

—Bea —dijo él mientras cerraba la puerta de la camioneta. Ella se detuvo y casi se fue de bruces contra el suelo cuando escuchó la voz de su padre, llamándola. Se estabilizó y se volvió lentamente, ladeando la cabeza, interrogante.

—¿Qué pasa?, ¿olvidé algo?

—No cariño. Quiero llevarte a un lugar especial, ¿quieres venir conmigo?

Bea sonrió emocionada, volvió a ponerse los zapatos que le quedaron al revés y aplaudió con sus manitas regordetas mientras saltaba de regreso a su encuentro, él la alzó en brazos, la cargó sobre sus hombros y ella se sostuvo de su frente con ambas manos.

—¿A dónde vamos?

—Es un lugar que he querido mostrarte desde hace tiempo, pero no me había animado a llevarte.

Bea no volvió a preguntar nada y continuó sujetándose de la frente de su padre por más de cuarenta minutos. Ben estaba acostumbrado a caminar largas distancias cargando maderas pesadas, así que el peso del pequeño cuerpo de la chiquilla no le representó ninguna dificultad en el trayecto. Subió con ella por unas rocas y escaló hasta llegar a una meseta. Era alta y arenosa, estaba seca en comparación con la parte por la que había estado caminando antes.

—¿Qué hay aquí, papá?

Ben continuó andando y a lo lejos observó el punto al que había querido llegar. Lo señaló y Bea meció sus piernitas sobre sus hombros.

—Una cueva.

—Así es.

—¿Lo que quieres enseñarme está adentró?

Su padre asintió y la bajó de sus hombros, la tomó de la mano y siguió el camino a su lado

—Papá, ¿por qué hay tanta tierra? —preguntó antes de estornudar estruendosamente. Ben le sonrió.

—Le llaman la meseta caliente, cariño. Es un lugar muy solo y lleva años abandonado pues no hay ríos ni lagos cerca, y el bosque está alejado también. Hay pocos animales, ya que es una zona alta y la arena está muy caliente.

—Es como un pequeño desierto —analizó mientras avanzaba por un caminito de rocas.

—Tienes razón.

Cuando llegaron a la cueva, Ben empuñó su linterna, alumbró el lugar y caminó primero. Bea se detuvo y no quiso andar más.

—Vamos cariño. Te prometo que valdrá la pena.

—Yo… creo que hay una buena razón por la que este lugar está tan solo…

—Está bien, supongo que tendremos que volver en unos años cuando seas más valiente —se mofó con una mueca graciosa.

—Soy valiente —aseguró y talló la punta de su zapato contra la arena. Su padre le sonrió y la apremió a continuar el camino. La cueva no era profunda y a los pocos pasos, Bea profirió un grito y se abrazó a la pierna de su padre cuando observó algo caminando cerca de ella—. ¿Qué es eso?

—Acércate, míralo tú misma.

—Es que no soy tan valiente.

La risa de su padre la tranquilizó. Bea pudo vislumbrar con la luz, a la criatura. Era pequeña y peluda, con unas patas con garras rosadas y alargadas. Poco a poco se alejó de la pierna de su padre y caminó hacia donde se dirigía el animal, con paso lento y relajado, como si no se hubiera percatado de su presencia.

—Son topos dorados.

—Creo que no sabe que lo sigo —anunció sonriéndole a su padre y él asintió.

—Es ciego.

Bea se detuvo de un momento a otro y parpadeó desconcertada; miró a su padre por sobre su hombro.

—¿Qué significa?

—Que no puede ver.

Bea se arrodilló en el suelo terroso de la cueva y estudió al animal que continuaba levantando sus patas delanteras y traseras con tranquilidad. Se puso de pie y corrió detrás de él, pero rápidamente el topo reaccionó y apremió el paso. Bea volvió a detenerse, intrigada.

—Ha escuchado mis pasos y se ha asustado.

Ben exhaló como para darse el tiempo de sopesar en su mente una idea. Caminó hacia ella y alargó su mano para que la tomara.

—No lo hizo.

—¿No hizo qué?

—No ha escuchado nada, Bea. También es sordo.

—Quieres decir que… ¿no puede ver y que tampoco puede oír?

—Así es.

—Es terrible —se lamentó con una mueca que reflejaba su profunda tristeza.

—No creo que él piense de ese modo, querida.

Sorpresivamente salió uno más de la arena, sacudiendo la cabeza de un lado a otro para limpiarse a sí mismo. Bea no comprendía del todo a lo que se refería su padre.

—No puedes lamentarte por no tener algo que nunca tuviste. Ellos aprenden a vivir con lo que tienen y con lo que pueden.

—Pero, ¿cómo sobreviven?

—Bueno pues… tienen su modo muy personal y especial de escuchar y de ver.

—¿Cómo lo hacen?

Su padre se agachó a su lado y alumbró a la criatura que no se sintió amenazada por la luz.

—Ellos escuchan y ven su mundo, a través del sentido del tacto, cariño. Sienten las vibraciones y los sonidos cuando chocan contra su piel y saben, de ese modo, que hay alimento o amenaza cerca. Es una habilidad que han desarrollado con el paso de los años.

—¿Puedo tocarlo?

—No mi amor. Su piel es muy sensible y ellos son animales salvajes; para asegurar su sobrevivencia deben continuar con la idea de que los humanos no son de fiar.

—¿No lo somos?

Ben sonrió y aferró su manita que se había quedado estirada en el aire.

—Me refiero a la gente en general, no a nosotros en particular.

—Comprendo. Me gustan, parecen diferentes… únicos —dijo ella con suavidad y su padre secundó su opinión con una acción. Un grupo de topos bebés entraron al campo de luz de la linterna y Ben sonrió emocionado al ver a Bea que los admiraba en silencio; se puso de pie, quedó a su altura y le apoyó una manita regordeta en el hombro—. ¿Crees que también soy única?

—Lo eres —admitió él en voz baja sin mirarla—. Hay algo que debo decirte.

—Creo que es algo malo.

—¿Por qué piensas eso?

—Se te salta una venita aquí —dijo y tocó su entrecejo—, cada vez que vas a decirme algo malo. ¿Nos lo podemos saltar?

—¿Cómo dices?

—Ya sé que hay algo malo conmigo. Lo veo en los ojos de las demás personas cuando me ven… o cuando prefieren no verme.

Ben no pudo hablar, sintió un nudo en la garganta y se quedó sin poder pronunciar sonido por unos minutos. Al ver que su padre no hablaba, Bea chasqueó la lengua.

—No te preocupes papá. Me conseguiré una cueva como los topos dorados.

—Cariño, no puedes vivir aislada. Aunque las personas te señalen o te miren como lo hacen. Pensé que no te percatabas de eso… que no te importaba.

—Sí que me importa. Estaba fingiendo para no preocuparte —anunció convencida y se abrazó a su padre.

—No tienes que fingir —le dijo él contra su oído.

—¿La gente le tiene miedo a mis ojos?

—No le tienen miedo, solo creen que son raros, porque es algo que nunca han visto.

—¿Puedes construirme unos nuevos?

Ben sintió una ternura inexplicable.

—No, cariño. Eso no se puede hacer. Venga… hay que salir antes de que se haga más tarde. Despídete.

Bea se soltó de su padre y dio media vuelta para darles el adiós a los topos.

—Debo encontrar a alguien que sea igual que yo. Ellos se aceptan porque son iguales… —observó al sentir una pequeña brizna de esperanza. Su padre apretó su mano y no dijo nada. Cuando salieron de la cueva y volvieron a bajar de la meseta, su padre la colocó nuevamente sobre sus hombros.

—Bea… tus ojos no son lo único que te hace tan diferente. Hay algo más.

—Ya lo supía.

—Lo sabía —corrigió su padre sonriendo.

—Pues eso.

Ben esperó hasta que llegaron al bosque; cuando estuvieron entre los árboles ya cerca de la casa, se detuvo y la sentó encima de una roca.

—Escucha…no sé cómo explicarte esto, pero voy a intentarlo.

Bea esperó paciente; meció las piernas de arriba hacia abajo y se tocó de vez en cuando las puntas de la melena negra azulada que caía sobre su hombro.

—Ya sabes la historia…

Ben solía contarle desde pequeña, antes de dormir cada noche, la historia de cuando su madre la había dejado en la cabaña. Bea amaba la parte en donde él la describía: una mujer despampanante, de mediana estatura, rubia y radiante como el sol, con la sonrisa embellecida con dientes como el marfil y los ojos grandes y luminosos, que reflejaban su pureza de alma. La pequeña solía soñar de manera constante con la imagen de su madre y dormía con ella acompañándola. Ben, cada noche agregaba un nuevo detalle y ella esperaba con ansias escuchar la nueva parte de la historia.

—Hoy te la contaré completa.

Bea entrelazó sus deditos, exultante, y se removió sobre la roca para acomodarse mejor. El sol terminó de esconderse y le dejó paso a la luz de la luna que iluminó todo a su alrededor.

—Hace seis años, una noche en la que me proponía tallar un tronco de madera para hacer el respaldo de una silla, escuché que alguien tocaba a la puerta de la cabaña.

—Y te asomaste —dijo como en secreto, él sonrió.

—Abrí la puerta y me asomé. Era una mujer con una túnica negra y capucha.

—Tenía un bebé.

—Una bebé muy bonita —añadió y le pellizcó la mejilla.

—Te preguntó tu nombre.

—"Me llamo Benjamín", le dije y la invité a pasar, pues era otoño y comenzaba a hacer frío por las noches.

—Ella no quiso.

—Pero me dio las gracias y sonrió.

—Con la sonrisa con los dientes más blancos del mundo, como el marfil… como los míos —agregó señalando sus pequeños dientes de leche y su padre asintió.

—Se parecía mucho a ti. La misma nariz, los mismos hoyuelos y la misma sonrisa.

—Pero con los ojos negros, ¿no?

—Los ojos negros más hermosos y almendrados que había visto en mi vida.

—Eso no lo habías dicho, ¿qué significa?

—Que tienen la forma de una almendra.

—Casi puedo imaginarla, papá —comentó saltando sobre la roca.

—¿Recuerdas que le pregunté si podía ayudarla en algo? —La nena cabeceó contenta.

—Te pidió que me cuidaras, hasta que ella volviera por mí… pero dijiste que no, papá.

—No podía quedarme con un bebé. Eras tan pequeñita que me daba miedo aplastarte. Además yo ya era mayor para cuidar de alguien como tú. —Bea acarició su barba con betas blancas y grises, y sonrió.

—No tanto como ahora.

—No tanto —secundó él riendo—. Ella se quitó la capucha y dejó caer su impresionante cabellera larga y rubia como el sol… y sus ojos negros se llenaron de lágrimas. Me suplicó cuidarte y me pidió mantenerlo en secreto por un tiempo, pues nadie debía saber que te tenía bajo mi cuidado.

—Y te convenció.

—Se veía tan desesperada que no pude negarme. Tu madre dejó algo para ti, Bea.

—Eso nunca lo habías dicho, ¿qué fue lo que dejó para mí? —preguntó la niña emocionada.

—Un collar.

—¿En dónde está? —preguntó animada queriendo bajar de la roca, pero su padre la retuvo en el mismo lugar.

—En casa… pero debes esperar o no podré dártelo.

—Bien —aceptó sin estar totalmente de acuerdo y arrugó la nariz solo un poco.

—Tienes que poner mucha atención, Bea. Siempre te he contado que tu madre vino para dejarte a mi cuidado, pero no te he explicado la razón.

—¿Razón?

—Sí. Tu madre no te hubiera dejado a mi cuidado, si no hubiese tenido un motivo; algo por lo que tuviera que hacerlo, ¿comprendes?

—¿Por qué lo hizo?

—Porque estabas en peligro. Tu madre te trajo a mí porque estabas corriendo riesgo. Tu tía... Parece ser que tu tía no quería a tu madre y te amenazó a ti.

—No comprendo...

—Hay personas muy malas en el mundo, cariño. Personas que no pueden contener su envidia, su furia, sus inseguridades... personas que tienen mucho odio dentro de ellas. Tu tía, quería hacerte daño, te quería lastimar para lastimarla a ella, ¿entiendes?

—¿Mi tía era una mala persona?

Su padre asintió y descansó la mano en la coronilla de la pequeña, la acarició y la miró tratando de darse valor para continuar.

—Ella... era una hechicera poderosa.

—¿Como en los cuentos?

—Sí, como en los cuentos. Quería hacerte daño y tu madre intentó impedirlo, pero no lo logró como hubiese querido y finalmente decidió traerte a mí. Tu tía puso un maleficio en tu cuerpo.

—¿Mis ojos?

—Tus ojos solo representan una pequeña parte del maleficio, cariño.

—¿Es muy malo?

—¿Recuerdas lo que platicábamos acerca de los topos dorados? Puedes pensar que algo es malo, pero todo depende de cómo lo veas. — Luego, bajando su tono de voz y mirándola fijamente, agregó—: Tú serás especial como ellos. No podrás escuchar, cuando seas mayor.

—¿No podré escuchar?

—Es algo complicado, pero es importante que lo entiendas. Cuando seas mayor, el maleficio se activará y cada vez que escuches algo, incluso el más mínimo y tenue sonido... perderás un año de tu vida.

—Pero... no quiero que me suceda eso. Ya no quiero oír la historia —anunció. Se alejó del toque de su padre y volvió la cabeza de un lado a otro para encontrar un modo de bajar de la roca. Sus ojos se habían anegado de lágrimas repentinamente y sentía como si estuviera en una pesadilla.

—Bea, escucha. Sé que es difícil, sé que eres pequeña... Mírame —ordenó en voz firme y ella obedeció con incomprensión; su padre jamás le había hablado así. Una lágrima se escapó de uno de sus ojos verdes y él acunó sus mejillas firmemente, instándola a mirarlo—. Puedes llorar todo lo que quieras, pero la realidad no va a cambiar. Tienes que comprender que esto es algo con lo que vas a vivir. Es parte de ti.

—No lo quiero.

—Pero yo sí —confesó él y la abrazó con fuerza, apoyándola contra su pecho—. Te quiero así. No cambiaría nada de ti. No cambiaría tu cabello, ni tus ojos... nada... te amo tal como eres; pero de nada servirá si tú no haces lo mismo. Debes ser fuerte y aprender a amar lo que eres. Lo que eres no se refleja en lo que no puedes hacer, se refleja en lo que puedes hacer a pesar de todo lo demás.

Bea lloró en silencio durante minutos interminables mientras su padre le acariciaba la espalda y le daba palmaditas para animarla. En su mente, y por años, se quedarían grabados los sonidos que escuchó esa noche en los brazos de su padre. El ulular de los búhos, las hojas moviéndose con el aire y golpeándose entre ellas y contra las ramas, las cigarras y el agua chocando contra las rocas cerca de allí, y la acompasada y grave voz de su padre.

—Aprenderemos juntos, Bea. No importa lo que tengamos que hacer… lo haremos juntos.

Encuentros

Con el paso del tiempo, Bea fue aceptando la idea poco a poco y trató de acoplarse a la realidad que se acercaba con una rapidez imparable. El tiempo no se podía controlar y el destino tampoco. Su padre le entregó el collar esa misma noche cuando regresaron a casa. Ambos observaron la esfera de cristal color verde, durante horas. Era bellísima y Bea no podía comprender cómo algo tan hermoso, podía ser tan malo. Esa joya, tenía guardados el resto de los años de su vida. Su padre le hizo saber que el único modo en el que se podía eliminar el efecto del maleficio, era que alguien más jurase con su sangre sobre la perla, darle la mitad de su vida. Bea se dijo que por obvias razones, jamás podría contar con que alguien hiciese aquello. Desde esa noche la cargó en su cuello, pero trataba de no mirarla; pretendía que no la tenía y que no representaba un peso mayor que el que tenía realmente.

Lo más difícil fue entrenarse. Bea comprendió la razón por la que su padre le dijo la verdad cuando era tan pequeña. Él había querido darle tiempo; tiempo para disfrutar, pero también tiempo para aprender. Bea se había dado cuenta de que si no iba a poder escuchar, tendría que desarrollar otras habilidades; no obstante, no podría hacerlo de la noche a la mañana, necesitaría años para entrenarse. Bea y su padre idearon un plan. Ningún maleficio la haría fracasar en la vida. La siguiente semana, después de haberle confesado toda la verdad, su padre mandó construir para ella unos aparatos muy especiales en forma de tapones del color de su piel, que bloqueaban cualquier sonido, incluso el propio. Su audición no iba a desaparecer por sí sola, así que ella debía hacerla desaparecer.

Los primeros años tendrían que haber sido muy difíciles, pues solía utilizar los tapones continuamente; pero no lo fueron. Su padre y ella se comunicaban con luz y juntos aprendieron código morse. El nuevo reto al que se enfrentaban, les permitía pasar más tiempo juntos, elaborando señas para hablarse con las manos y crear su propia lengua. Ben trataba de hacer las cosas de maneras tan divertidas como fuera posible y Bea nunca se daba por vencida. Era pequeña, pero era muy tenaz. En menos de tres años, ambos habían creado un mundo de comunicación a través de las manos, de la luz y del tacto.

Bea incluso aprendió a leer los labios. No era su actividad favorita; de todas las maneras para comunicarse, era la que le parecía más aburrida, pero sabía que debía aprender a hacerlo. Su padre y ella jugaban a adivinar lo que el otro decía leyéndose los labios y terminó haciéndose una experta para eso, así como para todo lo demás. También trabajaba en su acento y su tono cuando tenía puestos los aparatos, ya que como no se escuchaba a sí misma, debía mejorar su pronunciación para intentar hablar lo más naturalmente posible.

Era muy ágil y atlética, trepaba a los árboles y cargaba troncos, caminaba largos tramos de bosque todas las mañanas para buscar la mejor madera, nadaba en el lago del claro todas las noches y mantenía una condición física envidiable. A sus catorce años corría tan rápido como una gacela y trepaba tan ágil como una ardilla. A su padre le daba la impresión de que era como un niño. Tanta actividad física había frenado tenuemente su desarrollo y, de no ser por su melena y sus rasgos faciales, podría haber pasado por un jovencito.

Aprendió a manejar la camioneta de su padre solo un año después. Era una conductora nata. Ben se sorprendía, pues cada vez que él le enseñaba a hacer algo, Bea simplemente lo absorbía como una esponja y lo aprendía. Su mente era ágil y le encantaba hacer bromas; de hecho, las bromas en lengua de señas eran su especialidad. Bea solía quitarse los aparatos de los oídos solo en ocasiones especiales y en uno que otro momento del día, para no perderse del sonido de su voz.

Una tarde en la que se encontraba en su habitación estudiando los tapones para sus oídos con extrema atención, una explosión conocida la hizo volver el rostro a la ventana para observar con atención los fuegos artificiales que se esparcían por el aire y parecían tocar el cielo. Se levantó del sofá y caminó despacio hasta apoyar sus palmas en el marco de la ventana. La puerta de la habitación se abrió. Ben se apoyó en esta y la miró reflexivo.

—¿No irás?

Bea sabía de lo que su padre hablaba. Era un festival que hacían cada año para celebrar la llegada de la primavera. Ella siempre había tenido un gran interés en asistir; empero, aunque estaba acostumbrada a ir a la ciudad, normalmente era por cosas de trabajo, jamás había asistido a ningún evento que se realizara con la intención de socializar y cada año, cuando Ben abría la puerta de su habitación y la miraba sonriendo invitándola con la mirada a ir, Bea siempre se negaba.

—No lo creo.

—¿A qué le tienes miedo? Todos te conocen aunque actúen como si no lo hicieran.

—Justo por eso prefiero quedarme, papá. Veré a la misma gente, los mismos lugares… no tiene caso.

—Tienes quince años. Eres lo suficientemente madura como para manejar y trabajar y ¿te da miedo asistir a un festival? Estás en la edad en la que tendrías que comenzar a socializar —estableció Ben sonriendo guasón.

—No iré.

—Esta vez lo harás, incluso te daré permiso para llegar tarde.

—¿En la madrugada? —preguntó casi burlándose de él.

—No abuses.

—Estaba bromeando, regresaré a las nueve.

—Doce —jugó él. Bea sonrió y se hizo a un lado un mechón.

—Diez y media —aceptó la joven y Ben se aclaró la garganta.

—Once.

—Bien, tú ganas. Te desharás de mí.

—Sabes que no lo hago por eso.

—Lo sé, papá.

—De hecho —continuó. Se acercó y sacó algo del bolsillo de su pantalón—, hice esto para ti.

Bea produjo un sonido gutural similar a un gruñido de displicencia.

—Eso es para niñas —dijo al ver el listón rosa pastel con flores por todos lados. Ben afirmó como si ella hubiese dicho una verdad innegable.

—Pues te tengo una noticia que a todas luces te había pasado desapercibida: Eres una niña.

—Tal vez lo sea, pero en definitiva no soy un pastel.

Haciendo caso omiso a las represalias de la chica, Ben le puso el listón en el pelo.

—Todos llevan alguna máscara o elemento especial. Esto será lo tuyo —le anunció.

No sobraba decir que Bea se sintió por completo fuera de lugar usando un listón floreado en su peinado junto con un vestido corto que había pertenecido a la difunta esposa de su padre y que él le había pedido encarecidamente que usara. Maldijo en voz baja queriéndose quitar todo eso, pero la verdad era que el vestido era tan bonito que le dio miedo romperlo si trataba de quitárselo sola.

Media hora después llegó a la ciudad en la camioneta de su padre, se bajó de esta y miró atenta a todos los que estaban ya en las calles riendo con sus conocidos y platicando acerca de lo que esperaban del festival mientras se encaminaban al centro de la ciudad.

Bea bufó sintiéndose como un pez fuera del agua al tiempo que la mayoría de las personas que pasaban a su lado la miraban sorprendidos. Ella no tenía idea de si esas miradas de sorpresa eran debido a que estaba allí entre ellos en un día tan importante o porque se veía extraña sin sus ropas de siempre.

Cuarenta minutos después se dijo que haber ido había sido la mejor decisión del día. No esperaba que la gente o los muchachos de su edad le dirigieran la palabra, por supuesto, pero al menos todos le vendieron lo que ella quiso, tuvo una banca para sí sola en la plaza central para ver los fuegos artificiales porque obviamente nadie quiso sentarse a su lado, y lo mejor de todo fue que pudo observar todos los bailes y presentaciones que antaño había querido ver. Sonriendo y aplaudiendo se unió a la celebración y por primera vez se sintió parte de algo grande.

Los bailes terminaron casi una hora después de que el sol se escondiera. Bea supuso que eran ya más de las nueve así que se puso de pie y caminó a lo largo de las callejuelas, mientras todos corrían hacia la plaza para disfrutar de las catas de vinos y de la venta de las cervezas más famosas de Satel. Como ella era menor de edad y no tomaba alcohol, consideró una mejor idea continuar con su paseo.

Algunos minutos después de caminar sin rumbo específico, Bea se adentró en un angosto callejón y sonrió encantada al ver que casi podía tocar los muros con ambos hombros. Al salir de este se encontró en una zona amplia de casas pequeñas con cercas de madera y detrás de algunas de estas, corrales con gallinas o cerdos. El bullicio del festival se escuchaba a lo lejos y Bea apoyó la espalda contra uno de los muros observando al cielo y tratando de guardar en su memoria esa sensación de felicidad que la inundaba. Buscaba una constelación cuando escuchó a lo lejos un chillido. Supuso, en un principio, que se trataba de alguno de los animales de las casas, pero los chillidos persistieron y Bea decidió avanzar hacia ellos. Cuando estuvo más cerca se dio cuenta de que también podía distinguir unas risillas y unos golpeteos. Frunció el ceño y caminó más rápido dando la vuelta en una esquina y encontrándose con unas sombras moviéndose extrañamente del otro lado de una de las cercas de una casa. La iluminación era escasa y por alguna razón que ella desconocía, nadie hacía demasiado ruido, pero ya estando cerca, identificó lo que estaba pasando. Cuatro chicos golpeaban a otro más joven que se encontraba tirado en el suelo en posición fetal mientras los demás lo pateaban. Bea corrió hacia ellos.

—¿Qué demonios…? —susurró y todos los chicos se rieron y se alejaron corriendo, brincando la cerca con agilidad.

Bea abrió la puerta de esta y se acercó velozmente, se inclinó y tocó al muchacho para ver si tenía algún hueso roto.

—¿Te encuentras bien? —le preguntó alarmada y el chiquillo miró hacia arriba y asintió. Ella le dio la mano y él, con dificultad, se puso en pie.

—Gracias —bisbiseó, pero cuando alzó el rostro y la luz de la luna los iluminó a ambos, él la miró con terror y retrocedió.

Bea intentó acercarse, pero el chiquillo levantó ambos brazos para protegerse la cara y exclamó:

—¡Aléjate!

—No voy a hacerte daño —dijo y sintió un vacío en el estómago. Levantó la mano despacio, pero el chiquillo la golpeó en el antebrazo y Bea dio un paso hacia atrás, avergonzada.

—No creo que esa sea la manera correcta de agradecerle a alguien que te ha ayudado —aclaró una voz desde las sombras.

Alguien más brincó la cerca. Bea supo que se trataba de un chico, por su voz y el modo en el que iba vestido, pero no pudo ver su rostro porque estaba disfrazado como la mayoría de las personas que estaban en el festival. El chiquillo al que había ayudado retrocedió aún más espantado cuando el más alto se inclinó hacia él.

—Será mejor que vayas a buscar a tus amigos; parecen ser de la misma calaña.

El chiquillo tembló por completo y dándoles una última mirada alterada corrió hacia la puerta entrecerrada de la cerca, la abrió y se perdió en la oscuridad. Bea pestañeó abstraída. Nunca nadie la había ayudado ni defendido anteriormente más que su padre. El chico alto de camisa blanca y pantalón negro, gorro de duende y antifaz verde oscuro, la miró de arriba abajo.

—Te observé durante el festival —le dijo como si nada. Bea abrió los ojos de manera desmedida y retrocedió un paso.

Algo estaba mal, se dijo mientras ponía las manos detrás de la espalda y jugaba nerviosa con los dedos.

—¿Perdona?

Él se rio al suponer que aquella confesión lo haría parecer como un acosador. Los oídos de Bea identificaron esa risa como la más luminosa que hubiese escuchado... como si un rayo de sol hubiese entrado en su canal auditivo. Él introdujo la mano al bolsillo del pantalón y sacó el listón floreado para alargárselo a ella. Bea se llevó la mano al cabello en un rápido reflejo y comprendió que lo había perdido.

—Estaba detrás de ti en la fila de la heladería —dijo encogiéndose de hombros. Sonrió divertido, le acercó el listón y Bea lo aceptó—. Se te cayó cuando chocaste con esa señora que llevaba el carrito de frutas.

Ninguna palabra salió de sus labios, de repente sintió que el corazón le latía desbocado... pocas veces alguien aparte de su padre le había hecho conversación y no tenía idea de cómo continuarla. Se ruborizó avergonzada y amarró el listón en su lugar de origen. Él se acercó con lentitud y la miró atentamente mientras ella, consciente del escrutinio, bajaba el rostro.

—Puedes mirarme. No me desagrada el color de tus ojos —le dijo sonriendo.

Lo miró de súbito, impactada ante esas palabras.

—Tú no eres de aquí —afirmó, sorprendida.

Él le sonrió de nuevo, negó con el dedo índice mientras pasaba a su lado y apoyó la espalda en la cerca.

—Vengo de muy lejos. Mi hogar está a unas dos horas de aquí.

—¿Has venido solo por el festival? —quiso saber y ladeó la cabeza. Él asintió—. ¿Por qué? —le preguntó incrédula.

—Pareces no tener en muy alta estima los encantos de tu ciudad —comentó él, animado.

Por el modo en el que hablaba, el tono de su voz y su garbo, supuso que era unos dos o tres años mayor que ella.

—No es eso; solo me sorprende que alguien que vive tan lejos venga hasta aquí por vino y cerveza —dijo escépticamente.

—No he venido por eso.

—¿A qué, entonces?

—Vine a vender.

Alzó una ceja, desconcertada.

—No pareces tener la necesidad de vender, hablando aquí conmigo como si tuvieras la vida resuelta.

—Oh. Ya entiendo —dijo él mientras un mohín socarrón surcaba sus labios.

—¿Qué cosa?

—No es el color de tus ojos lo que espanta a la gente sino tu carácter filoso. —Bea abrió la boca como para responder, pero casi de inmediato, ruborizada, bajó una vez más la mirada hacia el suelo. Él amplió su sonrisa y se inclinó un poco para verla desde abajo—. Era una broma.

Suspiró con tranquilidad y le regresó la sonrisa.

—Lo siento, no estoy acostumbrada a este tipo de juegos —le explicó y él asintió. Bea lo miró como si quisiese dibujar en su mente su rostro, pero el antifaz y el gorro que casi le cubría las cejas, no se lo permitían.

—Ya he vendido todo lo que he traído. Me ha ido bastante bien —le comunicó mientras le señalaba la puerta abierta de la cerca para que ambos salieran por esta. Le dio el paso primero y ella agradeció con un asentimiento de cabeza—. ¿Suelen ser así de crueles contigo todo el tiempo?

—Son más precavidos que crueles —corrigió y se encogió de hombros—. Se toman sus distancias y yo no me meto con nadie, así que nunca les doy razones para actuar como lo hizo ese chico. La mayoría solo me ignora.

—Ignorar a una persona es igual de malo que mostrarle tu desagrado verbalmente. Los haces sentir menos. No me gusta la gente que se cree con el derecho de juzgar a otros —dijo irritado mientras caminaban hacia el muro en el que ella había estado apoyada antes. Bea sonrió pensando que tardaría una eternidad en volver a escuchar esas palabras de alguien más.

—Soy Bea, por cierto.

Él alargó su brazo hacia ella para estrechar con la suya, su mano.

—Un gusto.

Ella cabeceó hacia él como para invitarlo a decirle su nombre y él rio divertido al darse cuenta de las intenciones de la muchacha. Bea lo observó de reojo sorprendida al escuchar la melodiosa carcajada que salió por los labios de él. Nunca antes había escuchado una risa tan bonita.

—No puedo —le dijo él—. Vengo de incógnito.

Bea alzó las cejas, apretó los labios sin comprender y resopló defraudada.

—Seguro que no quieres decírmelo.

Él volvió a reír.

—Quisiera decírtelo, pero no puedo. Hay una razón por la que vengo disfrazado, ¿sabes?

—Creo que todos los de aquí podrían decir lo mismo —le dijo sin creerse ni media palabra.

—Mi razón no es la misma que la de los demás. Nadie puede ver mi rostro… suele meterme en problemas.

Bea arrugó el ceño sin terminar de comprender a qué se podría referir él.

—¿Por qué?

—Porque soy muy apuesto —jugó y ella alzó los ojos hacia el cielo con aparente impaciencia. Él se rio otra vez, liberó la mano femenina y Bea se ruborizó al darse cuenta de que habían estado

36

enlazados más tiempo del que sabía que se consideraba apropiado.

—No puedo dar fe de eso —comentó.

—Deberás creerlo ciegamente, entonces —anunció él y se alzó de hombros.

Inesperadamente, el reloj de la torre de la catedral sonó y Bea se alejó del muro mirando alerta hacia todos lados.

—¿Qué hora es? —se preguntó al sentir que había perdido el control del flujo del tiempo.

—Las once tal vez… o las doce. No lo sé —supuso encogiéndose de hombros—. ¿Estás apurada? ¿Tu carroza se convertirá en calabaza o algo así? —quiso saber con una sonrisa.

Bea entendió la referencia de las palabras del muchacho y se peinó un mechón detrás de la oreja.

—No; le prometí a papá que regresaría a media noche… sin el vestido hecho jirones.

Ante la broma, él profirió una carcajada y ella inició el camino de regreso a donde había dejado la camioneta. A su lado, él no dejaba de observarla, y a Bea le impresionó el hecho de que a él no parecían importarle las miradas de reproche que las personas con las que se topaban, le lanzaban.

—La gente nos mira, ¿no te importa? —quiso saber con timidez y apuró el paso.

Él negó y con un repentino movimiento la cogió de la mano para obligarla a caminar más lento. Bea observó sus manos unidas, sintiendo una inconmensurable paz en su pecho. Cerró los ojos y se dejó guiar por unos segundos, pensando en que iba a atesorar esa noche por el resto de su vida. Ese instante en el que por primera vez se sintió como alguien normal.

—¿En qué piensas? —le preguntó él con suavidad. Bea abrió los ojos y él notó un brillo sin igual en ellos.

—Estaba pensando que se siente bien.

—¿Qué cosa?

—Ser como todos los demás —ilustró con pesadez. Él se detuvo de repente y la hizo volverse para mirarla de frente con sus ojos negros y fulgurantes.

—No tiene nada de espectacular ser como todos. Tienes algo especial; no dejes que te digan lo contrario.

—Es difícil creerlo cuando todos te señalan, se burlan o murmuran de ti a tus espaldas —comentó de buena gana. Él ladeó la cabeza, interrogante.

—Eso solo te afecta si lo permites. No le des importancia —le dijo con confianza, se giró hacia el frente y sin soltarla continuó caminando.

—¿Cuándo te irás? —quiso saber; trató de no sonar nerviosa y él sonrió.

—En la madrugada. Debo regresar mañana mismo —le comunicó. Una oleada de tristeza la embargó al escucharlo y se reprendió mentalmente por sentirse de ese modo, porque era un total desconocido; ni siquiera sabía cómo se llamaba o se veía.

—¿Tienes mucha prisa? —cuestionó y trató de caminar más lento al observar su camioneta a lo lejos.

—Sí; es el cumpleaños de alguien importante para mí. Así que se podría decir que sí la tengo.

—¿Piensas regresar para el siguiente festival?

Él suspiró. A Bea le dio la impresión de que el interrogatorio lo había puesto incómodo, así que de inmediato dijo:

—Lo siento. No quise molestarte con tanta pregunta.

—Lo intentaré —le dijo él.

—¿Cómo dices? —preguntó al detenerse cerca del auto.

—Intentaré volver. No puedo prometerte que vendré, pero al menos trataré de hacerlo; a cambio, tú debes darle menos importancia a lo que otros piensen y digan. ¿Puedes prometer que tratarás de hacerlo?

Bea alzó las cejas sorprendida por la petición y al final solo asintió con la cabeza; con el dedo índice apuntó a la camioneta.

—Debo irme.

—Claro —dijo él con naturalidad. La dejó dándole un último apretón en la mano y retrocedió unos pasos—. Fue un placer, Bea.

—Lo fue, ciertamente —concedió sonriendo animada. Se volvió y abrió la puerta de la camioneta, pero antes de subir, lo miró sobre el hombro—. ¿Cómo sabré que fue real? —le preguntó de la nada.

El chico volvió a ladear la cabeza, desconcertado, se puso en jarras y dio la impresión de pensar en algo gracioso.

—¿Qué cosa?

—El haberte encontrado. No sé tu nombre y ni siquiera he visto tu rostro. Mañana me levantaré con el único recuerdo de tu voz y pensaré que fue un sueño.

Él sonrió.

—¿Te crees capaz de reconocerme solo por escuchar el sonido de mi voz? —cuestionó con incredulidad, pero ella afirmó con mucha convicción y él, sorprendido apoyó una mano por detrás del cuello—. Considero que debo regresar para ver si lo que dices es cierto.

Bea le sonrió con tristeza, asintió y subió al asiento del conductor. Él caminó y apoyó sus manos en el marco de la ventana del auto antes de que arrancara mientras ella lo miraba sorprendida.

—Sabes que el príncipe tenía algo de cenicienta, ¿verdad?

Bea reflexionó aquello y en seguida se miró los zapatos, riendo.

—Lo siento. No puedo dejarte mis zapatos; jamás he manejado descalza —declaró después de reír por unos segundos. La risa se le quedó atorada a mitad de camino cuando él abrió la puerta del auto.

—Entonces —dijo él con suavidad, introduciendo la parte superior de su cuerpo en la camioneta, quedando muy cerca de ella. Bea se olvidó de respirar por unos segundos cuando el cálido aliento de él tocó su piel—, me quedaré con esto —susurró contra sus labios. Con manos diestras le quitó el listón de flores y le sonrió al regresar a su posición erguida—. A menos que te opongas —finalizó apoyando la mano libre en el marco de la ventana de la puerta abierta.

Bea tragó con dificultad y con voz ronca, preguntó:

—¿Vas a devolvérmelo?

—Solo si logras encontrarme —sentenció mientras jugaba con el listón.

Ella se forzó mentalmente a asentir pues había perdido el control de su cuerpo, casi como si este se rehusara a moverse.

—Buen viaje, entonces —le dijo al cerrar la puerta para a continuación retroceder unos pasos y dejarle el camino libre para avanzar.

—Lo mismo para ti. Adiós —se despidió. Percibió el alocado palpitar en su pecho, algo desconocido y mucho más rápido de lo normal. Él volvió a darle una última sonrisa e inclinó la cabeza como despedida.

—Hasta pronto.

La de ojos verdes encendió el motor y avanzó lo más lento que había manejado en su vida mientras estaba consciente de que toda su atención parecía estar aún en el muchacho que se reflejaba en el espejo retrovisor, hasta que el camino dejó de ser recto y él desapareció de su campo de visión.

Ese mismo año, Ben comenzó a fatigarse con frecuencia. Se quedaba dormido y le costaba trabajo despertarse al alba para ir a cortar la madera, tenía dolores constantes en las articulaciones y perdía color fácilmente. Bea suponía que le bajaba la presión de vez en cuando, pero él aseguraba que era la edad. A sus setenta y ocho años de edad, Ben seguía sintiéndose joven pero su cuerpo ya le rendía cuentas por todos los años de trabajo duro. Bea, aunque era hábil para el trabajo con la madera, sabía que no podría dedicarse a eso. Hacerlo sola sería increíblemente difícil.

Una mañana su padre no se levantó. Bea se acercó a la cama y observó su respiración acompasada. Eso la tranquilizó. Se quitó los tapones de los oídos, los dejó en la mesa de cama y se sentó al lado de su padre.

—Papá… esto es más complicado de lo que parece. Creo que es mi turno —agregó con una muy audible exhalación. Ben ni siquiera abrió los ojos; no obstante, Bea sabía que la escuchaba—. Tengo que conseguir trabajo. Iré a la ciudad —anunció con pesar y su padre asintió.

Bea preparó sus cosas y antes de irse, se acercó a la cama de su padre, se inclinó y lo besó en la frente con suavidad. Él sonrió. Ella miró de reojo los tapones y decidió que ese día tendría que ir sin ellos.

Cuando llegó a la ciudad, el bullicio la hizo sentirse algo mareada pues estaba acostumbrada a llevar los tapones cuando iba allí con su padre. Hacía meses que no escuchaba tanto ruido. Se apeó de la camioneta y caminó por las calles angostas, observando cómo las personas abrían paso cuando ella caminaba entre ellos. No habían terminado de acostumbrarse y Bea sabía que a todos les encantaba inventar historias sobre ella, sobre su procedencia y sobre su aspecto físico; así que estaba al tanto de que encontrar trabajo no sería fácil, pues era probable que nadie la aceptara. Cuando llegó a la plaza cerca de la catedral, observó los diferentes puestos y pequeños negocios ambulantes que iban de un lado para otro, gritando y haciendo ofertas ante las demandas de los clientes. Compró un helado y se sentó en una de las bancas para tratar de pensar con la mayor claridad posible. De pronto, una multitud se arremolinó en el centro de la plaza y Bea estiró el cuello al darse cuenta de que todos caminaban hacia el mismo lugar. Se paró de la banca, tiró en un bote lo que restaba de helado y caminó con paso inseguro hacia donde se dirigía la multitud. Todos gritaban y aplaudían, los más pequeños se subían a los hombros de sus padres para alcanzar a ver mejor el espectáculo; ni siquiera se dieron cuenta de que ella estaba hombro a hombro con ellos, pues estaban deslumbrados.

Bea logró llegar al centro de la multitud, abriéndose paso con paciencia y se sorprendió al ver lo que todos contemplaban con interés. Era un joven. Bea le calculó unos dos años menos que ella. Manejaba diferentes herramientas con una rapidez asombrosa mientras que en un tronco al frente tallaba y convertía la madera en la copia de una mujer de la multitud, que había decidido modelar para él. No se tardó ni quince minutos en hacerlo. Era demasiado rápido, tanto que Bea solo alcanzaba a ver la forma borrosa de sus manos, moviéndose con agilidad de un lado a otro, cambiando de herramienta y modelando el trozo de madera. Cuando terminó, la mujer que hacía de modelo, sonrió emocionada y aplaudió. Todos la secundaron y el artista se inclinó ante la multitud para dar las gracias por la ovación. Bea estaba completamente anonadada, pues la escultura de la mujer era idéntica a ella. La modelo le dio unas monedas al muchacho y tres hombres se acercaron para ayudarla a llevarse su copia. La multitud se alejó de nuevo a sus ocupaciones acostumbradas y Bea se quedó pasmada en el mismo lugar. El artista comenzó a recoger todos los instrumentos que había utilizado y los metió en una pequeña mochila, con tanto cuidado, que cualquiera hubiese pensado que tenía un tesoro preciado en sus manos. Terminó de recoger todo lo que había utilizado y dio media vuelta para marcharse, pero se encontró con la mirada de Bea y sonrió expectante.

—¿Puedo ayudarte en algo?

Bea cabeceó de un lado a otro, sorprendida al darse cuenta de que lo miraba demasiado fijamente. Sonrió.

—¿Cómo te llamas? —le preguntó alzando la voz. La miró de manera sospechosa y caminó hacia ella.

—¿Quién quiere saberlo?

—Soy Bea —se presentó y elevó la mano hacia él, que al punto se acomodó el tirante de la mochila que se le resbalaba por el hombro izquierdo.

—Soy Cam. Mucho gusto. —Cuando la estrechó, Bea se sintió impresionada, pues normalmente la gente rehuía cualquier posible contacto con ella. Él solo le dio una mirada sorprendida a sus ojos, pero no dijo nada y la soltó después de unos segundos.

Bea sabía que le sería casi imposible encontrar trabajo, pero en el momento en el que lo había visto, se había dado cuenta de que tal vez no sería tan complicado encontrar un ayudante. Ese chico parecía ser todo un maestro en el manejo de la madera y además, era corpulento para su edad... entre los dos, realizar la elaboración de los muebles, sería pan comido.

—¿Estás de pasada? —cuestionó. Él se rascó la frente y se abanicó por el calor con la otra mano; asintió y sonrió cauteloso. Tenía una sonrisa afable y sus ojos negros, aunque estaban acompañados de ojeras, se veían realmente amables.

—Soy algo así como un artista vendedor ambulante —confesó mientras indicaba hacia la banca en la que ella se había sentado con anterioridad, ella asintió y se dirigieron hacia allí. A Bea no le pasaron desapercibidas las miradas de desaprobación que las personas con las que se topaban le lanzaban al muchacho.

—¿Haces esculturas solamente?

—Hago un poco de muchas cosas, pero mi fuerte es la madera.

—Yo también trabajo con madera y... otras cosas.

Cam la miró con las cejas alzadas, sintiéndose emocionado por su confesión.

—Mi padre y yo tenemos un negocio de muebles de madera en las afueras de la ciudad. Desde pequeña le ayudo y trabajamos juntos todo el tiempo, pero últimamente no se ha sentido bien y creo que me vendría bien algo de ayuda. ¿Estás disponible, por casualidad?

Cam apoyó sus codos sobre las rodillas y entrecruzó los dedos mientras ladeaba la cabeza para mirarla.

—¿Quieres que trabaje contigo?

—Solo en caso de que te interese el trabajo en cuestión y si es que no tienes otros planes. No sé casi nada de ti, pero estoy algo desesperada y me atrevo a esperanzarme contigo. Podrías quedarte con nosotros.

—No parece que a las personas de por aquí les entusiasme mucho relacionarse contigo. Por las miradas que te dan, podría pensarse que eres una criminal. Viajo solo y soy muy precavido.

—No soy ninguna criminal. Mi único crimen, al parecer, ha sido ser diferente —anunció y señaló sus ojos—. Puedes pensártelo… al menos que seas de ese tipo de personas que se desaniman por habladurías sin fundamentos.

Él volvió a sonreírle y negó lentamente. Él no era así; de hecho, sentía una repulsión severa por el tipo de gente que ella mencionaba. Su vida también se había hecho añicos por los prejuicios y las habladurías. Se puso de pie, acomodándose la mochila sobre ambos hombros y asintió.

—Pues vamos allá. Veamos para qué soy bueno.

Bea, sorprendida, se levantó de la banca como impulsada por un resorte. Ella le guio por el camino que llevaba hacia su camioneta y Cam le dio una mirada de desagrado.

—¿Está muy lejos de aquí?

A Bea no le pasó desapercibida la mirada del chico y negó. Cam resolló y se encogió de hombros, en seguida subió y se pusieron en camino hacia las afueras de la ciudad.

—¿Llevas mucho tiempo aquí? —preguntó elevando la voz, pues las ventanas de la camioneta estaban abiertas.

—No mucho. Llegué hace tres días… me enteré de que en esta ciudad había mucha gente narcisista con dinero.

—Qué mejor clientela que esa para vender lo que haces. —Él coincidió con una breve sonrisa. Miró por la ventana de la camioneta y empezó a sentirse mareado. Normalmente viajaba a pie pues los trayectos en transportes lo hacían sentir indispuesto. La chica manejaba despacio, casi como si disfrutara demasiado de la vista para acelerar más de la cuenta—. ¿Has estado viajando desde hace tiempo?

Él asintió, pero no respondió nada más y Bea comprendió que debía dejar ese tema de lado, así que prefirió hablarle de ella un poco más.

—La familia de mi padre se dedica a la madera desde hace muchas generaciones.

—¿No tienen un lugar en la ciudad para vender lo que hacen?

—No. Tenemos convenios con negocios de allí. Nosotros hacemos los muebles y ellos los venden. Por supuesto, a ellos les conviene pues no tienen que hacer nada y ganan el doble; y a nosotros no nos importa porque preferimos no tener mucho contacto con los clientes.

—¿Por qué?

—Uno, no somos materialistas… y dos, somos muy antisociales —confesó con una sonrisa mientras viraba el volante hacia la izquierda y continuaba de frente.

—No me lo pareces.

—¿Materialista o antisocial? —preguntó animada, bajando la velocidad ante un pequeño riachuelo por el que debía manejar lenta y cuidadosamente.

—Ninguna de las dos, pero en especial la segunda.

—No lo soy tanto como mi padre. La verdad es que no es que la gente me desagrade mucho; más bien a ellos no les agrado y, por lo tanto, no he tenido demasiadas oportunidades en la vida para socializar como me hubiese gustado.

Cam comprendió las dificultades vividas por la muchacha. Una sacudida lo hizo palidecer y Bea lo miró con las cejas levantadas, signo que reflejaba su preocupación. Él elevó la mano en el aire, para restarle importancia a su estado.

—Me mareo con frecuencia —masculló mientras descansaba contra la cabecera del asiento. Bea se sintió mal al reparar en que no podía hacer nada para ayudarlo.

—Ya casi estamos allí —anunció tratando de bajar la voz para no irritarlo.

Los minutos restantes de camino los pasaron en silencio. Bea aparcó poco antes de donde lo hacía normalmente y se movió para mirarlo. Al notar que el ajetreo había cesado, Cam abrió los ojos y levantó la vista con lentitud. Bea se quitó el cinturón de seguridad, salió de la camioneta, caminó rápido hacia el otro lado y le abrió la puerta. Él rio entre dientes.

—Muy caballeroso de tu parte.

Bea se mostró extrañada y la sonrisa de Cam se ensanchó.

—Normalmente los hombres deben hacer eso.

—¿Hacer qué?

—Abrir la puerta de las chicas.

Bea abrió la boca y dejó salir una suave exclamación que denotaba su comprensión. Al estar tan alejada de las convenciones sociales, ella no tenía idea de muchas de esas cosas.

—Si te sientes mal, puedo ayudarte con la mochila.

—Estoy bien, puedo hacerlo solo. Te lo agradezco, pero una chica nunca debe hacerse responsable de las pertenencias de un hombre.

—Lo tendré en mente —anunció. Cuando estuvieron fuera de la camioneta caminaron hacia la casa y Bea se adelantó, subió por las escaleras del pórtico y agarró la perilla con la intención de abrir. Cam carraspeó y ella se detuvo en el acto.

—Permíteme —dijo él. Se acercó a ella y abrió la puerta en su lugar, para darle el paso primero.

Bea resopló y se puso en jarras.

—No me gustan estos convencionalismos. Considero que están diseñados para hacer de las mujeres unas inútiles.

Cam la miró sorprendido y, sorpresivamente, se rio. Ella se cruzó de brazos y se apoyó en la pared.

—Supongo que en parte tienes razón, pero ayuda a los hombres a no ser unos patanes.

Bea asintió estupefacta. Nunca había tenido un amigo y se sentía emocionada y feliz de haberlo encontrado. Era muy agradable.

Su padre la recibió con los brazos abiertos cuando la vio entrar por la puerta, pues se había comenzado a sentir con más energías y había cocinado algo para ella. Bea corrió y lo abrazó sintiendo que la alegría se desbordaba de su cuerpo al verlo de pie.

—Padre… encontré a un ayudante. —Se movió hacia su acompañante, sonrió y lo presentó—: Él es Cam.

Ben no pareció sentirse muy atraído con la idea de tener a alguien de ayudante, pero aun así, extendió la mano y estrechó la que el muchacho había alargado primero.

—Un placer.

—Bea me ha comentado que necesitan ayuda para realizar los muebles.

—Mis brazos y piernas ya no son igual de fuertes que antes. ¿Trabajas con madera?

—Hago esculturas, bustos… sobre todo obras muy extrañas, pero esas no se venden. A las personas no les agrada el arte contemporáneo actualmente.

Ben miró con aprobación a su hija, y Bea comprendió que había hecho un buen trabajo.

—¿Qué edad tienes, jovencito?

—Cumpliré quince en pocos meses.

Bea se felicitó por su intuición. Se alejó mientras los dos continuaban conversando y sirvió tres vasos con agua que descansó sobre la mesa. Fue a la estufa y vertió la sopa de verduras que su padre había preparado en unos platos hondos de madera.

—Le prometí alojamiento y alimento.

Ben asintió y sintió que le fallaba la respiración. Cam se percató de eso; presto le ofreció el brazo y lo ayudó a sentarse en una de las sillas. Él hombre le agradeció con una acción y Cam se alejó y dejó su mochila en el suelo.

—Soy bueno en mi trabajo.

Bea secundó la afirmación.

—Esculpió el cuerpo y la cara de una persona, así de rápido padre —aseguró tronando los dedos para ilustrar su idea.

—¿Tienes familia?

Cam tomó asiento a su lado, sujetó el vaso con agua y vertió el líquido, despacio, dentro de su boca. Cuando acabó, negó.

—Mi padre se fue de casa cuando yo era muy pequeño y mi madre —inició, pero la voz se le entrecortó y luego de poco, continuó—: ... Las personas no tienen idea de lo que un comentario falso puede provocar —dijo jugueteando con el vaso vacío. Ben ladeó la cabeza y miró a Bea, ella se encogió de hombros y le dio a cada uno una cuchara.

—La gente es cruel con sus palabras.

—Pregúntamelo a mí —musitó Bea, comiendo lentamente su sopa.

—Ella era muy alegre, siempre fue una persona agradable y educada. —Por algún motivo, Cam advirtió que podía hablar abiertamente con ellos. Una sensación de pertenencia que no había tenido en mucho tiempo lo recorrió por completo—. Un tipo con mucho dinero la pretendió por años. Mi madre nunca aceptó y, cansado de rogar y esperar, su ira creció y aseguró haber visto a mi madre en relaciones ilícitas... es decir, con hombres casados. Desde ese día sus amigas dejaron de hablarle, los vecinos cerraban las ventanas y las puertas cuando ella pasaba, la gente no quería venderle nada, pisaban nuestro jardín o nos arrojaban basura y de vez en cuando lanzaban huevos a nuestras ventanas.

—Eso es terrible —admitió Ben sin probar bocado. A Bea también se le había quitado el hambre y una horrible sensación de angustia se apoderó de ella.

—Simplemente... se dejó vencer. Dejó de comer... se enfermó y murió. No pudo tolerar el rechazo ni el maltrato de todas esas personas.

—Las personas son muy crueles —dijo Bea sin advertir que sus ojos se habían llenado de lágrimas. Ben la tomó de la mano y ella lo miró asustada.

—No todas lo son, pero además, debes recordar que las personas son tan crueles como uno les permite ser —a continuación, mirando hacia Cam, agregó—: Lamento mucho que les haya sucedido eso. No todos son lo suficientemente fuertes para superar las dificultades. Me alegro de que tú estés aquí.

Cam sonrió y bebió una cucharada de sopa. El líquido, a diferencia de otras veces que recordaba sus problemas, pasó sin dificultad y en ese punto supo que estaba en el lugar correcto, con las personas correctas.

La mariposa azul

Durante el siguiente año Bea y Cam se acoplaron increíblemente bien, tanto en el trabajo como en todo lo demás. Había una química palpable entre ellos y estaban juntos todo el tiempo. Bea lo trataba con mucha familiaridad y a él no le molestaba. Ninguno de los dos había crecido con hermanos o con familia grande, pero Bea supuso que tener un hermano se sentiría justo así de bien. Aunque Cam era menor que ella, no lo parecía ni en el físico, ni en el carácter. Él era todo lo que ella no. Era paciente, tranquilo, sabía escuchar a la perfección y además era cuidadoso en todo lo que hacía. Bea, por el contrario, daba la impresión de que tenía un resorte pegado al trasero. Bea brincaba, bailaba, era desordenada e intranquila; así que ambos se complementaban y se divertían mucho juntos.

Ben, por otro lado, no podía (y sabía que nunca podría), agradecerle a Cam lo suficiente por haber aparecido en sus vidas. Se sentía aliviado de tener a alguien tan eficiente; sí, pero no solo era el trabajo, Cam era el epítome de la bondad y Bea no había dejado de sonreír desde que lo había conocido.

Cuando ambos tenían ratos libres del trabajo caminaban por el bosque y Cam solía enseñarle todo tipo de cosas. Además, la acompañaba a nadar, a trepar los árboles y a correr; aunque él prefería mirarla que hacerlo.

A los pocos meses de haber llegado a vivir con ellos, Bea había decidido confiarle su más preciado secreto y mientras se lo había contado de manera despreocupada, Cam simplemente la había mirado por minutos enteros, prestando atención. Cuando hubo terminado, la había rodeado con sus brazos y acariciado su espalda con gentileza. Al notar su apoyo y aceptación, algo que Bea no había recibido con anterioridad de nadie aparte de su padre, ella había llorado como nunca. No recordaba haberlo hecho de ese modo. Desde ese día, él había formado parte de sus costumbres y había aprendido a comunicarse con señas.

Una noche, mientras estaban sentados sobre la cama jugando cartas, Cam le había llamado con la seña de su nombre. A Bea no le gustaba tener que deletrear el nombre de su padre ni el de ella, pues consideraba que perdía tiempo para comunicarse con eficacia; así que Ben le había dado una seña homónima y Bea había hecho lo mismo que él. Con los dedos hacía la letra inicial de su nombre y la recorría por sus ojos en una línea horizontal. Bea le tenía mucho cariño a su nombre en lengua de señas, pues Ben se lo había puesto en honor a sus ojos; era una seña que mostraba lo hermosos que él creía que eran. El nombre de Ben en lengua de señas era haciendo la misma letra que el de Bea, pero recorriéndola por el dorso de la mano izquierda, pues Ben tenía una cicatriz justo en ese lugar que a Bea le encantaba tocar.

Bea le respondió haciendo la seña de pregunta y él sonrió.

—¿Cuándo me pondrás mi nombre? —cuestionó él con su voz, pero haciendo las señas también.

Bea se sintió repentinamente feliz. Cam había entrado a su realidad con una facilidad excepcional. Él no se mostraba asustado ni sentía aversión por la situación en la que ella tendría que sumergirse. Parecía, incluso, fascinado con todo lo que a ella la hacía ser tan diferente.

Bea alzó su mano y con esta formó la letra inicial del nombre de Cam, a continuación la colocó sobre su corazón y dio tres toques. Cam la miró con el ceño fruncido, sin comprender.

—¿Cariño? —preguntó suavemente y Bea asintió.

—Tu nombre será como la seña que usamos para decir esa palabra.

—¿Por qué? —preguntó acercándose unos centímetros.

—Porque eso es lo que representas.

Bea nunca olvidaría la mirada que él le dio ese momento. Sus ojos negros habían brillado con una emoción incontrolable e incluso Bea había alcanzado a notar que parecían húmedos. Cam se acercó y la abrazó con todas sus fuerzas.

—Estaré para ti, siempre.

Bea sonrió y lo abrazó con la misma intensidad.

En el cumpleaños número diecisiete de Bea, todos fueron de día de campo y ella, emocionada, preparó una tarta de fresas y unos emparedados. No fueron muy lejos, pues Ben ya no solía caminar largas distancias. Cuando llegaron al claro los tres arreglaron el lugar y se sentaron sobre una manta para disfrutar del buen tiempo. Jugaron a los acertijos y la pasaron increíblemente bien, pero Bea se mostró frustrada al cabo de un rato, por no poder ganarle a Cam, pues él resolvía con destreza todos los acertijos.

—Ahora es mi turno. —Ben se acomodó contra el tronco de un árbol y los miró con cariño a los dos.

—Dispara —dijo Bea brincando sobre la manta, emocionada.

—A un cerezo subí, donde había cerezas. No cogí cerezas, ni dejé cerezas, ¿cuántas cerezas había en el cerezo?

Bea alzó las cejas sorprendida por el acertijo. Miró de reojo a Cam que daba la impresión de estar pensándoselo con mucha seriedad y ella se sintió fastidiada por no poder llegar a la respuesta. Se recostó para mirar al cielo e intentar vaciar su mente. Estaba haciendo sus cálculos mentales cuando escuchó la voz de Cam.

—En el cerezo había dos cerezas.

Bea se levantó tan rápido que se sintió mareada y cuando se recompuso, miró la sonrisa de su padre y supo que él había acertado.

—¿Cómo es posible? No le encuentro ningún sentido ¿Es esa la respuesta? —preguntó a su padre y él asintió gustoso. Ella hizo un puchero y golpeó la manta con los puños—. Eres como una computadora.

—No es tan complicado.

—Sí lo es.

—Es un juego de número.

—¿Un qué?

—Un juego de número, Bea —repitió Cam sonriéndole con cariño.

—Pero yo no escuché que papá dijera ningún número.

—Es porque no me refiero al tipo de número que estás pensando. Me refiero al plural y al singular.

—Agh, ustedes son unos cerebritos —dijo ella bufando.

—Es muy simple. Si había cerezas, quiere decir que era un grupo de ellas, no pudo haber sido una; así que había más de una. Luego no cogí cerezas... es decir que cogí una.

—¡Pero no cogiste ninguna!, ¿no es eso lo que acabas de decir?

—No. Lo que dije fue que no cogí cerezas, quiere decir que no cogí muchas... más de una.

—¿O sea que solo cogiste una?

—Así es.

—Y si no dejaste cerezas, ¿quiere decir que no dejaste muchas y que solo dejaste una?

—Sí. Por lo tanto había dos, tomé una sin tomar muchas y dejé una sin dejar muchas.

Bea les lanzó una mirada de fastidio a ambos y empezó a trenzarse.

—Un día encontraré algo tan difícil que ninguno de los dos lo podrá solucionar —anunció con tono vengativo y Cam sonrió, se acercó a Bea, se posicionó detrás y le sujetó las secciones de mechones para trenzárselas. Ben cerró los ojos y durmió una siesta.

—Eres como la niña de la mariposa azul —declaró él cuando comenzó a hacer la trenza. Bea quizo voltearse, pero él la reprendió con un sonido corto de fastidio y ella volvió a mirar al frente.

—¿Quién es la niña de la mariposa azul?

Cam tardó un rato en contestarle y continuó con el trenzado con diligencia, entretenido.

—Cuando era pequeño, solía ir a la biblioteca de la ciudad en donde vivía. La bibliotecaria me recomendaba libros y me gustaba llevármelos a casa para leerlos sin prisas. Los últimos días del mes, la hija de la bibliotecaria, que era una chica muy atractiva, se disfrazaba de hada y contaba cuentos a los niños que iban allí. Yo me escondía para verla y para escucharla contar historias con su melodiosa voz. Era delicada, como una nube. Recuerdo esa historia porque a ella le gustaba mucho contarla.

—¿De qué va?

—Se trata de dos pequeñas hermanas que vivían en una colina con su padre. Eran ambas un dolor en el hígado: inquietas, traviesas y muy enojonas… como tú.

—No soy así —se defendió e intentó volverse de nuevo.

—Sí lo eres. —Cam la instó con una mano en el hombro a que volviera a ponerse derecha—. En fin. Su padre, al ver que eran… algo salvajes, decidió mandarlas con un gran y ancestral sabio que vivía cerca de allí. Pensó que tal vez les vendría bien un poco de educación.

—Yo soy educada.

—No mucho —susurró él contra su oído y continuó—: Las niñas pensaron que haciendo muchas preguntas lograrían convertirse en un incordio y el gran sabio las mandaría de vuelta a casa. Pero cada pregunta que le hacían al gran sabio, él la contestaba. Siempre tenía una respuesta para todo y eso las sacaba de quicio.

—Considero que puedo entenderlas.

—Ya lo creo —dijo él sonriéndole—. Un día, cansadas de ver que el sabio no parecía molestarse con las preguntas, y que de todos modos él respondía sin falta, urdieron un plan.

—¿Alguna trampa?

—Exacto. Decidieron hacerle una pregunta tan difícil que él no tendría la respuesta. La hermana mayor salió al bosque y al poco tiempo regresó con algo entre sus manos.

—¿Qué era?, ¿era la mariposa?

—Sí. Le dijo a su hermana pequeña que le preguntarían al sabio si la mariposa estaba viva o muerta. Si el sabio respondía que estaba viva, ella la aplastaría y si respondía que estaba muerta, ella la dejaría en libertad. En cualquiera de los dos casos, el sabio no podría acertar.

—Eso suena horrible, hasta para mí.

Cam rio y terminó de peinarla; Bea se volvió y lo miró ansiosa por escuchar el final.

—¿Lograron lo que esperaban?

—Cuando le hicieron la pregunta al sabio él les contestó sonriendo: "Depende de ustedes, pues ella está en sus manos".

Bea le dio una ojeada de desconcierto y se recostó en sus piernas.

—Eso te enseñó que nunca puedes ganarle a un sabio, ¿no? ¿De ahí surgió tu amor hacia los acertijos?

—Eso no fue lo que me enseñó. Lo importante de ser sabio no reside en tener todas las respuestas, Bea.

Ella cerró los ojos y trató de pensar en lo que él le decía. No era saber todas las respuestas.

—¿Cómo?… ¿creo que te refieres a que va más allá de ser un sabelotodo?

—Bingo —contestó él acariciando su frente y el puente de su nariz. Ella sonrió al sentir su dedo sobre su rostro—. La vida en sí es un acertijo, Bea. Nunca sabes qué puedes encontrarte ni lo que tendrás que resolver… y lo más importante es que una vida puede depender de qué solución le des al problema.

—Tienes razón.

—Pero algo que debes tener en mente, es que en la vida los papeles se invierten y sin percatarte de ello, puedes estar en el lugar del sabio en un momento y en seguida encontrarte en el lugar de las dos niñas. Debes saber resolver el problema sin importar de qué lado de la balanza estés.

Bea se quedó pensando en las palabras de Cam mientras observaba las hojas de los árboles, secas, caer alrededor y cerró sus ojos. En poco tiempo, ya estaba dormida.

Cam sabía que ese sería el último año en el que Bea podría escuchar su voz. Quería dejarla grabada en su mente, esculpirla con forma como hacía con sus esculturas, pero sabía que no podría... así que se dispuso a hacer de ese último año, el más melodioso.

Las cosas, desafortunadamente, no salieron como él tenía pensado. Solo dos meses después de eso, terminaron el pedido de muebles que les habían hecho y los llevaron a la ciudad. Bea manejó lentamente todo el trayecto y él se apeó de la camioneta, con ganas de expulsar todo lo que había desayunado por la mañana.

—Si te sientes muy indispuesto puedo hacerlo sola.

—Adelántate. En unos minutos te alcanzo.

Bea asintió y se adelantó al negocio por el montacargas. La ciudad se veía muy viva ese día. Muchos vendían en sus puestos y parecía como si estuviesen celebrando algo. Bea no estaba muy enterada de las festividades que se hacían en la ciudad, ni de cuándo se llevaban a cabo. Había globos de Cantoya por doquier y música que provenía de diferentes direcciones. Se detuvo frente a un puesto de mangos y se dijo que cuando estuviera de regreso compraría unos para su padre, para ella y para Cam, pues los tres tenían gustos similares en la comida y les encantaban las frutas tropicales.

Continuó caminando, llegó a la mueblería y tocó la puerta de la tienda. El dueño salió y la saludó afablemente.

—Llegaste en mal día. No habrá suficiente espacio para transportar los muebles con el montacargas. Las calles están llenas.

—¿Qué celebran? —preguntó mientras se movía hacia la derecha para permitirle el paso a la gente.

—La recuperación del duque de Valte.

Bea asintió, aparentando comprensión, pues no tenía ni la más mínima idea de quién era ese tipo. Sin saber por qué, a su mente regresó la imagen del chico que había conocido hacía dos años en el festival y que poco a poco se había convertido en solo un fantasma del pasado. Cabeceó para espantar el recuerdo.

—Mejor pasaré mañana.

—No estaré mañana, pero le diré a los chicos que se mantengan al pendiente.

A Bea no le agradaba tratar con los sujetos que trabajaban en la tienda pues no eran educados como el dueño y la miraban de manera extraña. Ella pensaba que era porque se veía diferente, pero Cam le había asegurado que se trataba de otra cosa. Se encogió de hombros y se despidió del dueño para volver a retomar el camino; segundos después, volvió a detenerse en el puesto de mangos.

—Llevaré tres, por favor.

La mujer del puesto de frutas la miró como a la peste, pero seleccionó tres, los echó en una bolsa plástica y se lo alargó. Bea introdujo la mano derecha al bolsillo trasero del pantalón pero al punto, se desbalanceó y perdió el equilibrio.

En un principio pensó que estaba por desmayarse, que tal vez estaba enferma o indispuesta, pero luego lo sintió de nuevo. El piso se había movido debajo de sus pies.

—¡Terremoto!

Bea escuchó gritos por todos lados y las personas comenzaron a correr de un lado a otro. En ese instante no supo qué hacer. Todo el mundo corría y empujaba; la marabunta de gente se arremolinaba de un lado a otro y ella estaba atrapada entre todas esas personas sin saber a dónde dirigirse. La tierra volvió a temblar y esta vez perdió el equilibrio y cayó al suelo.

Una nube de humo gris se extendió por las calles y Bea supo que algo se quemaba. Lo que escuchó después le sacó un grito, se hizo rápidamente un ovillo y se protegió la cabeza. Era el sonido de algo similar a explosiones. Se sentía aturdida y sentía como si un martillo golpease contra su oído. Se levantó del suelo como pudo y caminó hacia la pared del otro lado para poder apoyarse en esta.

Más disparos, más fuego y más gritos se expandieron por toda la explanada. Bea entró en pánico y no supo hacia dónde dirigirse; se armó de valor y corrió hacia donde recordaba haber dejado su camioneta. Alguien se estampó contra ella y la sujetó de los hombros.

—¿Estás bien? —La voz de Cam la hizo sentirse más tranquila y asintió cuando pudo verlo a los ojos.

—¿Qué está pasando? —gritó entre las voces de las personas.

—No estoy seguro, pero tenemos que salir de aquí. Debemos regresar a la camioneta.

Bea no tuvo oportunidad de contestarle porque el piso se movió de nuevo. En ese punto supo lo que sucedía. Eran bombas. Estaban bombardeando la ciudad. Cam la agarró con fuerza del brazo, ella reaccionó y caminó deprisa a su lado, por donde él la dirigía. Había personas que los empujaban por todos lados, pues unos iban hacia donde ellos y otros iban hacia el lado opuesto.

De repente, Cam se detuvo a medio camino y Bea supo que algo andaba mal. Alzó la mirada sobre el hombro de él y se dio cuenta de que iban justo hacia unos individuos con unos raros trajes de color azul marino que se acercaban, portando armas de diferentes tipos, pero parecían no tener la necesidad de usarlas. Bea no alcanzaba a vislumbrar de dónde salían o en dónde estaban las bombas.

—Son hechiceros —anunció Cam. Bea lo cogió de la mano y lo haló hacia atrás para poder huir en dirección opuesta. De pronto un grito agudo llegó hasta ellos y ambos se detuvieron y se giraron hacia los hombres que estaban a varios metros de distancia. Tenían a un grupo de niñas con ellos.

—Cam... ¡Vámonos! —apremió ella, pero él estaba impávido mirando a las pequeñas que los agresores jalaban de los cabellos y de la ropa, y que gritaban a todo pulmón para poder liberarse. Las contó. Eran más de diez niñas. Más cerca de donde ellos estaban salió otro hombre de una de las casas arrastrando por el pie a una pequeña. Bea supo lo que Cam se propuso hacer, antes siquiera de que lo hiciera—. ¡No! —gritó sujetándolo de la muñeca con más fuerza, casi enterrándole las uñas. Él se giró para enfrentarla y la apresó de los brazos.

—Bea, tengo que hacer algo.

—No tienes que hacerlo, ¡nadie lo hace!

—Justamente es por eso que debo hacerlo.

Él se acercó más y acarició su frente con sus labios.

—No te angusties, estaré bien.

Y la abandonó. Bea se quedó congelada en ese mismo lugar y lo miró correr hacia el tipo que llevaba a la niña a rastras, cogió un palo de madera caído de un puesto y lo atizó en la espalda del hombre que profirió un rugido y dejó a la niña. Cam la levantó y señaló a Bea, la niña asintió y corrió hacia ella, con los brazos abiertos y las gruesas lágrimas resbalándole por las mejillas. Bea abrazó a la pequeña y la cargó justo para dar la corrida de su vida con ella.

Cam empuñó el palo y volvió veloz a ellas. Bea suspiró aliviada, pero su alivio se esfumó cuando el rostro de Cam se contorsionó con un gesto de dolor y cayó al suelo. El sujeto no lo había agredido con ningún arma, él solo había elevado su mano, suspendiéndola en el aire y Cam había caído como títere al suelo.

—¡Corre!

Bea no quiso correr, pero sabía que debía hacerlo, pues el hombre se había levantado y se había percatado de que ella tenía a la niña. Sin aviso sus piernas tuvieron vida propia, cargó a la pequeña y corrió con todas sus energías hacia el lado opuesto.

No supo por cuánto tiempo corrió, pero cuando los gritos parecieron lejanos, se detuvo y giró hacia todos lados, esperando que no hubiera dado con ellas. La nena estaba aferrada a su cuello y ella la puso en el piso con amabilidad, la tomó de la mano y la acercó a un montón de heno.

—Tienes que esconderte aquí.

La niña aceptó temblando y Bea la cubrió con el heno, dejándola en una esquina de la plaza.

—No salgas hasta que dejes de escuchar gritos, ¿entiendes? —preguntó antes de cubrirle el pequeño y lloroso rostro.

—De acuerdo —contestó la chiquilla sollozando.

Bea la escondió bien y corrió de regreso. Las lágrimas de desesperación se anegaron en sus ojos y no pudo evitar dejarlas salir. Se detuvo como si hubiese chocado con una pared invisible cuando a lo lejos, vislumbró al hombre de azul, buscándola. Rápidamente se escondió en una zona fuera de la vista del sujeto y esperó allí.

No supo con exactitud cuánto tiempo se ocultó en ese lugar, pero cuando volvió a ponerse en marcha, ya no había gritos, solo pedazos de la ciudad, humo, cenizas y llanto. Bea corrió entre los escombros y después de buscar por horas, moviendo objetos del suelo, encontró a Cam. Se llevó una palma a los labios para ahogar la exclamación de terror y se dejó caer al suelo. Una viga le había atravesado debajo de la clavícula izquierda, demasiado cerca del corazón y un charco extenso y rojo, se abría paso debajo de él, hacia ella.

Su llanto, desesperado y fuerte, voló hasta los oídos de las personas que caminaban angustiadas alrededor. Un hombre se acercó para ayudar y al ver que no había nada que hacer, le lanzó una mirada de tristeza a la muchacha y se retiró con paso lento. Bea se dejó caer sobre su cuerpo y derramó lágrimas hasta el anochecer.

Cuando regresó a la casa, cubierta de sangre, polvo y cenizas, su padre se sentó en la cama con expresión abatida y Bea terminó llorando hincada en el suelo, con el rostro escondido en sus piernas.

Durante los meses que siguieron, Bea entendió que había algo peor que la muerte; y eso era, continuar con vida después de haber perdido a un ser amado.

La prueba más difícil

Casi dos meses después de haber presenciado la muerte de su mejor y único amigo, Bea salió de la casa. Se sentía débil, pues no había comido bien, y su padre la había apremiado a ir al lago a tomar un baño para despejar su mente. Cuando Bea llegó allí, de mala gana se quitó la ropa y se metió al agua templada. Tenía unas pronunciadas ojeras y unos horribles dolores de cabeza. Por las noches, al poco rato de quedarse dormida, solía escuchar los gritos de las personas, las explosiones por todos lados y siempre despertaba con el corazón latiéndole como si acabara de correr un maratón, y con gruesas gotas de sudor resbalándole por la frente. Ni siquiera el atrapasueños que colgaba encima de su cama, y que tantos años la había protegido de atroces pesadillas, parecía surtir efecto.

Bea lo extrañaba demasiado. Sólo habían estado juntos dos años, pero ella lo había sentido como una eternidad, y al mismo tiempo, como un brillo repentino de una estrella a punto de extinguirse. Recordó la conversación que había tenido con su padre solo una semana después del incidente. Bea estaba irreconocible y su padre había intentado razonar con ella sin conseguir nada. Bea le había dicho que no podía comprender cuál había sido la razón por la que él había arriesgado su vida para salvar a una persona… todos eran iguales, todos eran crueles, esa niña probablemente crecería y se convertiría en una persona sin escrúpulos y sin moral, desdeñosa e injusta como sus progenitores. Qué caso tenía arriesgar una vida como la de él, por una vida como la de ellos. Bea no terminaba de comprenderlo y eso la enfurecía.

—Bea, tienes que parar. —Su padre la había agarrado con tanta fuerza por los hombros que ella había soltado un gemido y sus sollozos se habían detenido.

—Estoy furiosa —había susurrado tan quedamente que su padre había tenido que agacharse para poder escucharla con claridad. Bea se apoyó sobre su pecho; Ben le acarició la coronilla con suavidad y le murmuró palabras para tranquilizarla.

—Lo sé, cariño.

—No lo entiendo. No comprendo por qué lo hizo.

—Bea… él tenía fe en la gente. Él y su madre sufrieron lo mismo que tú y aun así no perdió la fe en las personas y decidió arriesgar su vida para salvar a esa niña, que pudo haber sido como tú o como él. No puedes pensar que todos son iguales, mi amor. No lo son. Incluso si sus padres son terribles o sus abuelos lo fueron… pueden ser diferentes. No debes poner etiquetas como las que te han puesto a ti por tantos años.

Y ahora que Bea estaba más tranquila, podía comprender las cosas. Solo pensar que alguien más podría estar sufriendo lo que ella en esos momentos, le hizo sentir escalofríos. Su maleficio ahora le parecía insípido comparado con el sufrimiento que la pérdida le había provocado. Tenía que hacer algo, pero no estaba segura de lo que era.

En el camino de regreso, después de haberse lavado y sentirse más calmada, se convenció de que no podría quedarse con los brazos cruzados, necesitaba hacer algo, necesitaba proteger a quienes, como ella, estaban por sufrir alguna catástrofe ocasionada por esos malditos hechiceros. Ella debía hacer algo.

Cuando llegó a la casa, su padre la recibió sentado en su mecedora de madera. Ben se percató de que algo en la expresión de su hija había cambiado. Bea estaba resuelta.

—Nada bueno sale de esa mirada tuya. La última vez que la vi, mi camioneta casi se quedó ahogada en el lago del claro... y necesitaste exactamente cinco puntadas en el cuello.

—Creo que tenías razón.

—¿En qué?

—En todo. Creo que ahora puedo comprender por qué Cam hizo lo que hizo. He decidido que voy a ayudar.

—¿A quién?

—A quien lo necesite. Me prepararé y voy a encontrar a esos hombres que nos quitaron a Cam y que les arrebataron a todas esas familias a sus hijas. Voy a buscarlos... y cuando dé con ellos, los haré pagar.

Ben no dijo nada, simplemente se quedó mirándola, pero Bea sabía que no la veía. Esa era su mirada vacía... él daba la impresión de ver aún más allá de ella, como si estuviera en un estado de trance al que ni ella, ni nadie, podía acceder.

—¿Cómo planeas hacer algo así, cariño?

—Voy a enlistarme.

—No creo que sea buena idea —anunció su padre abriendo los ojos desmesuradamente y a Bea no le pasó desapercibida la mirada mortificada que le dirigió a los aparatos para sus oídos, que no había utilizado desde que Cam había muerto.

—¿Crees que no podré hacerlo?

—El ejército no te dejará entrar si se dan cuenta de que tienes una discapacidad, hija. No funciona de ese modo —contestó con desasosiego.

—Me enlistaré antes de que el maleficio se active, padre. No lo notarán.

—No entiendes. Si fallas, si se dan cuenta de que los engañaste, o peor, que hay un maleficio sobre ti, podrían encarcelarte por engaño a la corona. Bea... no deberías tomar una decisión de esta índole estando enfadada.

—Debo hacer algo. Él me lo dijo.

—¿Quién? —preguntó desconcertado su padre.

—Cam. Esa tarde le dije, le supliqué que no fuera; nadie más lo hacía. Él respondió que era por esa misma razón que él debía hacer algo. Y creo que yo también puedo hacer una diferencia.

—Pero... tu madre dijo que vendría a buscarte...

Bea sintió que el corazón se le detenía. De momento no supo si debía o no decir lo que sentía y pensaba, después decidió tirar todo por la borda y decir la verdad.

—Yo no creo que lo haga. Antes pensaba... —las lágrimas se agolparon en sus ojos, pero no las dejó salir—. Antes pensaba que ella vendría, pero después de lo que le pasó a Cam, he renunciado a todas las esperanzas. Haberlo perdido fue algo insoportable e incluso me pondría en su lugar para poder regresarlo a la vida. Él era mi amigo y no puedo pensar que una madre pueda renunciar a su hija tan fácilmente. No me amaba. Nunca lo hizo.

Ben se estremeció ante sus palabras y, alterado, intentó levantarse pero sus piernas, débiles, no reaccionaron como él hubiese querido.

—Bea... no digas esas cosas. No conoces las razones...

—No me importan las razones. No son suficientes. Nada de lo que me digas, podrá hacerme creer lo contrario. A ella no le importó perderme, no le importó perder los años más importantes de mi vida; no vino a verme ni una sola vez.

—Debes pensar con claridad.

—Lo hago, padre. Durante muchos años viví en un mundo de fantasía, pensando que estaría aquí por el resto de mis días sin enfrentarme al rechazo de las personas, hasta que ella volviera a mí. No lo haré. Mi vida es más que esperar por alguien a quien no le importo. Yo tengo que hacer algo; debo hacerlo padre.

—¿Por qué debes?

—Porque nadie más lo hará. Nadie en esta ciudad se parará a pelear contra lo que es incorrecto, contra quienes los lastiman. El miedo es mucho más fuerte. Ellos creen que tienen mucho que perder. Yo he perdido a mi madre, a mi mejor amigo y a mi futuro.

—Todavía me tienes aquí.

Bea se acercó con paso lento, se inclinó y apoyó las palmas sobre las rodillas huesudas de su padre.

—Eres al único al que tendré para siempre. Me has dado todo lo que tienes y todo lo que eres. Tú estás en mí... somos uno, tú y yo —admitió son un dedo en su pecho—. Has creído en mí toda la vida. Me has preparado y me has dado todo lo que se me negó por nacimiento. Eres la razón por la cual puedo pararme a luchar, por la cual puedo defender lo que es correcto.

Las lágrimas que caían sobre las mejillas de su padre, le hicieron sentir que se le encogía el estómago.

—No podré protegerte si estás tan lejos.

—No padre. No es tu trabajo hacerlo. Me has protegido durante muchos años. Ahora... es mi turno. Porque si esos bastardos regresan y quieren hacerte daño, se las verán conmigo.

Bea se levantó del suelo, se acercó a él y dejó que su padre descansara la cabeza sobre su pecho. Siempre había supuesto que estaría allí, viviendo feliz por muchos años y que después podría ver a su madre y los tres estarían juntos como una familia feliz. Pero la realidad, su realidad, no era así. Y ella no iba a continuar aislada. Iba a jugar el juego del cual la habían sacado desde antes de iniciar. Ella iba a ser parte del mundo y no se quedaría con los brazos cruzados. Iba a pelear.

A la semana, cuando estuvo más repuesta y hubo regresado a sus actividades diarias, volvió a la ciudad. Estaba hecha un desastre. Los edificios, las construcciones y algunas de las casas, estaban o quemados o hechos añicos. Muchos negocios se habían arruinado y los otros probablemente habían dejado de existir. Bea aún escuchaba las explosiones y los gritos de las personas en su mente, cada vez que cruzaba una calle o llegaba a alguna plazuela.

En un quiosco en una de las plazas un grupo de muchachos y chicas que se habían quedado sin trabajo o a cargo de hermanos o familiares, estaban ofreciendo sus servicios. Bea pensó que podría contratar a alguno de ellos para cuidar a su padre y ayudar en las labores de la casa. Tenía ahorrado algo de dinero y podría solventarlo hasta que comenzara a ganar su sueldo.

Ese día, regresó a casa con una chica un tanto más joven que ella, que había perdido a su padre y a su hermana; su madre estaba en depresión y ella necesitaba ganar dinero. La chica, Nancy, tenía buena disposición para el trabajo y una actitud agradable y responsable. Ben no tuvo de otra más que aceptar que la decisión de su hija estaba tomada; nada de lo que él dijese o hiciese para convencerla de lo contrario serviría.

Bea partió solo dos semanas después de eso a la capital del reino. Estaba a una hora en auto y a dos horas en tren, pues hacía varias paradas. No tenía pensado dejar a su padre sin su camioneta, así que decidió irse en el transporte público. Artis era un reino muy grande dividido en tres ciudades. Cuando por fin llegó a la capital, agarró su mochila y se bajó del camión junto con la mayoría de los pasajeros.

Era verano y el sol estaba en lo alto por ser medio día; hacía tanto calor que ella tuvo ganas de meterse a nadar en el río verdoso que habían pasado a la entrada. Bea se puso unos lentes de sol y caminó sin rumbo, pues no sabía exactamente hacia dónde debía dirigirse; si planeaba pedirle a alguien ayuda para ubicarse mejor, debía asegurarse de no causarles una impresión extraña. Parecía una zona muy tranquila y aunque había más personas transitando por las calles, todas iban absortas en sus pensamientos, en sus propias preocupaciones o intenciones. Ella sentía su pulso latir desbocado, estaba contenta y a la vez estaba aterrada. Se imaginó la vida de Cam, yendo de un lado a otro, y sintió una profunda admiración. No era fácil dejar una vida segura para enfrentar lo desconocido. Bea notó que había muchas más calles transitadas por autos y que los semáforos eran diferentes a los de su ciudad. Se detuvo para estudiarlos y se guio por las acciones de las personas que se detenían o avanzaban con la señal de color morado que parpadeaba rápido o se quedaba estática.

Paró a unos pasos de un negocio de venta de revistas y de periódicos, y observó con atención a una señora de madeja cana que parecía en suma aburrida sentada en un banco de cinco patas y respaldo reclinable. Se acercó dubitativa y cuando llegó a su lado se aclaró la garganta; la mujer se percató de que ella estaba junto a su puesto y la miró con una ceja alzada.

—Me da la impresión de que no eres de por aquí.

—No lo soy. De hecho me he detenido a pedirle ayuda. Estoy buscando el cuartel general del ejército.

La mujer trasladó una mano a la barbilla y la recorrió con la mirada de arriba abajo varias veces. Bea no se inmutó. Estaba acostumbrada a que la gente la mirara de todas las formas posibles; esperó pacientemente y la mujer, después de unos segundos, le regaló una sonrisa.

—Así que… ¿vienes a enlistarte?

—Sí, señora.

—La tendrás difícil. Ninguna mujer ha logrado pasar las pruebas. ¿Qué te hace pensar que tú lo harás?

—Tengo una excelente condición física. Estoy segura de que podré entrar.

La mujer le sonrió aún más ampliamente y apuntó con el dedo una vía de transporte subterráneo.

—Baja y aborda por la línea amarilla. La penúltima parada es, al parecer, tu destino —anunció con mirada perspicaz.

—Se lo agradezco.

Bea apuró el paso y bajó las pronunciadas y largas escaleras que llevaban hacia abajo de las calles. Compró un pase y buscó un mapa. En efecto, había una línea amarilla. Se ubicó rápido como si se hubiese transportado por ese medio muchas veces con anterioridad; cuando llegó a los vagones que transitaban por la línea, subió y se sentó en uno de los mullidos asientos.

El trayecto duró algo más de media hora y Bea permaneció, por fuera, impasible; no obstante, por dentro sentía que el corazón le latía demasiado apresurado para poder controlarlo. El nerviosismo se apoderó de ella al llegar a la penúltima parada.

Bea se levantó del asiento cuando el vagón se detuvo y bajó de él con una mirada determinada. Tuvo que caminar otras tres cuadras hasta llegar al gigantesco edificio que tenía colgada en las puertas una bandera desplegada con dos grandes torres y dos espadas cruzadas en el medio de ambas. Tocó a la puerta con fuerza y esperó pacientemente a ser recibida. Cuando la pequeña ventanilla de la puerta se abrió y un hombre se asomó por ella, Bea lo saludó.

—Buenas tardes.

—¿En qué puedo ayudarla?

—He venido a realizar las pruebas para enlistarme.

El hombre le obsequió la misma mirada que la anciana del puesto de periódicos y sonrió, como si aquella idea fuese una broma.

—Un minuto. —Y cerró la ventanilla frente a él.

El rechinido de la puerta al abrirse la hizo erguirse en su lugar y sintió el vello de la nuca erizársele. El hombre de la ventanilla la recibió y la invitó a pasar. Bea cruzó la puerta y se sorprendió de ver un extenso terreno frente a ella con departamentos a los lados. A lo lejos se vislumbraba una cantidad de aparatos y de objetos que supuso, utilizaban para entrenar.

—Por aquí —anunció un tipo que llevaba un bonito uniforme de color azul con manchas verdes. Entraron a uno de los departamentos de la derecha y se encontraron con un grupo de jóvenes que también portaban las mismas prendas y que la miraron sorprendidos.

—Aquí viene otra —canturreó uno de ellos a modo de mofa y los demás comenzaron a reír y a silbar. Bea no les dirigió la mirada al pasar.

El muchacho se detuvo precipitadamente y ella casi chocó contra su espalda. Con la mano grande y morena tocó la puerta frente a él y una voz ronca respondió. El soldado abrió la puerta con cuidado y se asomó, se paró firme y saludó al hombre que estaba sentado detrás de un gran escritorio de caoba tallado a mano. Bea reconoció que era un acabado muy hermoso.

—La chica viene a enlistarse —su voz trató de sonar seria, pero un dejo de humor se reflejó en su tono. El hombre detrás del escritorio lo miró desaprobatoriamente y se levantó de la silla, se acercó a ella y le alargó la mano. Bea la estrechó con fuerza sin pensárselo dos veces.

—Puede retirarse.

El soldado que la había acompañado dio media vuelta, abrió la puerta y salió con paso firme.

—¿Cuál es su nombre, señorita? —preguntó afablemente, acariciándose la barba gris y regresando a su asiento; después apuntó a la silla de enfrente y Bea se sentó.

—Beatriz.

—Soy el Sargento Dimitri —se presentó él. Entrelazó sus dedos y apoyó su barbilla sobre ellos—. Bien, señorita Beatriz, le pediré que se retire las gafas de sol por favor.

Bea resopló y con cuidado trasladó la mano derecha a una de las patas de las gafas y las removió. El hombre arrugó la frente, sorprendido.

—Sus ojos…

—Es un mal de nacimiento. Pero veo a la perfección, puede hacerme estudios de la vista si quiere.

—Eso sería en el caso de que pasara las pruebas.

—Lo haré.

La determinación de la chica lo sorprendió y asintió con lentitud para darle a entender que había comprendido el mensaje; entrecerró los ojos y la miró fijo.

—Veamos, señorita. Me complacería saber cuál es la razón por la que quiere ser parte de la milicia. —Tomó una pluma, abrió una libreta y la hojeó hasta que encontró una página en blanco.

—Creo que tengo aptitudes para el cargo. Soy una persona responsable y me considero determinada también.

—La vida en la milicia es muy compleja. ¿Por qué querría forzarse a vivir una vida como esta? Se ve a leguas que usted tiene todo para conseguirse un trabajo agradable y formar una familia.

Bea se sintió ofendida. Siempre se había sentido ofendida porque las personas la veían diferente, pero ahora estaba ofendida por el hecho de que pensaran que las mujeres no podían acoplarse a cualquier estilo de vida.

—No creo en las convenciones sociales. No me apasiona la idea de formar una familia, al menos, no actualmente ni en los próximos años.

—¿Qué edad tiene?

—Tengo diecisiete años.

—Usted es muy joven para renunciar a su libertad.

—Usted acaba de proponerme que debería casarme, ¿no es eso renunciar a mi libertad, también?

El hombre sonrió sintiendo una pizca de curiosidad por la mocita.

—Debo serle sincera —agregó segundos después y él alzó las cejas para denotar su curiosidad.

—Explíquese, pues.

—Hace unos meses perdí a un miembro de mi... familia. La ciudad fue atacada...

—Conozco la historia. No pudimos llegar a tiempo, pero tengo a un escuadrón ayudando a reconstruir la ciudad. Nunca nos habíamos enfrentado a una situación similar.

—Se llevaron a un grupo de niñas —informó e intentó guardar su tristeza—. Si hay un modo de impedir que continúen causando estragos... quiero ayudar. Sé que puedo hacerlo, si usted me da la oportunidad.

Él convino y dejó salir un suspiro largo.

—Lamentablemente, las pruebas terminaron hace un mes. Ya no puedo reclutar a nadie más, pues los puestos están llenos.

Bea se sintió desmoralizada pero no se dio por vencida. Se inclinó un poco sobre el escritorio y lo miró con perspicacia.

—Escuché que ninguna mujer ha logrado pasar las pruebas.

El sargento evadió su mirada y se aclaró la garganta con ímpetu.

—Incluso algunos dicen que... —Bea se inclinó aún más y susurró en secreto—; que las pruebas son así de difíciles para que ninguna mujer entre a la milicia, porque la mayoría de ustedes son misóginos.

—No lo somos —aseguró ipso facto al sentirse ofendido—. Le aseguro señorita, que siento un extremo respeto y admiración por el sexo femenino.

—Yo voy a pasar esas pruebas —le confirmó Bea alzando la voz y regresando al respaldo de su asiento—. Solo necesito que me dé la oportunidad.

Los siguientes segundos se sintieron como un martirio, pero hizo lo posible por tranquilizarse y no evidenciar cómo se sentía. El sargento volvió a entrelazar sus manos y a separarlas varias veces antes de contestar. Estaba muy seguro de que una chica como ella no tendría oportunidad en la zona de prueba. La mayoría de las mujeres que había asistido a las pruebas eran enormes y robustas, y tendrían tal vez unos cinco o tres años más que esa muchachita enclenque; pero algo en ella tenía una vibra diferente. Si bien las pruebas estaban abiertas para el público en general, la mayoría de los militares desaprobaban a las mujeres. Él no lo hacía. Decidió que le daría una oportunidad. Si fallaba, no habría repercusiones y si lograba superar los obstáculos, entonces... la aceptaría, pues realmente sería algo fuera de lo normal y nadie podría rebatirle la decisión.

—Supongo que me ha convencido, señorita. —Levantándose despacio de su asiento, caminó hacia la puerta mientras Bea, emocionada, lo seguía. Antes de abrirla se detuvo y la miró sobre su hombro—. ¿Ha entrenado?, ¿sabe cuáles son los obstáculos de la prueba?

—No he entrenado y tampoco sé lo segundo. Prefiero el factor sorpresa.

—Cielo santo —se quejó el hombre y alzó los ojos al techo—. ¿Cómo piensa pasar la prueba si ni siquiera tiene idea de qué trata?

—Escuche. Hace siglos, un hombre sin entrenamiento, sin condición o preparación, subió el monte más alto del mundo. Los que habían recibido entrenamiento no llegaron a la cima... él sí pudo hacerlo. Eso me da esperanza.

—Haga buen uso de ella —le contestó él con tono condescendiente. Luego abrió la puerta y llamó a uno de los jóvenes uniformados que pasaban por allí.

—Soldado, hágame el favor de llevar a la recluta al campo de pruebas. En un momento estoy con ustedes.

El sujeto alto y rubio la miró sorprendido de arriba abajo, deteniéndose al final en sus ojos y asintió inseguro ante la petición de su superior.

—Venga conmigo.

Bea salió del despacho, caminó detrás del soldado y cruzaron el terreno hasta el otro extremo, en donde estaba el campo de entrenamiento.

—Tengo que llenar un registro —comentó mientras sacaba de adentro de un casillero, una pluma y una hoja colocada en una placa de madera—. ¿Puedes decirme tu nombre, tu edad y tu lugar de procedencia?

Bea le contestó casi en automático mientras observaba el campo de entrenamiento. Era gigantesco. Había redes, cuerdas, llantas, rejillas de metal con púas, estanques de lodo, dos piscinas olímpicas con trampolines extremadamente altos, rampas, montes de tierra y grava, estructuras para escalar y muchas otras cosas que nunca había visto y ni siquiera sabía cómo se usaban. El muchacho se acercó a ella y tronó dos dedos frente a sus ojos. Bea reaccionó con un pestañeo como acto de reflejo y se volvió hacia él.

—Lo siento.

El joven le dio una ojeada divertida con sus cálidas orbes negras y dejó la hoja encima del pequeño casillero, a la mitad de la nada.

—Te deseo suerte; probablemente no llegues ni a la mitad del recorrido.

Bea le lanzó una mirada desconcertada pero se irguió, sacó el pecho y decidió continuar en silencio. El sargento se reunió con ellos y un grupo de soldados, que pasó corriendo como rutina, silbando una melodía que ella no había escuchado, se detuvo. Bea escuchó las palabras de sorpresa de algunos y de molestia de otros.

—¿Te han explicado el recorrido?

Negó y prefirió hacer caso omiso ante las palabras que escuchaba del grupo de soldados. El rubio se acercó a ella un poco más y le explicó lo que debía hacer. Bea tenía que amarrar una cuerda de un poste de madera que medía más de siete metros de alto y que contaba con unos palos que salían de modo horizontal para subir por él, hacia otro poste que estaba a unos quince metros de distancia del primero; luego debía cruzar por la cuerda colgada de manos y pies y bajar por el otro poste, quitarse el arnés y continuar hasta la rejilla de metal con púas, arrastrarse por debajo de esta, salir y subir los montes de grava y tierra que no se veían para nada firmes. Al bajar del último debía correr hacia las llantas y llevar una de quince kilos hasta la primera piscina; una vez ahí debía subir por la escalera hasta el trampolín más alto y saltar a la alberca, nadar todo lo largo de esta, salir y continuar hasta una estructura de metal en forma de "n", que tenía cinco cuerdas colgadas; debía balancearse de una a otra hasta llegar al tubo de metal del lado opuesto y bajar. Una vez abajo debía continuar corriendo hasta unas plataformas circulares que tenían diferentes alturas y estaban separadas unas de otras; debía brincar a cada una, bajar de la última y correr hasta el punto de salida por la pista de afuera en un límite de tiempo. Tenía nada más veinticinco minutos para realizar todo el recorrido.

—Estaré al pendiente de la piscina —le dijo el chico rubio en voz baja.

—Soy una excelente nadadora —le aseguró y él le sonrió amistoso.

74

—No creo que puedas decir lo mismo el día de hoy. Después de toda la actividad que vas a realizar, será difícil que puedas mantener el ritmo.

Bea sintió que el pulso se le aceleraba y comprendió lo que el soldado quería decirle. Justo en ese momento, acompañado de otro grupo de militares, se acercó un hombre mayor con cara de pocos amigos que la miró con desaprobación.

—Dimitri, esto va en contra del protocolo. Esta niña no cumple con los requisitos. Ni siquiera tiene el peso adecuado —anunció dirigiéndose al sargento, pero mirándola a ella.

—Borat... tu presencia aquí es como un milagro. Ahora ya sé qué debo hacer para que salgas de tu oficina —respondió el otro con tono irritado.

—Me opongo totalmente a esto.

El recién llegado era un poco más bajo y menos agradable físicamente que el sargento Dimitri, pero parecía sentirse con autoridad suficiente como para hablarle de modo tan personal.

—Las pruebas terminaron.

—Voy a hacer una excepción.

—No puedes. Necesitas discutirlo conmigo. Tenemos el mismo rango y no puedes sobrepasar mi autoridad.

—¿Te inquieta que esta chica tan... enclenque como dices... pase la prueba? Pensé que tenías mejor ojo.

Borat se mostró desconcertado y en seguida se acercó tres pasos a Dimitri para presionarlo, cosa que no funcionó.

—Entonces, ¿para qué vas a permitirle hacer la prueba si no crees que pueda terminarla?

—Ella acaba de perder a un ser querido por el ataque a Loktha. El darle la oportunidad hablará bien de nosotros. Es así de simple.

Borat respingó la nariz sin estar convencido de la situación, pero al final se hizo a un lado y Dimitri comprendió que le permitía, de mala gana, que hiciera la prueba. Se giró hacia la muchacha, caminó hacia ella y le indicó la zona de salida; Bea asintió y ambos se dirigieron allí. Intentando aparentar que no hablaba con ella, se inclinó de más al ponerle el arnés.

—Debes llegar con las manos secas a las cuerdas. Esa es la parte en la que la mayoría falla. Tienen poca fuerza en los brazos para sostenerse y están mojadas.

Bea abrió los ojos sorprendida de que el sargento se hubiese tomado la molestia de darle un consejo. Luego él se separó, verificó el sostén del arnés y se alejó con paso lento.

—Buena suerte. Déjame saber cuándo estás lista.

Bea reparó en que tenía público. Todos los militares la observaban desde diferentes ángulos e, incluso, algunos se habían asomado por las ventanas de los departamentos. Tomó aire, caminó hasta donde descansaba la cuerda que debía amarrar a los postes, asió un extremo y se volvió hacia el rubio que sostenía el cronómetro. Bea pensó en su padre y en su amigo, y cerró los ojos, pidiendo silenciosamente por un mínimo de ayuda.

—¡Esto es por ti, Cam! —Y después de haber susurrado esas palabras levantó su dedo pulgar y el tiempo empezó a correr.

Subir los postes de madera y cruzar sujetada de piernas y manos de la cuerda no representó ninguna dificultad para ella; fue laborioso pues tuvo que subir al primero, amarrar la cuerda, bajar, correr al otro poste, subir y amarrar la cuerda, volver a bajar y volver a subir al primero para después cruzar; pero no le fue imposible.

Corrió con todas sus fuerzas hasta llegar a la rejilla de metal y con cuidado cruzó acostada por debajo hasta el otro extremo. Los montes de tierra y grava, como ella supuso, estaban poco firmes, así que enterró los dedos en ellos y escaló velozmente todos los montículos. Llevar la llanta tampoco representó ningún problema, pues estaba acostumbrada a cargar madera y troncos desde que era pequeña. Pero a esas alturas, el aliento se le acababa y percibía un dolor debajo de las costillas. Cuando subió por la escalera y llegó al trampolín, recordó de súbito lo que le había aconsejado el sargento y ahogando una maldición volvió a bajar por la escalera. Bea escuchó risas socarronas, pues parecía que la mayoría pensaba que se había arrepentido de brincar, pero las risas pararon y se convirtieron en exclamaciones de sorpresa y admiración cuando corrió hacia el otro extremo de la piscina y se quitó la playera, quedándose solo con el sujetador de color negro. Dejó la playera en el suelo y regresó lo más rápido que pudo a la escalera, subió por esta y estando arriba, en el trampolín, se detuvo solamente el tiempo necesario para recuperar el aliento y, sin más, se lanzó en picada; cayó en la piscina como toda una profesional y nadó por debajo sin siquiera salir más de una vez a respirar. El soldado rubio se alarmó al verla mantener la respiración por tanto tiempo, pero cuando ella salió de la piscina se tranquilizó y continuó contando el tiempo.

Bea recogió su playera del suelo y se secó las manos y los brazos, asegurándose de no tener ni una gota de agua resbalando por ellos, en seguida volvió a ponerse la playera húmeda mientras corría hacia las cuerdas. Esa parte fue, en efecto, la más complicada. Bea no estaba acostumbrada a cargar con su propio peso y a llevarlo de un lado a otro sin dificultad, así que fue en esa parte de la prueba en la que tardó más. Cuando llegó a la última cuerda, se balanceó y abrazó el tubo de metal por el que tenía que descender; la emoción la abordó, pero no fue eso lo que la animó más, sino las palmadas y las exclamaciones de aliento que escuchó de todos los soldados que la miraban extasiados y admirados al mismo tiempo. Bea subió a la primera plataforma y calculó la distancia hacia la otra. Eran unos dos metros y estaba más elevada. El primer salto salió bien, llegó a la segunda plataforma sin problema, pero el siguiente era un poco más alejado aunque notablemente más alto que el anterior y cuando brincó, se soportó con los antebrazos y se golpeó las costillas con la parte baja de la plataforma circular. Logró subir con trabajos y el tercer salto fue más fácil pues la plataforma estaba más lejos, pero era más baja que la anterior. Cuando bajó de la última plataforma estaba exhausta y aún debía correr de regreso hasta el poste de madera, por la pista. Calculó que le quedaban unos tres minutos, tranquilizó su respiración y partió de regreso al punto de salida.

Sentía el pulso acelerado palpitando en sus oídos con fuerza y cada paso que daba le provocaba un mareo que sentía que no podía controlar; sin embargo, seguía corriendo. El último tramo de quince metros Bea no sintió las piernas y por un instante creyó que el camino se balanceaba de un lado a otro, pero estaba equivocada; al parecer ella era la que se balanceaba de derecha a izquierda. Cuando se dejó caer, pues las piernas no le respondieron más, se percató de que estaba a medio metro del poste, alargó los dedos y todo se volvió borroso.

Cuando despertó estaba en una habitación de color blanco, acostada en una cama mullida y arropada con una manta de color azul cielo. Parpadeó varias veces antes de fijar la mirada en una cortina de color azul oscuro que estaba frente a su cama, que se descorrió y por ella entró el chico rubio que se sorprendió al verla despierta.

—¿Qué hora es?

—Pasadas las seis de la tarde.

—¿Cuánto dormí? —preguntó desconcertada y el muchacho se sentó a los pies de su cama y le sonrió amablemente.

—Estuviste dormida poco más de tres horas. Lo hiciste bien, Ojos verdes.

—¿Logré llegar a la meta? —quiso saber ella con el corazón latiéndole veloz.

—Lo hiciste. —La expresión ofuscada de él, la hizo palidecer.

—Pero no llegué a tiempo, ¿cierto?

—Cuestión de uno o dos minutos, al parecer. Los sargentos están deliberando desde hace más de una hora. Eres un hueso duro de roer.

Bea pensó que aún tenía oportunidad de conseguirlo. Sintió un escalofrío recorrerle la espalda y se le levantó el fino vello de la nuca. Se sintió algo incómoda por la mirada tan intensa del chico rubio y por primera vez lo estudió con detenimiento.

Era alto y de complexión delgada, algo musculoso, y a Bea le sorprendió que no hubiese desarrollado más musculatura con la cantidad de actividad física que tenían en la milicia. Sus ojos eran grandes, pero algo rasgados, lo que los hacía ver más pequeños;

sus pestañas eran lacias, caían sobre sus ojos como tejas rebeldes y tenía un pequeño lunar a un lado de la sien derecha.

—¿Cómo te llamas? —preguntó y se inclinó hacia adelante.

—Caleb. Me enlisté hace dos años —explicó él y Bea reparó en que, por su expresión, se sentía muy orgulloso.

—¿Qué rango tienes?

—Aún soy soldado, pero en poco me nombrarán cabo. Llevo casi el tiempo necesario.

—¿Te enlistaste muy joven?

—Sí. Casi como tú.

—¿Y no representó ningún impedimento?

—No. Para los hombres es diferente que para las mujeres. —Bea dio un resoplido que demostraba su fastidio y él le sonrió—. Mientras más jóvenes entren, es mejor.

—Y pensar que la igualdad de género se instituyó desde hace siglos, pero han evolucionado más las cochinillas.

Caleb se rio sin poder controlarlo y a Bea, que no le parecía nada gracioso se sentó en la cama, se cruzó de brazos y apoyó la espalda en la pared detrás de ella. Al darse cuenta de que no lo había dicho en broma, Caleb se puso serio e instantáneamente se acomodó los mechones rubios.

—Si es que te aceptan serás la única mujer en todo el regimiento. ¿No consideras peligroso estar entre hombres?

Bea había vivido con hombres toda su vida. Lo que le parecía difícil era relacionarse con chicas de su edad.

—No lo considero.

Unos pasos interrumpieron su conversación y Bea se levantó con cuidado de la cama, sintiendo las piernas como gelatina, mientras Caleb dirigía la mirada a quién entraba. Dimitri descorrió la cortina azul y la miró con una admiración que Caleb nunca había visto en sus ojos.

—¿Cómo te sientes?

Bea sintió un nudo en la garganta y le fue imposible contestar. Caleb, al darse cuenta de que ella no podía decir nada, se acercó a su superior y se aclaró la garganta.

—Despertó hace aproximadamente diez minutos, sargento. No tiene ningún signo de daño físico.

El sargento asintió y Bea le agradeció a Caleb con la mirada; inhaló y trató de pararse lo más firme que pudo.

—Me encuentro bien, gracias.

—Me da gusto escucharlo. Suenas animada.

—Yo diría que nerviosa —confesó apretándose ambas manos unidas contra el regazo.

Dimitri sintió una emoción que no supo definir. La chica le despertaba admiración; sí, pero también un extraño deseo de protección que no había experimentado antes.

—He conversado por algún tiempo con el mayor Borat. Hemos decidido que estarás a prueba durante un mes. Veremos qué tal funciona y si esto es lo que realmente buscas, podrás quedarte con nosotros.

Bea abrió mucho los ojos, admirada por haber llegado tan lejos. Su corazón latió desmedido y sintió que los dedos se le entumían por la fuerza con la que apretaba entre ellos.

—Gracias —atinó a decir y Dimitri inclinó la cabeza en respuesta.

—Soldado, lleve a la recluta a su habitación —inclinándose un poco más hacia ella y aclarándose la garganta le dijo—: No podemos hacer ninguna excepción, deberás dormir en habitación compartida.

—Señor… la única habitación que tiene una litera con cama libre…

—Tendrá que adaptarse. Eso también será una prueba.

Bea entrecerró los ojos sin tener ni la más mínima idea de con qué tipo de persona tendría que compartir habitación. Caleb se adelantó y le dio una mirada que la apremiaba a seguirlo, ella se inclinó y salió detrás del chico rubio a toda prisa.

—Será desagradable, es mejor que te prepares.

—¿Prepararme para qué?

—Tendrás que compartir habitación con uno de los cabos. Es el peor tipo de persona que puedas imaginar. Es un patán.

—Lo tendré en cuenta —dijo Bea con tono inseguro y continuó caminando por los pasillos. Bajó y subió escaleras, y cruzó departamentos. Cuando llegaron a la zona de dormitorios Caleb la condujo hasta el final del pasillo y golpeó con los nudillos a la puerta. A los pocos segundos se asomó un sujeto que ya no iba vestido con el uniforme y que tenía el cabello color cobre más inusual que Bea hubiese visto, no era naranja ni café sino un tipo de mezcla abigarrada entre ambos. La luz de la lámpara lo hacía verse por ratos rojo también. Sin demorarse medio segundo en ella se apoyó en el marco con expresión adusta.

—No quiero que me la adjudiquen a mí.

—Es una orden. No estás en posición de cuestionarlo —le dijo Caleb fastidiado.

—Será un estorbo.

—No lo seré —aseguró y él le disparó una mirada furiosa.

—Tengo un rango más alto que el tuyo. Si no te pregunto, no debes contestar.

Bea se calló ipso facto y miró hacia el suelo sintiéndose como una niña de cinco años regañada. Caleb le dio una mirada triste y se encogió de hombros.

—Si necesitas algo, no dudes en pedírmelo.

Y con esas últimas palabras se fue. Bea sintió que el cuerpo se le helaba mientras el tipo continuaba mirándola desaprobatoriamente.

—¿En qué está pensando Dimitri al meterte aquí?

Bea sabía que esa pregunta no iba dirigida a ella, así que no le respondió.

—Una mujer en la milicia. Qué patrañas.

Luego de unos minutos él se movió y subió a la cama de arriba de la litera, señalándole la de abajo con cara de fastidio. Bea ocupó la cama y se recostó. A los pocos minutos se quedó dormida.

Las semanas transcurrieron como una exhalación y Bea hizo buenas migas con Caleb, quien la ayudaba en cualquier cosa que necesitaba e incluso se tomaba el tiempo para darle lecciones especiales. Allen, el cabo con el que compartía habitación, por otro lado, se la pasaba haciéndola menos y con su grupo de seguidores, le hacían la vida imposible. Le escondían sus pertenencias, se mofaban de ella todo el tiempo y la forzaban a hacer cosas solo porque sí. Bea, siendo una recluta, no podía rechazar ninguna orden que viniese de alguien con un rango superior, así que se quedaba por horas haciendo lagartijas y sentadillas o corriendo por la pista toda la tarde mientras ellos la pasaban de lo lindo.

El mes de prueba pasó mucho más rápido de lo que imaginó. A pesar de los maltratos de Allen y sus chuchos, ella lo disfrutó. Sabía que tenía una misión que debía cumplir y que todo lo que ella sufriese sería en su propio beneficio. Dimitri y Borat la aceptaron al final y Bea inició su entrenamiento en forma, después de haber pasado los exámenes médicos. Los días dieron paso a las semanas y las semanas a los meses. Bea tenía solo una tarde libre a la semana; tarde que utilizaba para ir a ver a su padre, que la recibía con una sonrisa y los brazos abiertos.

Una noche en su alcoba, sentada en la cama, agarró su mochila y sacó los pequeños tapones de color piel que había dejado de utilizar por algunos meses. Suspiró y se los puso con cuidado. Ese mes era su cumpleaños y sabía que el maleficio se activaría pronto. Ya no podía esperar más. Cerró los ojos y se quedó sumida en el silencio, para no volver a escuchar jamás.

Ojos azules

A pesar de no escuchar nada, Bea se convirtió en una excelente soldado. Se levantaba mucho más temprano que la mayoría y se ejercitaba en las salas de entrenamiento; corría por la pista por las noches y durante la tarde leía en sus ratos libres y practicaba en la sala de tiro. Pero Bea no solía convivir con nadie más que con Caleb, y eso de vez en cuando. Se había aislado en un mundo de hombres y eso estaba bien; al final, la mayoría podría pensar que simplemente era demasiado insegura para hablar con ellos o que tenía miedo de perder lo que había ganado si daba razones para pensar que estaba relacionándose con alguno de sus compañeros. Normalmente pocos le dirigían la palabra y ella decidía cuándo y qué contestar.

Su primera misión fue seis meses después de haber sido nombrada soldado. Dimitri la mandó con otros cinco de su mismo rango para ayudar en una zona de conflicto civil en la ciudad al oriente. Bea cumplió con la misión y resultó que incluso destacó, pues todos sus compañeros regresaron con heridas que habían recibido en combate cuerpo a cuerpo, pero ella estaba ilesa. Bea sabía que una gran parte de su suerte residía en que, habiendo carecido parcialmente de uno de sus sentidos, había despertado de una manera increíble a los otros. Bea sentía y sabía leer los movimientos de las personas a la perfección; para ella, igual que como para los topos dorados que su padre le había mostrado, su habilidad más importante era su sentido del tacto y a este, se le sumaba su vista, que era fenomenal. Alcanzaba a identificar cosas que los demás no podían, era muy precisa en sus movimientos y siempre estaba atenta a todo en su alrededor.

La mayoría de los soldados se la pasaban indagando cómo era posible que una chica, de su edad y sin experiencia o entrenamiento previo, fuese tan buena en todo. Bea sabía que hablaban de ella a sus espaldas porque Caleb solía comentarle todo. Bea leía sus labios y podía sacar una conclusión general de lo que él le decía. Empero, no estaba de acuerdo con lo que la mayor parte de sus compañeros decía acerca de que era una amateur y no tenía ni la experiencia ni el suficiente tiempo de entrenamiento. Bea discrepaba pues toda su vida había sido de entrenamiento. Desde pequeña había activado su mente y sus habilidades, era disciplinada y, además, había trabajado duro en el negocio de la madera. Su resistencia física era envidiable, porque aunque muchos de ellos llevaban años entrenando, ninguno llevaba toda su vida haciéndolo.

Dimitri estaba encantado con ella. La ascendió a cabo solo después de un año; privilegio que la mayoría de los soldados obtenían después de mucho más tiempo. Bea había rechazado el ascenso, pues no quería despertar más envidias; no obstante, Dimitri no había aceptado su rechazo. Para cuando cumplió los diecinueve años de edad, tenía a su cargo una fracción de soldados y reclutas.

A Bea le convenía tener ese rango pues nadie debajo de ella podía dirigirle la palabra a menos que preguntara algo de modo directo. Durante todo ese año solo había tenido dos encuentros cercanos con pequeños grupos de hechiceros como los que habían atacado la ciudad; todos vestían de negro o azul marino, eran realmente poderosos y siempre lograban escapar dejando bajas del lado de la milicia. Bea se enteró que incluso tenían un nombre, se hacían llamar ciprianos. El ejército no había podido hacer nada ninguna de las tres veces que se habían enfrentado a ellos. Recientemente, la milicia y un grupo de soldados de élite llamado grupo alfa, que trabajaba lado a lado con la iglesia, les habían mandado a todos los ejércitos de los reinos una orden para cooperar con ellos, haciendo una cacería de hechiceros. Parecía que ahora el deber de la milicia era atrapar a los hechiceros antes de que se unieran a los ciprianos. Bea no estaba muy segura de querer participar en ello, pero no le había quedado de otra.

Una tarde en los bebederos Caleb llegó a su encuentro y Bea pudo sentir las vibraciones de sus pasos cerca de ella, se volteó y lo miró con el ceño fruncido. Tenía el rostro desencajado por la preocupación.

—Tienes que venir —observó Bea que decía él, moviendo las manos de un lado a otro.

—¿Qué sucede? —preguntó con lentitud. Desde que había empezado a usar los aparatos todo el tiempo, trataba de hablar y pronunciar lentamente las palabras y las frases, pues no deseaba parecer una persona pasada de copas.

—Hubo un ataque en el reino vecino.

—¿Son ellos? —cuestionó ella mientras se secaba las manos y el mentón con una toalla pequeña que había cargado sobre su nuca y hombros.

—No estamos seguros, pero debemos apresurarnos o se nos escaparán si es que lo son. En avión estamos a unos veinte minutos.

Bea asintió y corrió a su lado. Dimitri los esperaba a ambos y le pidió que llevara a su grupo.

—Voy también. —Bea observó a Allen que llegó corriendo y supuso que él también querría ir hacia allá. El avión tardó menos de cinco minutos en llegar y las tropas subieron con sus armas.

—¡Los alcanzaré con otros aviones! —gritó Dimitri al iniciar el despegue.

Tardaron un poco más de veinte minutos en llegar a Birmandia. Al parecer había una hechicera en una torre que había agredido a uno de los hombres de la ciudad.

—Debemos bajar y tratar de buscar un modo para entrar —ordenó ella. Bea, su tropa, y Caleb y Allen con la suya, descendieron por cuerdas hasta el bosque. En el descenso, Bea alcanzó a ver una torre oscura y alta que le puso la piel de gallina. Daba la impresión de estar suspendida en el aire.

Cuando estuvieron en tierra todos se dispersaron y caminaron en silencio por el bosque y por los alrededores de la ciudad. Bea les hizo señas a los soldados de su tropa para que rodearan el perímetro de la torre y Caleb y ella caminaron hacia adelante para tratar de buscar el modo de entrar por tierra.

En el camino se toparon con una bifurcación y Bea le señaló a Caleb su izquierda, yendo ella hacia la derecha. Estaba atenta a todo. Sentía el calor producido por la adrenalina al viajar por todo su cuerpo. De pronto, vio un reflejo y ágilmente sacó su arma, se hincó sobre una rodilla y apuntó hacia la luz. Era una especie de claro.

Se levantó sin guardar el arma y caminó lentamente hasta llegar a lo que no era un lago, sino un río. Bea sondeó a la redonda y al no ver a nadie, guardó su arma y se acercó más a la orilla. El color morado la hizo sonreír, pero casi al tiempo, olió algo en el aire... algo diferente. Había alguien cerca.

—Supongo que eres tú a quien busco—dijo mientras se giraba y la enfrentaba.

Bea no pudo descifrar de quién se trataba pero su ropa negra, la alarmó. Era una mujer. No... era apenas una joven. Bea notó que la chica movía la cabeza de un lado hacia otro y habló más fuerte esta vez.

—Seguro piensas escapar. No llegarías ni a aquella roca —dijo con voz ronca y demostró sus palabras apuntando a una piedra a unos diez metros a la derecha de la muchacha—. Ahórrate la mala pasada y deja que te lleve con el sargento.

—¿Cómo supiste que estaba aquí? —preguntó entre asustada y nerviosa. Bea solo pudo notar que ella movía los labios y como se encontraba aún lejos, sentenció:

—No me dirijas la palabra, no me gusta conversar. Algunos dirían que soy pésima para eso. Pierdes tu tiempo si quieres convencerme de que te deje ir.

Dio pasos lentos hacia ella, sintiendo que su corazón comenzaba a latir tanto que casi se le salía del pecho; esperaba un ataque de magia en cualquier momento, como los que había visto antes, pero no pasó nada. Cuando se acercó más, notó que la chica estaba realmente asustada y trataba de no demostrarlo, pero Bea no estaba del todo segura, pues no alcanzaba a ver bien su rostro, porque le daba la espalda a la luz de la luna.

—No pareces ser una bruja —manifestó contrariada cuando la estudió con cuidado.

—No tienes que entregarme, no soy una bruja. Lo juro.

Bea seguía sin entender por completo lo que decía, pues no había luz suficiente para poder leer sus labios.

—Te he pedido que no me hables. Te llevaré conmigo y mis superiores decidirán qué hacer contigo.

La chica esperó nerviosa a que Bea se abalanzara sobre ella; en vez de eso, Bea levantó la mano para tratar de darle un poco de seguridad y poder explicarle que no pensaba atacarla... que estaba esperando que fuera con ella en buena lid. No lo haría. De súbito la muchacha se abalanzó sobre ella y Bea reconoció el brillo de la navaja; reaccionó de inmediato, se movió de costado y frenó la dirección del brazo de la chica con su propio antebrazo. Le agarró la muñeca de la mano con la que sostenía la navaja, con la suya libre, y apretó con tanta fuerza que la muchacha de negro gimió. Bea no acababa de comprender por qué no había usado ya su magia sobre ella.

—Te pedí que no te resistieras. ¿Por qué lo tienen que hacer más difícil de lo que es? —se preguntó Bea mientras la chica se retorcía de dolor y caía de sentón en la tierra. La soltó cuando ella tocó piso y le regaló una media sonrisa, condoliéndose un poco. Se hincó a su lado y alzó una mano para llevarla a su rostro, pero la chica entró en pánico y se llevó las manos enguantadas a la cara rápidamente. Bea pensó que lloraba.

—No me toques, por favor —suplicó la chica meciendo su cuerpo hacia atrás.

—Te harán un juicio justo. No llores... no es necesario —respondió Bea ajena a lo que la otra le había dicho.

En ese momento su contrincante levantó una pierna con desesperación y pateó en dirección a su cabeza lo más fuerte que pudo; sin embargo, Bea se tiró hacia atrás para eludir el impacto con un movimiento fino y ágil, y la muchacha se levantó y corrió en lo que ella se incorporaba con una exclamación de molestia y la seguía a toda velocidad. Cuando llegó a ella la sujetó de la cintura para detenerla, pero sus velocidades eran tales que Bea no pudo controlar su cuerpo y el de la joven juntos, por lo que las dos se precipitaron al río. El agua estaba helada.

Segundos después de haber caído, las dos salieron a la superficie, viéndose arrastradas incontrolablemente por la corriente. Bea advirtió que la chica ni siquiera gritó. Trató de aferrarse de ramas o rocas, pero el agua la llevaba sin control de un lado a otro del río y reparó en que la otra había desaparecido. Bea logró asirse de una rama y miró a todos lados.

—¡Rayos!

La chica no estaba. La sola idea de sumergirse al fondo de cuerpo completo, la hizo sentir dolor en el pecho, pero no podía dejar que la chica se ahogara. Así que tomó aire y se zambulló, nadando en contra de la corriente con todas sus fuerzas. La vio no muy lejos, con el pie atorado entre dos rocas. Sin pensarlo dos veces se sumergió más y nadó hacia donde estaba su pie ataviado con unas botas azules; inspeccionó el área y luego buscó alrededor hasta dar con un tronco no muy grueso, lo sujetó con fuerza y nadó hasta posicionarse cerca de una de las rocas. Intentó tres veces, en vano, introducir el palo debajo de la roca para hacer palanca. Nadó de nuevo por la zona hábilmente y se percató de que una de las rocas estaba apoyada sobre un punto de equilibrio inestable. Se sumergió aún más sin importarle el dolor en el pecho, que le avisaba que estaba a pocos segundos de quedarse sin aire. Con ambas manos cavó, sin inmutarse cuando una de las rocas se le clavó en el dedo índice, y sacó las pequeñas que servían de soporte a la otra más grande; segundos después la venció. La roca se movió solo lo mínimo para permitir que la chica sacara el pie, pero Bea supo que la chica ya no podría nadar hacia la superficie. No tenía suficientes fuerzas. Así que nadó hacia ella, la abrazó por la cintura y subió.

En cuanto sintió el frío aire de la noche golpear su faz, se dio cuenta de que al fin podía respirar de nuevo, y una sensación de tranquilidad la embargó cuando advirtió que la muchacha estaba a salvo. Las dos, tosiendo débilmente, nadaron hacia una enorme roca que estaba ya cerca de la orilla. La chica gateó con lentitud y se dejó caer cuando llegó a tierra.

—No vas a intentarlo de nuevo. Me has conseguido una jaqueca con ese susto —dijo Bea, que ni siquiera se permitió unos segundos para descansar. Se levantó y buscó unas esposas en uno de los bolsillos de sus pantalones y poniéndose a horcajadas sobre ella le levantó una mano por encima de la cabeza, tapando parcialmente la luz que le cubría el rostro y por la cual, había cerrado sus ojos.

—¡Bea!

Bea se percató de que la muchacha había escuchado algo, pues había alzado la cabeza y miraba hacia todas las direcciones, entonces ella se giró hacia los lados también, pero no logró ver nada. Bea se volvió veloz hacia ella aferrando con fuerza la muñeca de la chica por encima de su coronilla y se quedó paralizada al mirarla cuando la luz de la luna le dio de lleno en el rostro. Se sintió entre sorprendida y temerosa; tenía ojos azules. Bea sintió que su corazón se congelaba y la golpeó un desconocido dolor en el pecho. Era como ella; pero antes de decir o hacer algo, la chica levantó la mano libre con un trozo de madera y lo estampó contra su sien. El feroz golpe la hizo desplomarse.

Cuando Bea abrió los ojos supo que la de ojos azules se había ido. Se levantó del suelo a duras penas, ayudada por dos soldados de su tropa y trasladó los dedos a un lado de la cabeza que le sangraba. Recobró el equilibrio y en ese momento Caleb se acercó alumbrándola con la linterna y la miró con tranquilidad.

—Tienes un buen chichón allí. Me sorprende que no hayas podido eludir el golpe —comentó con una mueca ufana.

—La agredió una bruja —observó Bea que decía el otro a su lado izquierdo. Se movió para ver si lograba encontrar algún rastro de la chica de ojos azules, pero no había nada. Se había esfumado. Allen se acercó con una linterna, la tomó del mentón con las yemas de los dedos y le meneó el rostro de un lado a otro para examinarla y ver si el golpe era severo, en seguida dijo sarcásticamente:

—Es verdad. El jefe se dará cuenta de que aunque es una excelente luchadora, jamás podría vencer a una bruja. Te tiene en una estima demasiado alta.

Bea manoteó para soltarse del roce de los dedos del tipo frente a ella y frunció el ceño ante la clara muestra de desprecio y envidia de él.

—Me distraje. Lo siento —se disculpó serena, sin agregar nada más, aunque Allen parecía querer una explicación; como Bea no dio muestra de aclararle sus dudas, le preguntó directamente:

—¿Te distrajiste?, ¿en una misión? Eso es muy extraño en ti, ¿qué fue con exactitud lo que te distrajo?

Bea no contestó, juntó las piernas, dirigió la mano a la frente a modo de saludo; se volvió para caminar con paso lento hacia el bosque y dejó a su compañero enfadado por su falta de cortesía. Pero ella no podía decir nada. Estaba demasiado sorprendida para continuar con normalidad cualquier cosa. Luego de unos minutos de caminar, se detuvo frente a un árbol. La herida le dolía mucho y sentía como si alguien estuviese golpeando con un pequeño martillo en su sien. Lentamente se llevó la palma a los ojos verdes y apoyó la cabeza en el tronco del árbol para descansar. No tenía idea de quién era esa muchacha, pero de lo que estaba segura… era que no era una cipriana. Jamás había conocido a alguien más que tuviese ojos de color claro y no tenía idea de si estaban o no relacionadas, pero buscaría la respuesta y encontraría a esa chica, fuese quien fuese.

Bea percibió que una sombra anunciaba la presencia de alguien y se espabiló. Caleb llegó a su lado y frunció el ceño, intranquilo.

—Odio estar de acuerdo con ese tipo, pero... es muy raro que te distraigas en una misión, ¿qué fue lo que sucedió?

Bea, aunque no alcanzó a definir con exactitud todo el contenido de su frase, leyó claramente de sus labios la pregunta.

—Ella tiene los ojos de color claro. Como yo.

Caleb la miró sorprendido y ella sencillamente puso el dedo índice en sus labios y le apremió a callar.

—No tengo ganas de hablar. Estoy mareada. Llévame al avión.

Caleb atendió presto a la indicación; la abrazó por la cintura y la guio en silencio hasta el avión.

—Tienes que ir a la enfermería —dijo Caleb en cuanto estuvieron de regreso en la base. Bea se negó y caminó hasta el despacho del sargento. Estaba para tocar la puerta, cuando Allen salió por esta y alzó las cejas de manera socarrona mientras Dimitri la miraba detrás de él, afligido.

—¿Estás bien? Allen me ha comentado lo que sucedió.

Bea apretó los labios y solo evadió la mirada desagradable que le disparó su frustrado enemigo.

—Sí, señor. Tuve un percance... la chica se escapó. En verdad lo siento —dijo y se inclinó ante su superior. No le pasó desapercibido el semblante displicente de Dimitri.

—Deberías estar en la enfermería en este momento, Bea —observó que dijo el sargento al erguirse.

—Lo sé. Quería hablar un segundo con usted.

—Pasa —dijo él y se hizo a un lado para permitirle el paso. Bea miró de soslayo a Caleb para tranquilizarlo y entró detrás de Dimitri, quien como acostumbraba, le ofreció asiento con el brazo—. Dime rápido lo que necesitas. Si no te mando a la enfermería a que te evalúen, el problema lo tendré yo cuando te desmayes aquí.

Bea sonrió y se encogió de hombros como restándole importancia a sus palabras.

—Esa chica…

—Debió ser la bruja que atacó al sujeto que denunció. La que encontramos en la torre, por lo que me han dicho, no encajaba con la descripción física.

Bea reparó en que él la observaba con curiosidad y se aclaró la garganta.

—No parecía una bruja. No me atacó… Sus hombres han tenido que enfrentarse cara a cara con los ciprianos y saben que son de armas tomar; la muchacha tenía una navaja —estableció.

—¿Quieres decir que de haber tenido poderes no habría usado una navaja?

—Eso es lo que digo, señor. Pienso… que tal vez nos equivocamos al atrapar a los hechiceros sin antes tener una prueba de que pertenecen a los ciprianos o al menos de que en verdad son hechiceros. Solo nos hemos dejado llevar por lo que dicen los testigos.

Dimitri continuó serio e impasible. Después de unos segundos asintió y se acarició el fino bigote.

—Había una hechicera, así que supongo que el denunciante no estaba del todo equivocado.

—¿La atraparon?

Dimitri la miró con gravedad y apoyó los codos en su escritorio y cruzó las manos.

—No, Bea. Tuvieron que arremeter contra ella. No quiso rendirse por la paz y utilizó sus poderes sin medirse.

Bea sintió una extraña pena en su interior. Si la hechicera en la torre tenía algo que ver con la de ojos azules… el movimiento del rostro de Dimitri la despertó de sus pensamientos.

—Lo siento… no le escuché, pensaba en algo más.

—La chica. Me enteré que el hombre decía que tenía ojos azules, ¿la conoces?

Bea negó demasiado rápido y Dimitri elevó una ceja para evidenciar que sospechaba de lo que ella contestaba.

—Era eso de lo que quería hablarle. Vi sus ojos cuando la encontré… me congelé… por un momento pensé… no lo sé… Me congelé al verla. Lo siento.

—Bea, no tienes por qué sentirte mal, eres muy eficiente. Nunca he tenido ninguna queja de ti por parte de tus superiores y me has mostrado que enmiendas todo lo que no te sale bien. Eres perfeccionista.

Bea odiaba que las personas le dijeran tanto en un periodo de tiempo tan corto, pues normalmente muchas cosas se le escapaban. Sonrió y asintió como solía hacer cuando prefería no contestar y seguir en la zona de seguridad.

—Nunca me has decepcionado.

Bea comprendió a la perfección y convino, pero no podía negarlo, en su interior, se sentía satisfecha por haberla perdido. No tenía idea de lo que había vivido esa chica, pero ansiaba que estuviese bien.

—Ve a la enfermería.

Bea se puso de pie, adoptó la posición de firmes y saludó con la mano en su frente, avanzó hacia la puerta dando pequeñas miradas hacia atrás por si él le llamaba o le decía algo. En cuanto salió de la oficina, apoyó la espalda contra la puerta cerrada. Caleb la esperaba en el pasillo, en cuclillas y jugaba con su linterna; se puso de pie con premura y caminó hacia ella con paso dubitativo.

—¿Todo bien?

—Iré a la enfermería —anunció. Caleb caminó a su lado sin dirigirle la palabra. Él sabía que no le gustaba mucho la charla, pero sabía, especialmente, que odiaba hablar mientras caminaba; se lo había dejado muy en claro desde el principio, así que él no intentaba plática alguna.

Luego del encuentro, no hubo un solo día en el que dejara de pensar en la chica de ojos azules y a veces, mientras miraba la base de la cama de arriba en su litera, tenía deseos de olvidarse de todo y de ir a buscarla. De conocerla, de saber quién era… pero de inmediato el recuerdo de Cam aparecía en su mente y esos deseos se esfumaban. Una de sus tardes libres, le contó a su padre que la había conocido. Era relajante estar con él, no tenía que leerle los labios y podían comunicarse por señas. Bea lo tomaba también como una oportunidad para quitarse un peso de los hombros. Su padre no dio señal de conocer acerca de la existencia de la chica y no sabía si ella podría tener un maleficio como el que pesaba sobre la de ojos verdes.

Bea solía mantener la puerta de su habitación en la base abierta. No le gustaba cerrarla pues se aislaba de lo que sucedía, incluso dormía con la puerta abierta. Una tarde, sentada en su cama, leyendo un libro que Dimitri le había prestado, Bea notó de reojo que todos se apresuraban por los pasillos con dirección al patio principal, así que dejó el libro en la cama y salió con paso inseguro. No era la hora de reunión ni tampoco algún día especial. Caleb estaba al final del pasillo. La esperaba y le silbó apretando su labio inferior con los dedos. Esa era su manera personal para avisarle que algo importante ocurría; por supuesto Bea no escuchaba el sonido, pero sabía a la perfección lo que hacía. Volvió a su habitación, se puso las botas y salió de allí corriendo como los demás.

—¿Qué sucede? —preguntó cuando estuvo frente a él.

—Tenemos visita —dijo él tan rápido que no pudo interpretar lo que había dicho, así que lo siguió por el pasillo y después de unos minutos llegaron al patio. Todos estaban formados en posición firme y las puertas de la base se abrieron. Bea supo que eran visitas. Caminó apresurada hacia Dimitri y se paró a su lado.

—¿Quién viene? —cuestionó en voz baja. Bea había aprendido con el paso del tiempo, a regular su tono, sintiendo las vibraciones de sus propios sonidos. Dimitri la miró sobre su hombro y ella puso atención.

—Es la guardia real del duque de Valte.

Bea analizó todo sin comprender qué estaban haciendo esas personas allí. ¿Qué podrían querer de ellos? Dimitri no agregó nada más y Bea tuvo que poner en práctica su paciencia. La voz de Dimitri vibró a su lado y ella supo que estaba pidiendo un saludo para el auto que entraba por las puertas. Bea se llevó la mano a la frente y juntó los talones golpeándolos entre sí, dos veces. Del auto salió un hombre bajo y fornido, con un peluquín que a Bea le resultó ridículo, así que desvió la mirada. Dimitri se adelantó junto con Borat hacia el hombre y volvieron a darle un saludo personal y estrecharon manos. Borat se giró y les hizo la seña para disolver la formación, todos saludaron de nuevo y regresaron a las habitaciones y a las salas.

—¿Qué crees que quieran? —preguntó Bea cuando ambos se sentaron para comer en una mesa redonda del comedor. Caleb encogió los hombros.

—No lo sé. Solo había visto a ese hombre una vez. Fue mucho antes de que te unieras a nosotros.

Bea asintió, se acercó la taza de café a los labios y saboreó el líquido oscuro y amargo.

—¿Para qué vinieron esa vez?

—¿No conoces la historia?

Bea denegó y puso atención, pues sabía que en breve Caleb se lo contaría.

—El duque de Valte llevaba años en coma. Él y sus padres sufrieron un horrible accidente cuando él tenía solo cinco años. Sus padres murieron y él se quedó atado a una cama por años. La primera vez que vi al hombre bajo con las tropas, parecía que llegaban para avisar el deceso del duque. Iban a desconectarlo.

—No entiendo... —susurró ya que realmente no había alcanzado a comprender la última palabra.

—Desconectarlo. Estaba unido a una máquina que lo mantenía vivo.

—¡Iban a matarlo!

—No se considera así, Bea.

—¿Cómo podría considerarse, entonces?

95

Recordó la fiesta de su ciudad el día en el que los ciprianos habían atacado y había escuchado que el duque de Valte había despertado.

—Pero no lo hicieron.

Caleb se mostró sorprendido de que ella supiese esa información y confirmó.

—Despertó… —Caleb iba a continuar pero Bea notó que se había callado repentinamente y miraba sobre su hombro. Bea se levantó despacio y pudo identificar el olor de Allen.

—¿Qué necesitas? —preguntó antes de girarse y encararlo. Allen la miró de malas y señaló con la cabeza la puerta del comedor.

—Dimitri me pidió que viniera por ti.

Bea le dio una mirada desconcertada a Caleb que volvió a encogerse de hombros; ella accedió y salió acompañada de Allen hacia el despacho del sargento. Cuando llegaron, él tocó la puerta y la entregó como un paquete.

En el despacho, sentado en una silla, estaba el hombre bajo con el peluquín y a su lado una mujer mayor, que a Bea le hizo sentir una ternura sobrecogedora. La mujer se quitó unos lentes pequeños que a ella no le parecía que sirvieran mucho; los limpió con el vaho de su aliento y la tela de su elegante vestido y volvió a ponérselos para mirarla.

—¿Una mujer? —observó que preguntaba el del peluquín, mirándole de arriba abajo de manera despectiva. Bea enderezó la espalda todo lo que pudo y percibió que a Dimitri le había chocado la actitud del hombre, pues sus mejillas se habían puesto rojas.

—¿No me ha pedido usted, Sir., que trajera a mi mejor soldado?

—No creía que fuera una mujer —anunció despectivamente el hombre; la dama se aclaró la garganta y le lanzó una ojeada juzgona.

—¿Ella es lo mejor? —preguntó con voz trémula y Dimitri confirmó.

—No conseguirá a nadie más hábil, inteligente, disciplinada y respetuosa que ella.

Bea sintió que el corazón le latía veloz. Por un lado, estaba agradecida por las palabras de su superior pero, por otro lado, no podía evitar sentir como si la estuviera vendiendo. Dimitri, ajeno a los pensamientos de Bea, continuaba alabando sus habilidades mientras el hombre con el peluquín le lanzaba miradas airadas de vez en cuando. Estaba tan desconcertada que no pudo notar que Dimitri le había preguntado algo dos veces hasta que le tocó el brazo con levedad. Bea se sobresaltó y lo miró.

—¿Estás bien?

—Sí. Yo… estoy un tanto confundida.

De reojo advirtió que el hombre empezaba a hablar y presurosa atendió hacia él, perdiéndose solo las primeras palabras.

—…debido a estos, necesitamos contar con protección más avanzada y eficaz.

De pronto todos hablaron al mismo tiempo y Bea se sintió en desventaja. Odiaba cuando eso sucedía. Tragó saliva e intentó relajarse y respirar acompasadamente. En cuestión de un segundo todos guardaron silencio y la miraron a ella, como si esperasen una respuesta de su parte. Bea era buena para encontrar algo que decir en situaciones como esa.

—¿Está seguro de esto, señor? —preguntó al girarse y mirarlo de frente. Dimitri confirmó con una acción y Bea respiró más tranquila al advertir que nadie se había percatado de su desliz.

—Eres lo mejor que tengo. Es mi deber, como encargado de la milicia, proteger al reino y primeramente al pilar del mismo. Espero que puedas entender que debo enviarte allá.

Bea sintió que se le encogía el estómago, pero no dijo nada.

—La llevaremos con nosotros sin más preámbulos —declaró la mujer sonriendo y emocionada; el hombre del peluquín accedió de malas.

—Pueden adelantarse, tengo que hablar con Bea unos momentos. Como podrán comprender, para mí es en verdad difícil dejar ir al mejor de mis elementos.

Ambos asintieron y Dimitri abrió la puerta de su oficina y les permitió salir. Cuando cerró la puerta detrás de ellos, Bea caminó a la silla frente al escritorio y se desplomó en esta. Sentía náuseas. No tenía idea de a dónde la mandarían. Hasta ese día había estado muy cómoda y manejaba con facilidad el ambiente en el que estaba. Llegar a una zona desconocida era peligroso para ella. Dimitri notó la aflicción en el semblante de Bea y se sentó frente a ella, sobre su escritorio.

—Espero que puedas entenderlo.

—No lo entiendo, señor. —Bea se aventuró a preguntarle—. ¿Acaso está enfadado por el incidente de la torre?

Dimitri bufó y negó ofendido.

—Por supuesto que no, Bea.

—Entonces... no comprendo. No puedo irme. Tengo un objetivo y usted lo sabe.

Dimitri esperó unos instantes antes de contestar.

—Bea, esto no tiene que ver ni contigo, ni conmigo. Es algo más grande que eso. El duque necesita protección. Llegaste aquí diciendo que querías entrar a la milicia para poder ayudar a las personas y lograr atrapar a quienes les hacen daño... es decir... él necesita ayuda. Es mi deber enviar al mejor elemento.

—Pero necesito encontrar a esos hechiceros.

—Los ataques que ha recibido el duque pueden tener algo que ver con ellos. Nadie lo sabe y es tu deber protegerlo e investigar al mismo tiempo lo que está sucediendo.

Bea no parecía convencida y Dimitri se pasó los dedos por el cabello, peinándolo hacia atrás con desesperación.

—Tienes un compromiso Bea. Me temo que si te rehúsas a aceptar la orden, tendré que...

—Lo haré —contestó poniéndose de pie. Se llevó la mano derecha en forma de saludo a la frente y se volvió para salir por la puerta.

Nobleza obliga

Desde el momento en el que Bea subió al auto en compañía del hombre con el peluquín y de la mujer con lentes, trató con todas sus fuerzas de estar atenta a todo. No estaba acostumbrada a tener que estar rodeada de personas que le hicieran preguntas todo el tiempo o que intentaran hacer conversación. Prefirió ser parca con sus respuestas y contestar lo menos posible; de ese modo, ambos se darían cuenta de que ella no era fanática de la conversación.

—Me gustan las chicas serias, que se abstienen de chismes y demás. Parece que al menos servirás en eso —comentó el del peluquín, que sentado frente a ella, le pasaba la mirada con aceptación. La mujer que estaba sentada a su lado frunció los labios y negó con la cabeza, después alargó la mano hacia la de ella y Bea se percató de reojo que iba a hablarle, así que se giró para prestarle atención.

—No hagas caso a las tonterías que dice Rolo.

Bea sintió curiosidad por el nombre. El hombre se acomodó el saco halando las solapas y resopló.

—Me temo, Aimeé, que pueden salir muchas cosas por mi boca, pero jamás tonterías.

Todos continuaron callados durante el trayecto hasta la majestuosa mansión que estaba a un poco más de media hora sobre la montaña más alta del reino. Cuando llegaron, las colosales puertas de la mansión se abrieron lentamente y el auto disminuyó la velocidad para poder entrar. Bea se asomó por la ventana para darle una rápida mirada al lugar. Era descomunal. La construcción en forma de "u" era tan grande que Bea pensó que todo un pequeño pueblo podría vivir allí, y le molestó la poca congruencia de los nobles, que se la pasaban diciendo lo mucho que deseaban ayudar al pueblo, mientras estos se morían de hambre y ellos cenaban costillas de cordero todas las noches.

Bea se apeó del auto junto con sus acompañantes y la dama le pidió que la siguiera. Bea enfocó hacia el hombre del peluquín y se inclinó a modo de respeto; el hombre asintió y ella siguió veloz a la mujer y se posicionó a su lado para tratar de seguirle el paso y no perderse de nada. Le señalaba de un lado a otro y Bea supuso que le explicaba dónde estaba todo. No se molestó en tratar de descifrar lo que decía, pues era demasiado. Ya tendría tiempo de recorrer el lugar, sola. La mujer dejó de hablar al advertir que Bea seguía callada. Subieron unas escaleras rectas y entraron a la mansión. Bea se quedó perpleja por un minuto. El lugar era hermoso, no se parecía a nada que hubiera visto antes.

Cuando menos lo esperó, la dama ya iba delante y tuvo que apremiar el paso para llegar a su lado lo más rápido que pudo. Subieron otras escaleras ataviadas con tela de color azul y viraron hacia la izquierda. El pasillo en el que terminaron era largo y muy elegante. Continuó caminando a su lado y se detuvieron enfrente de la última puerta. De inmediato notó que la madera de las puertas tenían diferentes figuras en relieve y pasó sus manos delicadamente por estas. De reojo se percató de que la mujer le había hablado y se volteó hacia ella.

—Este lugar es inmenso. Lo siento si no he contestado durante el trayecto. Me he quedado sin palabras.

Su interlocutora se mostró más tranquila al escuchar su explicación y, contenta, apuntó a la puerta.

—Esta será tu habitación.

—Gracias.

—Supongo que estás muy cansada y ya anochece. ¿Quieres cenar algo antes de dormir?

Bea se dijo que esa era una mala idea. No quería tener que ver a nadie más, al menos no hasta que hubiese estudiado bien el lugar y a las personas a su alrededor.

—No quisiera incordiar, pero ¿sería posible cenar algo en mi habitación?

La mujer se sorprendió por la petición de la soldado, pero aun así, asintió con ahínco y le sonrió.

—Con gusto; pediré que te lo traigan.

—Gracias.

Bea observó a la mujer irse y entró a la habitación dejando la puerta abierta. Era espaciosa. Posiblemente la habitación más espaciosa que ella hubiese tenido o creído poder tener en la vida. Tenía una pequeña sala junto a una chimenea digital, un enorme ropero y un tocador de madera con los mismos grabados en relieve que la puerta. Las dos únicas sillas en la habitación tenían toda la pinta de haber sido robadas de algún palacio antiguo. Tenía tres ventanas; dos al lado de la cama y una pequeña arriba de esta. Miró hacia el techo y encontró un candelabro gigantesco; le pareció de mal gusto ya que era demasiado grande y refulgente. Las paredes estaban impecables; eran blancas con una franja roja en medio y Bea pensó que probablemente la ayuda doméstica pasaría más de una hora limpiando esa pared para que reluciera como lo hacía.

Movió uno de los sillones de la salita, encarándolo a la puerta y se sentó en él. Trató de relajarse y de dejar salir el estrés de su cuerpo. Estaba cansada y le dolían los músculos por tanta tensión; no recordaba ni que con el más duro ejercicio hubiese sufrido dolores como esos. El sueño comenzó a vencerla y tuvo que obligarse a permanecer despierta pues no quería pasar por alto a la persona que le llevaría la cena; así que se puso de pie y caminó con lentitud hasta el ropero, lo abrió y se enfurruñó. Había vestidos... y más vestidos. Bea odiaba esa ropa incómoda de niña. Cerró las puertas y se puso en jarras. Justo en ese momento se percató de que alguien entraba por la puerta, tocando al mismo tiempo.

—Estaba abierta —se excusó una chica a la que Bea le calculó unos catorce o trece años. Le sonrió. La chica de negros tirabuzones, caminó en dirección a la mesita de la sala y dejó encima una charola con pan tostado y sopa de verduras.

—Gracias.

—La señora Aimeé me ha pedido que le diga que estaré con usted, a su servicio —observó Bea que decía la muchacha y asintió lentamente.

—¿Cómo te llamas?

—Me llamo Mily.

—¿Mily? —comprobó Bea y ella confirmó. No le pasó desapercibida la mirada que le dio a sus ojos, pero la chiquilla no dijo nada—. Es un lindo nombre.

—Se lo agradezco.

—Escucha Mily, ya que tú trabajarás... conmigo, me gustaría que fueras tú la única que se presente en mi habitación. Te pido que no permitas que nadie más, aparte de ti, venga aquí. ¿Comprendes?

—Seguro... yo...

—No quiero que toques la puerta cuando vengas. Simplemente entra; estará abierta todo el tiempo.

Si Mily consideró inusual la indicación, no hizo ningún mohín que la representara.

—No me gustan las puertas cerradas. Tengo claustrofobia, ¿está bien? No atenderé a nadie más que a ti, ¿quedó claro?

Mily asintió repetidamente y Bea percibió que el tono que había utilizado para hablarle, tal vez había sido algo golpeado, así que se relajó y le sonrió; la chica pareció tranquilizarse y le devolvió la sonrisa, dubitativa.

—¿Quiere que le ayude a cambiarse?

A Bea eso le pareció un chiste y profirió una carcajada, pero Mily no pudo comprender qué le era tan gracioso. Bea se aclaró la garganta y negó.

—Gracias, pero puedo hacerlo sola.

—La señora Aimeé le ha escogido los vestidos más lindos. Parece ser que es mejor que los utilice pues no puede andar por ahí mostrando que es usted una militar. Según lo que la señora me ha revelado, tiene que simular ser una invitada común y corriente.

—Sobre eso… no siento mucho aprecio por los vestidos, ¿crees que podrías conseguirme algunos pantalones y camisas o playeras holgadas?

Mily la miró como bicho raro y ella le sonrió de nuevo. Después de aceptar su petición, Bea la despidió y se sentó a comer. El estómago le rugía y se llevó la primera cucharada de sopa a los labios. Se terminó todo y sonrió. Al menos podría tener buena comida por algún tiempo; el comedor de la base no servía comidas agradables más que muy de vez en cuando.

Terminó de cenar y se levantó, caminó lento hacia la cama y la probó. Era suave, amplia y mullida; la cabecera era de madera con el mismo grabado en relieve que los muebles y la puerta. El dosel era de un blanco traslúcido y tenía cuatro nudos hermosamente hechos en cada uno de los pilares.

Bea cerró los ojos y durmió plácidamente por las siguientes dos horas, pero en un punto en el que presintió que ya no estaba en su cama en la base militar, se levantó alterada y con el sudor cayéndole por la frente. Bajó de la cama y se dirigió al ropero, abrió las puertas y sacó de allí un camisón de pijama blanco y una bata roja que parecía abrigar bastante, y se cambió. Pensó que por la noche sería una buena idea dar un recorrido por la mansión pues todos dormirían y nadie se detendría a hacerle preguntas sin sentido.

Salió de su habitación y recorrió el pasillo por el que había caminado esa tarde; había muy pocas luces prendidas así que el lugar no estaba muy alumbrado. Inspeccionó varias salas que tenían puertas entreabiertas y se dirigió a la planta baja; se ubicó a la perfección en poco, identificando objetos que le ayudarían a realizar un mapa mental. Se sintió sola en un lugar tan grande y su mente, sin su permiso, tarareó una canción de cuando era pequeña; sonrió al recordarla.

Luego de haber encontrado la sala de música, el comedor, el amplio salón de fiestas y una habitación que estaba llena de muebles cubiertos por mantas blancas, Bea encontró la biblioteca. Había una fina luz saliendo por la puerta entreabierta y no perdió tiempo para inspeccionar el lugar. Era una habitación grande con más de diez estantes de unos cinco metros de altura cada uno, llenos de libros e incluso catalogados por áreas.

Bea recordó cuando Cam y ella solían leer acostados sobre el pasto o arriba de los árboles, y una sonrisa triste surcó sus labios. Se paseó por los estantes y escogió un libro al azar, después observó que había cuatro sillones que formaban un círculo y había uno más lejano pegado a la ventana. Caminó hasta él, se sentó, subió los pies y abrió el libro. Pasó más de cinco minutos hojeándolo y de pronto sus sentidos se pusieron alerta. Identificó de reojo que la puerta se movía y rápidamente levantó la cabeza. Entró un tipo alto, que tenía un vaso con agua en la mano derecha y un libro en la izquierda, caminó despreocupado hasta uno de los sillones que formaban el círculo, ajeno a su presencia, y se sentó en uno de ellos. Bea lo miró con atención. Tenía el cabello ondulado de color café claro, de un tono cenizo que ella nunca había visto, unas cejas pobladas y gruesas y unas pestañas largas y rizadas de las cuales podía ver la sombra que hacían en lo alto de sus mejillas desde su lugar; su nariz era especial, no tenía ningún relieve ni desnivel. Jamás había visto una tan perfecta y de inmediato se sintió fastidiada, pues la suya era pequeña y redondita en la punta con un leve surco en medio. Se llevó la mano derecha al puente de su nariz y la deslizó hacia abajo, para evaluar la estructura propia y se quedó paralizada con la mano en la nariz, cuando advirtió que él se había percatado del sutil movimiento y la miraba desde su lugar con los ojos entrecerrados y el ceño fruncido. Bea bajó la mano de su nariz de súbito, se puso de pie y se acomodó el camisón y la bata. El sujeto se estiró hacia la mesilla de su derecha sin dejar de mirarla y prendió la luz, que hizo que la habitación se iluminara mucho más, ya que antes solo había una lámpara prendida. A Bea no le pasó desapercibido que él se veía realmente desconcertado.

—¿Trabajas aquí? —preguntó con la misma expresión que ella.

Bea no supo qué contestar. De momento se había sentido en desventaja, despeinada y vestida con camisón de dormir... sabía que no honraba su posición.

—Es probable. ¿También trabajas aquí?

Él sonrió sin poder evitarlo. Bea reparó en que, igual que ella, vestía una pijama, pero de color azul oscuro con una bata verde.

—Es probable —contestó cauteloso. Bea levantó las cejas sorprendida y él se cruzó de brazos.

—No llevo mucho tiempo aquí, no conozco a todos los que trabajan en este lugar —explicó sin moverse del sitio.

—Es muy grande. Yo también desconozco a la mayor parte de los empleados, ¿eres ayuda doméstica?, ¿o estás en cocina?

Bea no sabía qué tanto conocían los empleados de su presencia en la mansión, así que no estaba segura de lo que debía contestar.

—Aún no me han asignado área.

El sujeto asintió y la invitó con una acción a tomar asiento en el sillón frente a él. Bea tuvo el insólito impulso de salir corriendo del lugar, pero mantuvo la compostura y caminó lentamente hacia el sillón.

—¿Cómo te llamas? —quiso saber cuando ella se sentó acomodándose la bata.

—Beatriz... pero todos me llaman Bea.

Bea notó que él le dio la impresión de tener una actitud relajada y segura. Se imaginó que probablemente ella no, así que respiró dos bocanadas de aire para relajarse. Ya más cerca, él pareció percatarse del color de sus ojos y se inclinó un poco más para verlos mejor. A Bea le dio la impresión de estar intrigado y algo más quizá, pero él no dijo nada y volvió a apoyar la espalda en el respaldo del sillón.

—Me llamo Sebastián. —Ella asintió lento y alzó las cejas mirando alrededor y por último hacia él, que seguía igual de tranquilo que antes—. ¿No podías dormir? Tengo entendido que los empleados no tienen permitido vagar por las noches por la mansión.

—Como llevo poco tiempo aquí, pensé en recorrerla para poder identificar mejor todos los lugares. Entré porque la luz estaba encendida.

—Yo la encendí. Vengo a pasar el tiempo aquí cuando no puedo conciliar el sueño, pero me sentí sediento.

—Comprendo, lamento importunar; creo que ya es hora de que vaya a dormir. —Bea se levantó con intensión de salir del lugar pero él copió su movimiento y se adelantó dos pasos para pararse frente a ella y frenar su avance.

—¿Puedes quedarte unos minutos más? Normalmente no tengo compañía... y —Sebastián posó una mano en el cabello y lo peinó hacia atrás, sonriéndole—, me has parecido agradable.

Bea se sintió cohibida por la cercanía de él.

—No lo creo... es tarde y debo dormir —así que avanzó hacia el otro lado del sillón y él volvió a cortarle el paso, más rápido. Cuando volvió a estar frente a ella se inclinó y Bea se hizo para atrás.

—Pero podrías quedarte.

Bea sonrió incontrolablemente y de inmediato volvió a su seriedad anterior.

—¿Para qué?

—Podríamos conversar.

—No soy ferviente admiradora de las conversaciones —admitió después de unos segundos y él se mostró divertido ante su respuesta. A continuación la cogió de la muñeca y la guio de regreso al sillón en el que había estado sentado.

—Entonces no conversemos —concedió encogiéndose de hombros y ella le dio una mirada desconcertada cuando se sentó a su lado.

—¿Qué haremos, pues?

—Te miraré. Supongo que estás acostumbrada... tus ojos llaman mucho la atención.

Bea hincó los dientes en el interior de las mejillas. Él apoyó el codo en la parte más alta del respaldo y dejó descansar un lado de su sien en la palma mientras la miraba fijamente. Después de un tiempo, Bea se sintió nerviosa ante la mirada penetrante del muchacho.

—¿Qué estabas leyendo? —quiso saber ella mientras apuntaba hacia el libro que descansaba en la mesita detrás de él.

—Para que quede claro, fuiste tú la que inició la conversación. Es un drama muy famoso —agregó mientras extendía el brazo hacia la mesa para sujetar el libro entre sus dedos—. Se llama "Sombras en la arena".

—¿Te gustan los dramas?

—Me gustan estos tipos de drama.

—¿A qué tipos de drama te refieres?

—En donde los personajes no suelen cometer demasiadas estupideces.

Bea enarcó las cejas sorprendida y después ladeó la cabeza con incomprensión.

—Ya sabes. Historias que se decantan por tonterías como dejar a alguno de los dos protagonistas morir por defender al otro en vez de buscar opciones; en donde olvidan decirse lo que sienten y de pronto alguno de ellos tiene un trágico accidente o alguien desaparece por el bien del otro... esas son las estupideces de las que hablo. Odiaría si mi vida terminase como la vida de alguno de esos personajes.

—¿Crees que es una tontería?

—Sí que lo creo. Si en verdad están enamorados, ¿por qué sufrir gratuitamente?

—Tal vez en verdad no tienen opciones —contestó desconcertada, pues jamás había tenido la inquietud de preguntarse ese tipo de cosas de los libros que leía.

—Hay opciones hasta debajo de las rocas cuando amas a alguien, ¿no lo crees?

Bea lo miró con los ojos desorbitados sin saber qué contestar.

—Supongo…

Él pareció darse cuenta de que ella estaba en la inopia respecto a eso y le sonrió de nuevo.

—Cualquiera que hubiera estado enamorado estaría de acuerdo conmigo. ¿Lo has estado? —Se rehusó a contestar eso y él no presionó—. Yo lo estuve… hace tiempo. Terminó mal.

La naturalidad con la que lo dijo, sorprendió a Bea. No estaba acostumbrada a hablar de esos temas con… nadie; así que por un lado tenía interés en saber qué le había sucedido, pero por otro, pensaba que sería poco delicado de su parte preguntarle algo tan personal. Ganó la curiosidad.

—¿Qué fue lo que sucedió? —Sebastián le sonrió sin sentirse afectado por su curiosidad.

—Ella no me amaba lo suficiente.

—Lo lamento.

Él se encogió de hombros restándole importancia y Bea se dio cuenta de que parecía no importarle ya. Un bostezo se escapó de sus labios y él se percató de que ya estaba somnolienta.

—Creo que es tarde; te acompañaré a tu habitación.

Bea se levantó como impulsada por un resorte y movió las manos de manera negativa mientras caminaba hacia atrás con paso inseguro. La corva de una de sus rodillas chocó con la mesa pequeña que estaba en el centro y se tropezó hacia atrás. Ella tenía excelentes reflejos e iba a evitar la caída, cuando él se levantó presuroso y alargó un brazo para tomarla de la cintura y estabilizarla.

—Gracias, pero… no es necesario. Puedo ir sola. —A él le dio gracia su actitud y sonrió sin soltarla.

—¿Me tienes miedo? No voy a comerte.

Bea enfrió su mente. No tenía idea de por qué actuaba así, pues si se ponía a pensar, en un combate cuerpo a cuerpo, seguramente lo vencería sin dificultad… ¿por qué, entonces, parecía que él tenía razón?

—No te tengo miedo.

Él la miró durante unos segundos y, a continuación con un movimiento delicado, la liberó.

—Permite que te acompañe hasta la puerta.

—Puedo ir sola.

Bea caminó hacia allí y a él no pareció importarle lo que ella había dicho, se colocó delante y ambos alargaron la mano para aferrar el picaporte.

—Permíteme.

—Puedo...

—Hacerlo sola —interrumpió él—. Se nota que puedes hacer muchas cosas por ti misma —dijo mientras abría la puerta—, pero eres muy linda para que nadie se abalance a hacerlas por ti.

Bea dio un paso hacia atrás y casi lo taladró con la mirada, indignada por su broma. Nadie, nunca, se había referido a ella de ese modo. Reaccionó tan rápido que no supo que lo hizo, hasta que ya lo había hecho. Enfadada, había levantado su mano en el aire y con el puño lo había golpeado en el rostro, justo como hacía con sus compañeros cuando le salían con alguna monería verbal; se dio media vuelta y salió de la biblioteca cerrando la puerta detrás de ella. Camino a su habitación se llamó estúpida más de veinte veces. No tenía idea de por qué había reaccionado de ese modo; lo único que sabía era que odiaba que las personas le tomaran el pelo.

A la mañana siguiente se levantó y lo primero que encontró fue el rosado y aniñado rostro de Mily. Ella movió la boca y dijo algo que Bea no pudo comprender pues su mirada estaba borrosa y no alcanzaba a enfocar correctamente. Se frotó los párpados y denegó con fastidio.

—No te pongas a parlotear de ese modo cuando me acabo de levantar.

Bea advirtió que era tarde. Reprodujo un perjurio múltiples veces en su mente pues nunca en el tiempo de entrenamiento se había quedado dormida de ese modo. Supuso que había sido el cansancio por el estrés extremo. Se sentó en la cama, se pasó las manos por la cabeza y miró a Mily con atención, después de haberse quitado las legañas de los ojos.

—¿Qué acabas de decir?

—La señora Aimeé la espera en el comedor para hablar con usted y presentarle sus actividades.

Bea miró de reojo al ropero y preguntó:

—¿Me has conseguido la ropa que te pedí?

—Sí señorita. Temprano entré para revisar si estaba usted despierta. Le dejé la ropa en el armario.

—Gracias.

Mily no pensó en sugerirle ayudarla con la ropa, nada más asintió y se dirigió a la puerta, salió por esta y la entrecerró a sus espaldas. Bea se levantó de la cama y encontró en el armario unos pantalones y unas camisas. Se vistió y se peinó con una media coleta alta. Ya que estuvo lista, pues normalmente arreglarse no le tomaba más de cinco minutos, se miró al espejo y respiró de manera lenta para tranquilizar sus ansias. No le gustaba ese lugar.

Salió de su habitación y caminó mirando hacia los lados, esperando no encontrarse con nadie como la noche anterior. Cuando entró en el comedor la mujer del día anterior la esperaba sentada a la cabecera de la mesa, con una radiante sonrisa en los labios. Bea tuvo que corresponderla, más a fuerzas que de ganas.

—¿Has venido sola? Supongo que te ubicas con facilidad.

—Es una habilidad que he desarrollado en los años de entrenamiento.

—Comprendo —respondió y la invitó al asiento a su derecha. Bea se ubicó y se sirvió sin esperar que alguien más lo hiciera por ella, como parecía hacer todo el mundo en ese lugar. Agarró un pan tostado, lo untó con mantequilla y le colocó encima una loncha de tocino; comiendo, se giró hacia la mujer que la observaba anonadada.

—Mily me dijo que quería hablarme sobre mis actividades.

—Sí, bueno, creo que comprendes lo que significa ser un guardia privado... ¿cierto?

Bea asintió mientras mordía otro poco de su pan.

—Tendrás que ir con el duque a donde él vaya; como su sombra. Es un hombre extremadamente ocupado: si va a alguna reunión, debes estar con él, si sale a la calle o incluso al jardín de la residencia, debes estar con él, si alguien viene de visita, deberás acompañarlo y no puedes perderlo de vista por ningún motivo.

—¿Tendré que acompañarlo al baño? —musitó y pensó que lo había dicho tan quedo que la mujer no lo habría escuchado, pero Aimeé trasladó una palma a los labios y Bea pensó que se había escandalizado por su pregunta, pero después notó que sus hombros se movían de arriba hacia abajo y supo que estaba riendo. De súbito su risa se esfumó y miró al frente; Bea siguió su mirada y se encontró con Sebastián, que con los brazos cruzados y apoyado en la puerta, las miraba extrañado. El pan con el tocino se le resbaló de los dedos y se puso de pie tan apresurada, que el rechinido de la silla, al parecer, los molestó a ambos.

—No me opondría a que lo hicieras. —Luego, dirigiéndose a la mujer y acercándose con paso lento, le besó la coronilla y le sonrió—. Buen día, tía.

Aimeé abrió mucho los ojos y acunó el rostro del muchacho, al verle una marca morada en el párpado inferior izquierdo.

—Querido, santo cielo, ¿qué te ha ocurrido?

Pero él la miró fijamente y no le contestó. Bea no se sentó. Se quedó parada como idiota mirándolo y supo exactamente qué sucedía. Ella había ido a ese lugar a mantener seguro al duque, a protegerlo de cualquier ataque y resultaba... que justo la noche anterior, ella había sido la agresora. Se sintió irritada y cerró los labios en una fina línea mientras los miraba a los dos con atención, pues no quería perderse de nada de lo que dijeran.

—Sebastián de Valte —saludó él con una sonrisa, en seguida se dirigió a su tía y continuó—: Vaya... si me hubieras dicho que mi guardaespaldas iba a ser una mujer, tía, no lo habría aprobado.

111

Pero después de ese gancho derecho, creo que estoy tremendamente arrepentido de no haberla traído antes.

Aimeé estaba sorprendida y miraba de uno a otro sin saber qué decir. Sebastián sonrió y le pidió que se sentase con un ademán.

—Vuelve a sentarte o se enfriará tu desayuno.

Bea le disparó una mirada llena de cinismo y se sentó en la silla tal como él le había pedido; cogió su pan con tocino, se lo acercó a los labios, masticó con la boca abierta y lo miró con los ojos entrecerrados. Sebastián volvió a sonreírle y ella se impacientó aún más y pensó, que si tuviese a mano una grapadora, clavaría dos grapas sobre sus labios para no verle sonreír de nuevo. Se recordó el porqué estaba allí. Debía comportarse a la altura de las circunstancias; así que se sentó derecha, cerró la boca al masticar y dejó de mirarlo fijamente. De reojo, observó que la mujer volvía a hablar y, rápida, la miró. No alcanzó a leer de sus labios lo que había dicho, pero la mujer los apuntó a ambos y Bea sacó sus conclusiones. Sebastián asintió.

—La conocí por la noche, en la biblioteca.

—Salí para ubicar mejor las áreas de la mansión —explicó Bea ante la mirada extrañada de la mujer; y antes de que ahondaran en la conversación, Bea dejó un pequeño pedazo de pan en el plato, se incorporó y se sacudió las manos para quitarse las migajas—. ¿Puedo saber qué actividades realizará hoy?

Sebastián la contempló intrigado al escuchar que ella le hablaba de manera formal; volvió a sonreír y se pasó una mano por la frente, acariciando la parte alta con la yema de los dedos, como si estuviese pensando en si sería o no correcto decir lo que pasaba por su mente.

—No tienes que dirigirte a mí de ese modo.

—Yo creo que sí —afirmó. Elevó la barbilla y permaneció seria—. Es parte del código.

—¿Cuál código? —preguntó y se apoyó en el respaldo acolchado de la silla.

—Querido, ella es una profesional —atinó a decir la mujer mientras retiraba un hilo del puño de su vestido—. La hemos elegido porque, según dicen, no solamente es buena en sus habilidades, sino también es impecable en su conducta.

—No puedo permitirme ser informal en ninguna misión —explicó despacio.

—Ayer por la noche no fuiste tan formal como dices —se mofó y ella apretó las manos en puño.

—Yo... no conocía su identidad, excelencia. Lamento lo que sucedió anoche —dijo con una expresión impávida—. Si debo recibir algún castigo por haberlo golpeado, lo aceptaré sin problemas.

Él la contempló pensativo. Estaba confundido. Esa chica era rara. No solo por el color de sus ojos, puesto que si él pudiera hacer una lista de las cosas que la hacían rara, dejaría ese detalle hasta el final. En especial le impresionó la capacidad que ella tenía para modificar y controlar sus pensamientos y emociones.

—Nadie va a castigar a nadie. Despreocúpate. No soy una bestia; aunque me hayas agredido sin una razón, acepto tu disculpa.

Bea se mordió la lengua, pero el vómito verbal salió sin que pudiera impedirlo. Él la había provocado deliberadamente.

—Jamás he golpeado a una persona sin que en verdad lo mereciera.

Bea no escuchó el grito ahogado que salió de los labios de la mujer a su izquierda, pero por la expresión de su rostro, supo que había dicho algo indebido.

—¿Es que te ha faltado al respeto? —quiso saber la mujer, con voz grave y miró desaprobatoriamente a su sobrino. Bea carraspeó y antes que pudiese afirmar o negar la pregunta, Sebastián las interrumpió.

—Por supuesto que no le falté al respeto —contestó con aparente indignación.

—Considero, en lo personal, que las burlas son una falta de respeto que no puedo tolerar.

Sebastián levantó las cejas, sin saber con exactitud si se sentía sorprendido, divertido, indignado o extrañado. La luz brilló en su mente y se percató de que Bea había pensado que él se había mofado de ella al haberla halagado.

—¿Burla? —cuestionó repitiendo lo que ella había dicho. Bea quiso golpearlo de nuevo; su grado de cinismo la enervó.

—No finja demencia. Sabe a lo que me refiero —dijo y arrastró las palabras. Aimeé los observaba intrigada.

—Ten por seguro que, si lo supiera, no estaría preguntándotelo. Tal vez podrías refrescarme la memoria —mintió él mientras se llevaba la copa de jugo a los labios; la miró por sobre el borde de esta con interés.

—No me encuentro en posición para discutir con usted acerca de sus modales; me he disculpado y no quisiera volver a cometer un acto imprudente —dijo formalmente y él le sonrió. Bea se inclinó a modo de despedida—. Iré a prepararme para auxiliarlo y acompañarlo a donde necesite.

Y sin más, salió acompañada de las miradas de la mujer y del duque. Bea odiaba retirarse primero de una habitación, pues perdía la oportunidad de observar si alguien más agregaba o preguntaba algo, pero estaba tan alterada que, por primera vez, dejó la habitación sin esperar a nadie.

—Y me he quedado con la inquietud de saber qué fue lo que sucedió.

Sebastián dejó la copa de jugo y miró a su tía con ternura. Él amaba a esa mujer desde que la había conocido. Era la personificación de la bondad, del amor, de la paciencia, de la comprensión… ella era muy especial para él.

—Hablé con ella por la noche y le he dicho algo que la ha molestado.

—Pues ha de haber sido algo muy malo. De otro modo no puedo explicarme por qué te golpeó. Bastián, sabes bien que debes tratar a las mujeres con tacto. Te he enseñado modales, ¿no?

Sebastián se rio y levantó las manos para detener los avances de los pensamientos de su tía.

—No le he dicho nada malo. Lo juro. —Aimeé lo miró perspicaz y él volvió a reírse —. Es verdad. Jamás te he mentido.

114

—Pues no empieces ahora y dime qué diablos fue lo que sucedió.

—Mi único crimen fue decirle que era una chica muy linda. Eso es todo.

—¿Eso es todo? —repitió la mujer como su eco y él asintió mordiéndose la yema del dedo pulgar levemente; una maña que había adquirido hacía años—. ¿Por qué le enojó tanto?

Sebastián miró hacia la puerta por donde había salido y se relamió los labios antes de contestar.

—Pensó que me burlaba… porque parece que no está enterada de que lo es, tía.

Intrigas y sospechas

Bea regresó a su habitación, se lavó los dientes y la cara, y escogió un suéter para amarrarlo a su cintura por si debía salir de la mansión. Además cogió su mochila que estaba adentro del armario en uno de los cajones, sacó un taser que guardó en uno de sus bolsillos y una navaja que metió entre la calceta y el pantalón. Miró con atención el arma de fuego que estaba escondida entre su uniforme militar y prefirió dejarla allí... seguro que no iba a tener que utilizarla. Regresó su mochila a su lugar, se levantó y se miró al espejo por última vez como reparando atentamente en su rostro; negó con la cabeza de inmediato y salió de la habitación. Casi chocó con Mily que entraba con sábanas limpias y que por poco caía hacia atrás, pues como llevaba las manos ocupadas estuvo a punto de perder el equilibrio. Bea reaccionó con sus excelsos reflejos y la sujetó por los hombros para salvarla de una caída.

—Lo siento, pensé que continuaba en el comedor —le dijo Mily, arreglándose el moño que se le había despeinado por el repentino movimiento—. Iba a cambiarle las sábanas.

—No tenía mucha hambre. ¿Cambiar las sábanas? —dijo después mirándola pasmada.

—Cambiamos las sábanas por las mañanas.

—¿Como en un hotel? —Mily sonrió—. Déjalas tal como están. Es un gasto innecesario de agua.

—Pero… debo hacerlo, es parte de mis responsabilidades, si no lo hago la señora Russel me retará.

Bea bufó fastidiada y se encogió de hombros.

—Como gustes, pues. ¿En dónde está el despacho del duque?

—En el ala este. Es la segunda puerta a la derecha.

Bea asintió y se movió para dejarla entrar primero y asegurarse de que Mily no fuese a preguntarle algo si avanzaba antes.

—Cambiar las sábanas a diario, qué tontería —susurró mientras caminaba en la dirección indicada por Mily.

Después de minutos, se detuvo enfrente de la puerta, tocó dos veces y abrió. Sebastián estaba sentado detrás de su escritorio de madera lisa y miraba atentamente un libro cuando ella entró, levantó la cabeza solo un segundo y regresó la mirada a donde la tenía.

Bea advirtió que él le hablaba mientras leía y se mordió el labio inferior, insegura, pues no alcanzaba a distinguir ninguna de sus palabras. Él dejó de mover los labios, como si esperara por una respuesta. Bea sudó frío y buscó algo en la habitación para fingir que estaba entretenida. Lo que encontró fue una pintura. La miró con atención y la pintura la atrapó. Era un hermoso jardín, con una fuente que en medio tenía una escultura de tres mujeres desnudas. A Bea le llamaron la atención las rosas. La pintura tenía algunas rosas en la parte de abajo solamente, pero ella podía decir con toda seguridad, que lo más valioso y encantador de la pintura, eran esas pocas rosas de colores que se asomaban casi como si su deseo de aparecer en el cuadro hubiese sido más fuerte que el rotundo "no están invitadas", que el pintor parecía haberles dado.

Bea notó los pliegues delicados de los pétalos de las flores y se acercó lento para observarlas mejor. Era al óleo y cada capa de pintura parecía haberle dado una cara diferente a cada pétalo, casi como si no pertenecieran a las mismas flores, pero a la vez sí. Estiró la mano para tocar la pintura y miró el nombre del pintor.

Una sombra a su lado la hizo percatarse de que Sebastián se había levantado de su silla y había caminado hacia ella. Probablemente la había llamado varias veces, y al darse cuenta de que no le prestaba atención, había ido hacia ella. Bea se volteó fingiendo aturdimiento y antes de que él dijera algo, habló:

—Lo lamento, estaba absorta viendo la pintura y no le escuché, ¿qué decía?

Él levantó una ceja, Bea pensó que era por desconcierto, pero se percató de que algo le daba gracia. Sebastián se cruzó de brazos y apoyó un hombro en la pared. Ella señaló con el dedo índice la pintura.

—Le quedó bellísima.

Él le dio la impresión de sentirse fuera de lugar y después de unos segundos asintió evasivo, como si aceptara el cumplido a medias.

—Gracias, pero no la hice yo.

Bea pensó que tal vez no había descifrado lo que él había dicho.

—¿Cómo? —preguntó desconcertada.

—He dicho que no la he hecho yo.

—Pero… está firmada con su nombre.

Él sonrió, evadió sus palabras y le preguntó:

—¿Qué es lo que te ha gustado tanto que has perdido el control de tu atención?

—Las rosas. Se ven hermosas.

—Claro. No eres la única persona que ha pasado por mi despacho y ha alabado tanto las rosas de la pintura, pero nunca a las que están sobre la mesa —dijo él e indicó con el índice la mesita alta que estaba junto a un espejo. Lo único que había sobre esta era una maceta de cristal con un pequeño rosal con tres rosas frescas—. ¿Sabes por qué?

Bea dijo que no lentamente con una acción y se preguntó a sí misma, cómo no había reparado en ellas.

—Porque es una ilusión.

—¿Una ilusión?

Él asintió y ella ladeó el rostro en forma de incomprensión.

—La hermosura de las rosas es legendaria, pero todo en este mundo necesita de un equilibrio. Era lógico que no podía existir en el mundo algo tan hermoso como una rosa sin que tuviese algo malo. Es decir, si quieres una rosa necesitas aceptar también las espinas… Esta pintura refleja unas rosas que no existen y a las personas les encanta observar la ilusión de la perfección sin el tinte del desperfecto. Estas rosas… puedes pensar que llaman tu atención por lo bien pintadas que están, por el manejo de los colores, las sombras y las luces, pero tu subconsciente las acepta con tanta devoción porque, aparentemente, son mucho más bellas que las reales, pues no tienen espinas. ¿Quién querría una rosa con espinas, si puede tener una sin espinas?

Bea puso las palmas sobre sus caderas y lo miró con una ceja alzada.

—¿Usted? —preguntó con sarcasmo y él rio entre dientes y caminó hasta su rosal. Bea deseó internamente que no dijese nada en su camino hasta la mesa, pues le daba la espalda y no alcanzaba a ver qué decía. Él no dijo nada, incluso después de que llegó al rosal. Asió entre los dedos una pequeña regadera de metal que estaba en el suelo, al lado de la mesa, y regó la tierra de la planta. Luego caminó hacia su escritorio, volvió a sentarse y tamborileó con los dedos en los descansa brazos de la silla, mirándola entretenido.

—Las rosas sin espinas me parecen aburridas. Considero que el encanto de una rosa reside en que no son fáciles de tomar; tienen sus defensas, su propio orgullo… saben lo que valen y lo que merecen. Ellas solo crecen bajo la protección de las manos correctas. Uno no va por la vida eligiendo a las rosas… ellas te eligen a ti, si así lo creen conveniente.

—¿Por qué las pintó, entonces? —preguntó absorta en las palabras de él. Sebastián suspiró y negó con la cabeza.

—No las he pintado yo, ya te lo he dicho. En lo personal, odio esas rosas. Me recuerdan a todas las mujeres que he tenido la mala suerte de conocer. Son hermosas por fuera, podrían encantar a cualquiera con sus sonrisas, sus ojos, y sus mejillas y narices empolvadas, pero por dentro... no hay nada; ni el eco de su belleza externa ni espinas. Están vacías.

Bea no contestó. Supo que no deseaba ahondar en lo último que él había dicho, pues era algo estrictamente personal. Así que se alejó de la pintura, caminó hacia el escritorio de madera y se paró en diagonal a él.

—Puedes sentarte —ofreció Sebastián al coger una pluma con su mano derecha. Bea reparó en la bella pluma de punto fino, cuerpo de cristal y pequeñas incrustaciones de zafiros—. Debo terminar de darle el visto bueno a unas declaraciones y peticiones del Parlamento.

—Gracias, pero estoy bien aquí.

Él no volvió a dirigirle la palabra y después de lo que a Bea le pareció más de media hora, Sebastián se puso de pie, cerró el libro, guardó la pluma en una pequeña caja con otro bolígrafo con cuerpo de madera encima de su escritorio y volvió a ofrecerle asiento.

—Necesito ir con el notario, pero antes me gustaría tener unas palabras contigo. Toma asiento.

Bea obedeció al punto y se sentó, con la espalda recta, en la silla de color rojo, con asiento y respaldo acolchonado.

—Sé que no te han explicado totalmente la razón por la que te encuentras aquí.

—Lo único que sé es que su vida ha estado en peligro desde que despertó del coma.

Sebastián apretó los labios y volvió a tomar asiento, despacio.

—Soy alguien extremadamente importante, muy a mi pesar; por esa misma razón muchas personas me quieren muerto. Algunos estuvieron en contra de que mantuviera el puesto después de haber estado prácticamente... alejado de las obligaciones que conlleva. Mi padre era el presidente del Parlamento de Satel; cuando él murió y yo quedé en coma, me fue imposible aprender todo lo que se debía aprender en relación a las responsabilidades que se esperaban de mí. Durante mi ausencia, el secretario del Parlamento fue nombrado presidente provisional y luego de algunos años decidieron desconectarme.

—Pero usted despertó.

—Milagrosamente lo hice unos días antes de que se llevara a cabo mi asesinato. A muchos les enfadó la noticia. Mi casa y todos mis bienes iban a ser repartidos en partes iguales entre los miembros del Parlamento, pues todo lo que poseo viene con mi título; si la persona que lo lleva, muere, los bienes deben ser devueltos. Supongo que a ellos les pareció una ganga recibir tanto dinero sin mover ni un dedo... bien, tal vez un dedo sí. Aimeé es mi tía y no tengo familiares cercanos ni herederos que hubieran podido pelear por conservar mis bienes. El secretario del Parlamento, Ichabod Fader, que en esos tiempos era presidente provisional, se molestó mucho y tuvo que entregar el cargo sin estar de acuerdo; alegó que yo no estaba en total uso de mis capacidades, pues había pasado demasiado tiempo desconectado del mundo y varios estuvieron de acuerdo.

—¿Ellos lo atacaron?

—No estoy seguro de si fueron ellos. Una tarde que me encontraba en una cafetería de la ciudad con mi abogado, hubo un tiroteo. Recibí una bala en el brazo y mi abogado estuvo en terapia intensiva durante un mes. La señora del café y dos inocentes más también pararon en el hospital.

Bea sintió una insoportable pesadez. No comprendía cómo había personas que podían realizar actos tan desalmados como ese.

—¿Fue esa, la única vez?

—No. De hecho esa fue la primera vez que sucedió. Supusimos que, simplemente, había sido algún ataque terrorista, pues habían resultado heridas varias personas y no solo yo. Un mes después, en terapia de rehabilitación en el hospital, alguien me sedó e intentó sacarme en una camilla. Por suerte, uno de los residentes del hospital se topó con el camillero y al instante supo que no era

121

parte de la plantilla y llamó a seguridad. El hombre huyó, pero según la descripción del residente, no era nadie que yo conociera.

—¿Volvió a sucederle después de eso?

Sebastián afirmó despacio con una acción y se apoyó en el respaldo del asiento.

—Dos veces más. Una vez chocaron mi auto cuando regresaba de una junta en el Parlamento; el chofer pudo evadir a medias el golpe y solo resulté herido superficialmente. La más reciente fue aquí, hace dos meses.

—¿Aquí?

—Sí. Entraron a mi habitación por la ventana, en la noche.

—¿No hay cámaras de seguridad?

—Sí las hay… pero por alguna razón, esa noche estaban apagadas y no se registró nada.

—¿Qué sucedió cuando entraron a su habitación?

—Eran dos hombres… pude arreglármelas con uno, pero el otro hombre me apuñaló en la cintura. Mi tía duerme a un lado de mi habitación, escuchó el ajetreo y llamó a los guardias; al llegar me encontraron inconsciente en el suelo. Antes de salir de mi habitación, uno de ellos me golpeó en la sien con un jarrón y necesité diez puntadas —explicó y se tocó el lado derecho de la cabeza, justo encima de la oreja—. Pero como puedes darte cuenta, continúo vivo. Soy difícil de matar.

—Ayer por la noche que lo encontré en la biblioteca… no podía dormir, ¿verdad?

—Siempre pensé que mi hogar sería un lugar en donde pudiese estar protegido, pero después de eso todo cambió. No puedo mirar esta mansión como antes.

—¿Sospecha de alguien más, aparte de las personas que ya mencionó?

Sebastián lo pensó seriamente durante unos minutos y denegó.

—Hay rumores acerca de que unos hombres que pertenecen al Parlamento, también están liados con… sectas.

—¿Qué tipo de sectas? —Bea recordó las palabras de Dimitri. Algo de eso podría estar relacionado con las personas que ella buscaba.

—Nadie lo sabe, son rumores y la información que he podido conseguir hasta ahora es muy vaga.

—Entiendo.

—Tu trabajo, pues, es estar a mi lado en todo momento, hasta que pueda resolver las cosas.

Bea tragó saliva. Sintió una profunda vergüenza al estar engañándolo... ella era, con toda posibilidad, la peor persona para el puesto. En ese instante, quiso levantarse de la silla y salir de allí, pero estaba consciente de que ya no había vuelta atrás. Si alegaba incapacidad para realizar la misión, la sacarían de las fuerzas... debía cumplir con esa responsabilidad lo mejor que pudiera. Asintió y él respiró con pesadez.

—¿Necesitas saber algo más?

—Necesito saber muchas cosas más, pero juntaré la información poco a poco. —Bea hizo una pausa, inhaló y continuó lentamente—: No puedo asegurarle que lograré encontrar a quién está detrás de todo esto, pero le prometo que cuidaré su espalda.

Sebastián le obsequió una sonrisa que a Bea le pareció que llevaba un dejo de agradecimiento, e iba a decir algo, pero la atención de él se desvió hacia la izquierda y ella intuyó que alguien había entrado por la puerta, así que se levantó de la silla y regresó a la pared. Ese lugar era perfecto para poder identificar las palabras de ambos. El hombre de poca estatura la miró de malhumor y saludó a Sebastián que le sonrió animado.

—Te felicito por tu buena elección, Rolo —anunció el duque al tomar asiento frente al recién llegado en el lugar que ella acababa de desocupar. Rolo se acomodó el peluquín y bufó resignado.

—No sé si estás siendo sarcástico o no. En caso de ser así, tu tía fue la que me instó a traerla; en caso de que no sea así, supongo que puedo quedarme con el crédito por aceptar la orden de tu tía.

—No es sarcasmo.

—Así que, todo indica que la chica te ha sido útil.

Sebastián le dio una mirada de desaprobación y la miró de reojo. Bea permaneció quieta como una escultura de cera.

—Si fuese un instrumento de cocina me hubiese sido útil, pero ya que es una persona, prefiero decir que me ha parecido perfecta para el puesto.

Rolo levantó una ceja desconcertado, volvió a acomodarse el peluquín y se encogió de hombros.

—¿Le has explicado lo que debe hacer?

—Estábamos terminando con eso cuando llegaste —explicó Sebastián—. Iré con el notario, ¿necesitas que lleve algún documento?

—No, pero necesito que autorice una carta poder.

Sebastián dio la impresión de sentirse inseguro y se inclinó sobre el escritorio de madera.

—¿De nuevo?

—Es necesaria para otra parte del trámite que me pediste.

Sebastián accedió.

—Bien. Prepárame el auto, ya voy tarde.

Rolo asintió con ahínco, se puso de pie y salió sin dirigirle la mirada a la muchacha. Sebastián se puso una chaqueta negra y apoyó la cadera en el escritorio.

—Lo siento. No es agradable con las personas que no conoce —se disculpó en nombre del hombre. Bea no entendió por qué lo había hecho, pues a ella no le concernían esas cosas.

—¿Nos vamos ahora?

—Sí. Haré una parada antes de llegar con el notario, ¿de acuerdo?

A Bea le estresaba que la tomaran tanto en cuenta pues estaba acostumbrada a pasar desapercibida.

—Limítese a hablarme de cuestiones importantes.

Algo destelló sagaz en la mirada de Sebastián y se acercó a ella con lentitud, se agachó para quedar a su altura; después de unos segundos tronó el dedo medio y pulgar de su mano derecha y la señaló divertido.

—Claro, ya lo recuerdo… es que no eres fanática de las conversaciones, ¿cierto?

—Sí —respondió secamente y él le sonrió de nuevo. Bea volvió a sentir unas ganas tremendas de poner las dos grapas en las comisuras de sus labios para impedirle sonreír.

—Qué lástima, porque yo me aburro demasiado cuando no tengo con quién charlar.

—Es una pena.

—Para ti, por supuesto, porque el distraerme con tu fluida y estimulante conversación, será también parte de tu trabajo. Te sugiero que traigas una libreta —le dijo él guiñándole un ojo.

—¿Para qué?

—Para que organices los temas de conversación para la semana. Anda, que voy tarde —la apuró él tomándola del brazo para sacarla de su despacho. Bea se soltó de su amarre con molestia y él la miró sin comprender su actitud—. ¿Tampoco te gusta que te toquen?

—No, no me gusta.

—Entonces… parece que tienes más espinas de las que creí —dijo mientras estiraba el brazo para cerrar la puerta detrás de ellos.

A diferencia de lo que ella temía, Sebastián se mantuvo callado durante todo el trayecto, mirando por la ventana, absorto en sus pensamientos. Bea temió que su actitud tan confiada y animada fuese solo una fachada. No le sorprendería. No tenía idea de cómo podía sonreír tantas veces en el día, habiendo sido casi privado de la vida más veces de lo que ella podría tolerar. Una mirada nostálgica apareció en sus pupilas oscuras y Bea habló antes de pensar si sería correcto hacer la siguiente pregunta:

—¿Qué fue lo que sucedió con sus padres?

Sebastián reaccionó de inmediato. Primero la miró desconcertado, pero después habló pausadamente.

—Fue un accidente de auto. Íbamos de viaje y el auto se salió de la carretera porque le fallaron los frenos.

Bea asintió.

125

—¿Qué edad tenía, excelencia?

—Cuatro años —Sebastián se mostró incómodo y cambió de tema—. ¿Cuántos años tienes?

—Diecinueve.

—Te ves mucho más joven. Tal vez porque no usas maquillaje.

Bea se impactó de que él hubiese notado eso. Sebastián continuó:

—¿Qué tan renuente te sientes en cuanto a salir con alguien mayor?

—¿Salir?

—Como en una cita —dijo él con una sonrisa. Bea se arrepintió por haberle dirigido la palabra.

—No lo sé. Nunca he pensado en eso —contestó escondiendo la incomodidad que esa pregunta le hacía sentir.

Sebastián la observó como bicho raro, pero no dijo nada más, solo se cruzó de brazos y continuó mirándola durante el resto del trayecto. Después de veinte minutos entraron a la ciudad y se detuvieron más tarde en una oficina postal. El chofer fue el que se bajó en la parada y cuando regresó le entregó a Sebastián por la ventanilla una bolsa que él guardó debajo del asiento, luego continuaron hasta una casita pintoresca y modesta.

—Ven conmigo.

Ambos salieron del auto, Bea miró hacia todos lados e inspeccionó el área mientras Sebastián tocaba el timbre de la casa. Un hombre mayor abrió y lo miró con una amplia sonrisa.

—¡Bastián! —Exclamó contento y con la voz poco firme debido a la edad. Sebastián le sonrió afectuosamente y se acercó para abrazarlo; el hombre, emocionado, le dio unas palmadas en la espalda y se movió hacia un lado para dejarles el paso libre.

—¿Cómo has estado? —preguntó Sebastián emocionado. Bea sintió una atroz necesidad de poder escuchar su voz, pues él se veía genuinamente feliz.

—Tú fuiste quien recibió una puñalada, eso debería preguntártelo yo… te veo caminar con una facilidad envidiable, ¿estás recuperado del todo?

Bea no alcanzó a ver lo que el hombre mayor le dijo a continuación pues caminaban ambos frente a ella y solo podía ver sus espaldas. Deseó que no repararan en ella; pero el anciano se detuvo como si hubiese adivinado lo que pensaba y se dio la vuelta despacio. Bea se detuvo como si hubiese chocado con algo y Sebastián se le acercó de nuevo.

—Discúlpame. Hace meses que no veía a este muchacho y olvidé mis modales por un instante, ¿cómo te llamas?

Bea se quedó enmudecida por la familiaridad con la que el hombre se dirigía a ella y Sebastián sonrió con simpatía.

—Parece que alguien se comió su lengua. Se llama Bea. Bea, él es Miguel. Es mi guardaespaldas personal... ¿qué opinas?

El hombre mayor la observó con una sonrisa y asintió.

—Considero que te has sacado la lotería —confesó con tono quedo mientras apoyaba una de sus manos arrugadas en el hombro del muchacho.

Bea inclinó la cabeza en forma de saludo y todos continuaron el camino hacia lo que ella creyó que era la cocina. Sebastián se acercó a la mesa y sacó una silla, la miró como dándole a entender que era para ella. Bea se sonrojó, murmuró con voz tenue una palabra de agradecimiento y se sentó.

El anciano les ofreció té a ambos y los dos aceptaron. Sebastián le ayudó a buscar las tazas en los muebles de color café claro de la cocina y las dejó sobre unos pequeños y delicados platitos de porcelana, y puso sobre cada platito una cuchara tan pequeña que Bea supuso que un bebé se quedaría hambriento comiendo con ellas. Miguel se acercó a la mesa con paso acompasado y llevó una tetera caliente que sujetaba por el asa con un trapo de tela gruesa, misma que colocó sobre la mesa y se sentó frente a Bea mientras observaba a Sebastián con cariño.

—¿Has podido encontrar la manera de llevarlo a cabo? —preguntó Sebastián y Miguel negó.

—El abogado al que le pedí que me auxiliara en el caso no ha encontrado tampoco un modo de hacerlo. Es difícil, Sebastián, la mayoría de los bienes que posees pertenecen al ducado; encontrar los propios que tu padre acumuló con el paso de los años, será algo complicado.

Bea sabía que una persona con poder, encargada del bienestar social y que trabajase en el Parlamento, no podía heredar ni quedarse con la mayor parte de sus pertenencias cuando terminaba de servir al reino. Debía dejar los bienes conseguidos con los impuestos para el siguiente que ocupase el mismo cargo y marcharse con una gratificación y los bienes conseguidos con dinero propio, a menos que tuviesen a un heredero que quisiera fungir en el mismo cargo.

—Entiendo eso. Pero todo lo que él consiguió por sí mismo…

—Nadie lo sabe, los registros se perdieron.

—Debe de haber algo que nos pueda ayudar a saber cuáles son las cosas que me pertenecen por derecho. No puedo dejar a Aimeé sin nada, Miguel. Ella no tiene hijos que la ayuden, quedaría desahuciada si algo llega a sucederme.

Bea supo de qué iba todo eso. Sebastián preparaba todo por si llegaba a fallecer. Sintió que palidecía de solo pensar que algo malo pudiese pasarle.

—La persona que se encargaba de la economía de tu padre está desaparecida. Tu tía es la única que recuerda quién era, Sebastián, y nunca lo volvió a ver.

—Algo debió haber sucedido con él. Aimeé dice que ni siquiera cobró su paga de ese año, ¿no crees que es raro que haya desaparecido y que todos los registros de compra y de posesión de bienes se extraviasen? Nada de esto me huele bien, Miguel.

—Sigue mi consejo y ten tu propia familia. Puedes continuar con el puesto y cuando tu hijo o hija sean mayores, alguno, si así lo desea, puede heredar el cargo. Mientras ellos llegan a la edad adulta, tendrás más tiempo para buscar los documentos y a ese hombre. Ya tienes veintidós años, no te estás haciendo más joven.

—Tampoco soy un vejestorio como tú, no exageres.

Miguel le sonrió de nuevo y sus ojos reflejaron un cariño genuino.

—Seguiré en lo que me pediste, pero debes prometerme que comenzarás a tomarte las cosas en serio.

—Miguel, no es tan fácil. Con las cosas como están, mi conciencia no me dejaría dormir solo de pensar que podría dejar a una mujer viuda.

—Tendría su vida asegurada.

—Pero no me tendría a mí. Estaría devastada.

—Es por eso que los matrimonios por conveniencia no han claudicado.

Sebastián hizo mala cara. No le gustaba la idea de tener que casarse con alguien a quien no amara y mucho menos dejar a su tía en manos de alguna debutante consentida que probablemente la abandonaría en la calle una vez que él muriese.

Bea se aclaró la garganta y los dos hombres que hasta ese momento se habían enfrascado en la plática, absortos en las palabras del otro, la contemplaron interrogantes.

—No quisiera entrometerme, pero… creo que se están adelantando demasiado a los hechos. Yo estoy aquí y suelo hacer mi trabajo de manera excepcional.

—¿Qué quieres decir con eso? —preguntó el hombre a la joven y una sensación opresiva se extendió por el pecho de Sebastián mientras miraba fijamente a Bea.

—Yo nunca fallo. Voy a protegerlo incluso si mi vida depende de ello.

Noches en vela

El regreso a la mansión fue tranquilo; él no habló con ella y de nuevo miró por la ventana y permaneció durante el trayecto absorto en sus pensamientos. Incluso después de salir del auto y de entrar a la mansión él siguió en silencio. Bea no entendía por qué le parecía extraño no hablar con él, cuando en la mayoría de los casos prefería no hablar en absoluto.

No fue hasta subir las escaleras y encontrar a Aimeé, que él rompió el silencio y le dirigió una radiante sonrisa a su tía, que por ir limpiando los lentes no se había percatado de su presencia y casi chocó con su sobrino, quien anticipó la situación, colocó las palmas sobre sus hombros y le dio un beso en la frente. Aimeé se puso los lentes mientras sonreía contenta.

—¿Cómo te ha ido?

—Bien… sigo trabajando en eso. Te lo prometí —dijo él devolviéndole la sonrisa.

—Una promesa que no te pedí que me hicieras, puedo cuidarme sola, querido. —Luego, volviéndose a Bea, la saludó con un ademán de mano y la de los ojos verdes se inclinó como acto de cortesía hacia la mujer—. ¿Has comido algo? De seguro te trae corriendo y no te ha alimentado.

—Estoy acostumbrada a saltarme comidas de vez en cuando. No tiene de qué preocuparse.

—Pamplinas, por supuesto que me preocupo, niña. Eres mi invitada —en seguida, dirigiéndose a Sebastián, le dijo—: querido, cenemos juntos, hace mucho que no contamos con compañía para pasar un rato ameno en la mesa.

Sebastián miró a Bea como si esperara a que le diese permiso para aceptar. Bea quiso negarse, quiso buscar un pretexto para escapar de la reunión familiar en la cena, pero el rostro de aquella mujer, casi suplicante, la hizo sentirse en desventaja. Al final asintió y trató de mostrarse despreocupada. Él le sonrió como un silencioso agradecimiento y Bea miró hacia otro lado. Sebastián le ofreció el brazo a su tía y bajaron por la escalera juntos, platicando acerca de cosas que Bea no podía identificar. Cuando llegaron al comedor, Sebastián abrió la puerta para su tía y las dejó entrar primero. La mujer se volvió hacia ella y la miró expectante, como si esperase algo… una respuesta a alguna pregunta que ella no había escuchado.

—Lo lamento. Estaba absorta en mis pensamientos y no la he escuchado.

La mujer le sonrió y dio media vuelta para mirarla de frente. La cogió de las manos y la miró con interés.

—Te he preguntado acerca de tu familia. Seguramente hace mucho tiempo que no los ves.

—No he visto a mi padre en un mes, pero me ha parecido como si fuera un año. Somos muy unidos —comentó con una sonrisa ante el recuerdo de su padre. Sebastián se apresuró a mover las sillas para ambas y los tres tomaron asiento. Bea, sin dejar de mirar a la mujer, se movió hacia un lado cuando un muchacho joven con pecas colocó un plato frente a ella, con carne, puré y verduras.

—¿Y tu madre?

Bea se sintió insegura de platicar acerca del tema con gente que realmente no conocía.

—No tengo madre. Es decir... tengo una, supongo, pero no sé quién es ni en dónde está. Cuando tenía solo un año de edad, mi madre me dejó con un hombre viudo que vivía solo en una cabaña en el bosque.

Las dos personas, sentadas frente a ella, alzaron las cejas totalmente sorprendidas de escuchar una confesión de ese tipo. Bea les sonrió para tratar de quitarle importancia, pero no funcionó. Pasaron más de cinco minutos en total silencio, comiendo la carne, el puré y las verduras que les habían servido, hasta que Aimeé acabó con él.

—Buscaremos el modo en el que puedas ir a ver a tu padre, pronto.

Ahora fue el turno de Bea para sorprenderse. Esa mujer tenía una bondad inmensa... bondad que ninguna mujer había tenido antes con ella.

—Estoy bien. Puedo esperar el tiempo que sea necesario.

—No se trata de eso, sabemos que puedes hacerlo, pero muchas veces no tienes que hacerlo. Podríamos conseguirle un día libre pronto, ¿no?

La pregunta iba, claramente dirigida a Sebastián, que justo en ese momento se llevaba la copa de vino a los labios.

—No te preocupes tía, en caso de no poder hacerlo, yo mismo la acompañaré hasta él.

Bea se sintió desconcertada. No podía imaginar una buena razón para que él quisiera ir con ella a ver a su padre, pero igual no dijo nada y continuaron comiendo. El resto de la cena se les fue en trivialidades y cuando llegó el postre, Bea sentía que la carne se regresaba por su esófago.

No estaba acostumbrada a comer tanto, así que en el minuto en el mismo chico con pecas se inclinó para dejarle el plato con un budín de chocolate, ella negó con la cabeza y le agradeció en un susurro.

—¿No te gusta el budín de chocolate? —preguntó Aimeé, asombrada.

—Me gusta mucho. Es solo que, como le comenté en las escaleras, no suelo comer tanto. En la base militar casi siempre cenábamos avena, sopa de verduras o fideos, y alguna fruta.

—¿Cómo pretenden que los soldados tengan buena condición, si no los alimentan correctamente? —protestó indignada la mujer del madeja cana y Sebastián sonrió al escuchar su tono.

—A pesar de que trabajamos para el gobierno, no tenemos mucho dinero y la mayor parte del dinero que nos llega, lo utilizamos para mandar a nuestras familias, comprar medicamentos y hacer botiquines para las misiones. Últimamente las cosas estuvieron horribles en dos ciudades de Artis; hubo un ataque en la mía, hace dos años y otro más en la frontera de oriente. Muchos perdimos a nuestros seres queridos.

—Los ciprianos. Nos enteramos por las noticias —anunció Aimeé—. Fue inhumano todo lo que causaron.

—¿Perdimos? —preguntó Sebastián y Bea no alcanzó a identificar lo que dijo.

—¿Cómo dijo?

—Dijiste "perdimos", ¿tú también perdiste a alguien?

Bea se lamentó en extremo haberse permitido ese desliz y no le quedó de otra más que asentir.

—Sí.

—¿A quién?

—Yo...

—¿Un familiar?

No supo cómo explicarlo. De inmediato recordarlo le dolió tanto que volvió a sentir que la comida viajaba de nuevo hacia arriba. Se levantó de manera abrupta y sintió que los ojos le escocían. Hacía mucho que no lloraba. Nadie había tenido el mal tino de recordarle ni de pedirle hablar sobre Cam desde que se había unido al ejército.

—Lo siento —se disculpó a media voz y salió del comedor sin mirar hacia atrás.

Al estar frente a la puerta de su habitación, la abrió despacio, la cerró a su espalda y se deslizó contra ella hacia abajo, se abrazó las piernas y dejó caer su frente sobre las rodillas. Las lágrimas se agolparon en sus ojos, pero Bea se rehusó a dejarlas caer. No supo cuánto tiempo estuvo así. Odiaba que sus emociones tomaran el control de su cuerpo y de las situaciones en las que se desenvolvía. Levantó el rostro, se abanicó los ojos con las manos y de repente sintió una vibración en su espalda. Alguien tocaba a la puerta. Se paró del suelo presurosa, se echó un poco de aire y trató de respirar en su ritmo normal, se giró y abrió la puerta cuando esta volvía a ser golpeada.

Por alguna razón no se sorprendió tanto como hubiese esperado al ver a Sebastián afuera, con las manos metidas dentro de los bolsillos frontales de su pantalón.

—¿Todo bien?

Bea convino lento con una acción.

—Lamento haberte recordado…

—No importa —interrumpió para eludir el tema—. Yo… no debí haberme retirado de ese modo, fue inapropiado de mi parte, lo siento.

—No tienes que disculparte por eso. Comprendo lo difícil que es hablar de un ser querido que ya no está más contigo. Solo quería verificar que estuvieras bien y no hubieras decidido renunciar a tu puesto.

Bea se impidió sonreír.

—Eso no va a suceder.

Sebastián pareció pensativo por algunos segundos.

—Buenas noches —dijo finalmente; ella asintió y se despidió. Bea reparó en que caminaba hacia el frente y no hacia la derecha.

—¿A dónde va? —preguntó y él se volvió sonriendo. Ella señaló con el dedo índice el pasillo a su derecha—. Su habitación, ¿no es por allá?

—Yo… dormiré aquí desde hoy —dijo y apuntó a la puerta de enfrente—. ¿No te lo había dicho?

—No.

—Me imaginé que mudarme a la habitación frente a la tuya era mejor que pedirte que durmieras en la mía en una incómoda bolsa de dormir. Si algo sucede será más fácil para ti acudir en mi ayuda.

Bea sintió que el alma se le caía a los pies. Nadie más que ellos dos dormiría en esa área y de sucederle algo a Sebastián ninguna persona iba a ser capaz de escucharlo... en especial ella.

—No quisiera contrariarlo, pero, no creo que sea una buena idea.

Sebastián se mostró desconcertado ante sus palabras y volvió a acercarse.

—¿No se supone que eres mi guardaespaldas?

—Sí —dijo Bea asintiendo con la cabeza al mismo tiempo.

—Y, ¿no se supone que tu trabajo es cuidarme día y noche?

—Bueno sí, pero...

—Confío en ti, Bea —dijo mientras volvía a sonreír—. No he podido descansar en mucho tiempo y siento que hoy dormiré tranquilo por primera vez en semanas.

Supuso que la que tendría problemas para dormir, de esa noche en adelante, sería ella. Sebastián volvió a caminar hacia la habitación de enfrente y antes de cerrar la puerta se despidió con la mano. Bea tardó unos segundos en reaccionar; cuando lo hizo, caminó hacia la puerta de enfrente y tocó con fuerza. Sebastián tardó en abrir y al hacerlo llevaba la playera blanca al revés, como si se hubiese desvestido y vuelto a vestir de prisa.

—¿Qué pasa?

—Yo... dejaré mi puerta abierta. Es decir, siempre la dejo abierta.

Sebastián frunció el ceño, perplejo.

—¿Por qué?

—No me gustan los espacios cerrados. Me gustaría... quisiera saber si existe la posibilidad de que también dejase su puerta abierta.

Él alzó las cejas y se cruzó de brazos, intrigado.

—¿Que duerma con la puerta abierta, dices?

—Sí. Me ahorraría tiempo si algo sucede. Es cuestión de estrategia.

—¿Pero qué tal si alguien intenta entrar? No podré escucharlo.

—Pero yo lo haré. Usted dijo que confiaba en mí.

Sebastián se permitió un buen tiempo para pensárselo y finalmente respondió:

—Está bien.

Justo iba a volver a entrecerrar la puerta, Bea levantó su dedo índice y él se mostró contrariado.

—Una última cosa. Debo… inspeccionar la habitación. Solo serán unos segundos.

Sebastián exhaló su impaciencia y se movió para dejarle el paso libre. Bea entró y observó todo el cuarto. Era muy similar al de ella. Se fijó que tenía dos ventanales juntos que daban a un balcón. Caminó hacia la chimenea, agarró uno de los atizadores, se dirigió a las ventanas y metió el atizador entre las dos asas para atrancarlas. A continuación entró al baño, lo inspeccionó también y se sintió aliviada cuando se percató de que la ventana era demasiado pequeña para que alguien pudiese entrar. Agarró un bote de jabón líquido para manos, regresó a las ventanas y vació el bote de jabón líquido sobre el suelo debajo de las mismas, se volvió hacia Sebastián que la miraba hacer todo con los ojos entrecerrados y una leve sonrisa.

—No se acerque a las ventanas y mantenga las cortinas corridas durante el día y la noche. ¿Tiene las llaves de las habitaciones?

—Mi tía las guarda.

—Las necesitaré. Hay que cerrar los cuartos cercanos. Si no pueden entrar por esta ventana, seguro encontrarán otra por donde entrar; así que, al menos, todas las habitaciones de este pasillo deberán quedar cerradas con llave.

—Se las pediré mañana.

Bea levantó el índice y con un gesto le pidió que esperara, introdujo la mano al bolsillo del pantalón y sacó el taser, caminó hacia él y se lo alargó.

—Quédese con esto; puede serle útil. Póngalo debajo de su almohada. Una cosa más. Necesito una lista con los nombres y las fotografías de todas las personas que residen aquí.

—¿Piensas que puede haber un espía? —preguntó como si la sola idea fuese imposible.

—Usted puede fiarse de quien quiera —contestó cruzándose de brazos también—. Pero yo lo haré a mi manera. Espero poder contar con esa lista el día de mañana.

—De acuerdo —aceptó sin saber si se sentía ofendido o entretenido.

Bea asintió, insegura aún. Miró alrededor y pensó que no había nada más que pudiera hacer; era tarde y no podía conseguir lo que le hacía falta. Realizó una nota mental de las cosas de las que se tendría que encargar por la mañana e inhaló lentamente mientras terminaba la lista. Luego de que estuvo segura, suspiró con pesadez.

—Estaré al pendiente.

—Bea, duerme tranquila. No es necesario que te sientas presionada; estamos cerca y sé que puedo contar contigo.

Ese comentario no funcionó para tranquilizarla. Sebastián le sonrió afable y ella realizó una media venia para despedirse.

—Buenas noches.

—Buenas noches, Bea.

Por supuesto, esa noche no pudo dormir de corrido. Se levantaba cada veinte minutos o media hora, caminaba hacia su puerta, cruzaba el pasillo y se asomaba por la de él. Cuando se cercioraba de que todo estaba bien, regresaba a su habitación para meterse en la cama y tratar de dormir de nuevo. En cuanto dieron las cinco de la mañana, y los empleados iniciaron con sus labores, Bea pudo descansar. Saber que había alguien más, cerca, que pudiese escuchar si algo sucedía en la alcoba de enfrente, la tranquilizaba.

Por la mañana, Mily entró a su habitación y la sacudió por los hombros con cuidado. Bea se percató de que se había vuelto a despertar tarde.

—¿Qué hora es? —preguntó al levantarse.

—Las nueve —contestó la chica mientras le sonreía. Segundos después, le pasó una carpeta; Bea la sujetó sin saber qué hacer—. Su excelencia me pidió que le trajera esto. Me dijo que usted sabría qué hacer con ella.

Bea recordó lo que le había pedido y asintió. Decidió no hojearla delante de la muchacha, así que dejó la carpeta adentro del primer cajón de su mesa de noche. Se puso de pie, caminó al baño, tomó una rápida ducha y al terminar se vistió. Esa mañana se dejó la melena suelta pues la tenía húmeda. Se dirigió a su mesita, abrió de nuevo el cajón, agarró la carpeta y una chamarra. Se guardó la navaja en el mismo lugar que el día anterior y salió de su habitación.

Se dirigió con paso apresurado al comedor, encontrándose con varios empleados en el camino que la saludaron con una inclinación que ella respondió.

Aimeé estaba sola en el comedor; tomaba té y leía un libro cuando Bea entró. Su mirada oscura se encontró con la de ella y sonrió contenta al verla aparecer por la puerta.

—Buen día, querida. Te esperaba.

—Lamento haberla retrasado en sus actividades.

Aimeé bufó y levantó la mano para restarle importancia a sus palabras.

—Yo no soy una persona tan ocupada como mi sobrino. A veces quisiera poder dedicarme a algo, tener un trabajo propio, pero está mal visto.

—¿En dónde está el duque? —preguntó Bea, barriendo todo el lugar con la mirada pero sin perder la atención en la mujer mayor.

—Ahora está en la biblioteca. Tuvimos un ligero desacuerdo en el desayuno —confesó mientras sonreía, amable.

—¿Un desacuerdo?

—Discutimos la posibilidad de hacer una fiesta. De ese modo podrías conocer a todos nuestros allegados y a los miembros del Parlamento.

—Sí, claro. Me parece una buena idea.

Bea se sorprendió de que la mentira le saliera de los labios con tanta sencillez. Odiaba los lugares en donde se juntaban tantas personas, y lo peor era que ella nunca había asistido a una fiesta, no tenía idea de cuáles eran los códigos de conducta ni lo que se suponía que debía hacer.

—A Sebastián no. Dice que es muy pronto para que te presentemos con todos, que no te has familiarizado aún con nosotros como para lanzarte a los lobos de ese modo.

Bea se quedó de piedra ante aquella intervención.

—Le he dicho que estás acostumbrada —continuó la mujer lentamente—, que es tu trabajo y que por lo tanto, sabes manejar este tipo de situaciones. ¿Me equivoco?

La de ojos verdes se quedó pasmada. No tenía idea de lo que se suponía que debía contestar. Si decía que se equivocaba, se restaría profesionalismo y si decía que no, estaría encaminándose ella misma a un problema.

—En cuanto tenga oportunidad lo hablaré con él.

Aimeé convino al acordar que eso era lo mejor y se dispuso a servirle el desayuno. Después de que Bea terminó, le agradeció con una inclinación y salió del comedor en dirección a la biblioteca. Cuando llegó, abrió la puerta sin tocar y se quedó paralizada al notar que él estaba acostado en uno de los sillones, con un libro sobre el regazo y el dorso derecho descansando sobre su frente mientras dormía tranquilamente. Bea caminó hacia él y trató de no hacer ruido, se sentó en el sillón frente al de él, tomó la carpeta entre ambas manos y empezó a hojear las listas. Se aprendió todos los rostros, nombres, puestos y áreas de los empleados con facilidad. Minutos después advirtió que él estaba despierto y la miraba desde su lugar.

—Me he dado cuenta de que cuando estás concentrada, pierdes la atención en todo lo demás —dijo y la contempló con fascinación—. Te he llamado más de tres veces.

—Lo siento. Estaba aprendiendo los datos de los empleados.

—Lo sé. Ahora que tengo tu atención, tal vez podrías explicarme la razón por la cual entraste a mi habitación tantas veces.

Bea abrió la boca sorprendida. No tenía idea de cómo se había dado cuenta él de eso. Había sido sigilosa en extremo. De inmediato algo se le hizo raro. Era imposible; imposible que él se hubiese percatado. Lo miró recelosa pensando que ese tipo era realmente algo serio. Parecía tomarse las cosas de manera despreocupada... pero al parecer, no era de ese modo.

—Lo lamento. Solo quería saber si se encontraba a salvo.

Sebastián le sonrió y se levantó para quedar sentado en el sillón; cogió el libro que aún tenía encima y lo dejó cerrado en la mesita de la derecha.

—¿Quince veces?

—Me tomo muy en serio mi trabajo.

—Sí; ya lo veo. Escucha Bea, ¿cómo planeas cuidarme la espalda si te la pasas sin dormir toda la noche?

—Estoy acostumbrada a dormir poco.

—Esto no es lo mismo. En una semana, máximo dos, ya no estarás fresca como una lechuga si sigues así. No dormir va a matarte antes de que puedas defenderme de algún ataque.

—¿Está sugiriendo que no sé cómo hacer mi trabajo?

Sebastián se pasó una palma por el rostro, sin poder creer que ella estuviese preguntándole eso.

—No es eso lo que digo...

—Pues eso parece.

—Pero no lo es. Me limito a aconsejarte... me inquieta que no tengas en cuenta tu salud.

—No me contrataron para cuidar mi salud, me contrataron para cuidar la de usted y eso haré.

Él resolló, contrariado. Nunca había conocido a alguien tan terca. Supo en ese momento que nada en el mundo la haría cambiar de opinión.

—Procede como gustes, entonces. Solo intenta dejarme dormir en el proceso.

Él se levantó del sillón, levemente contrariado, guardó el libro en el estante del que lo había retirado y caminó hacia la puerta sin dirigirle la palabra. Bea se puso de pie y lo siguió como su sombra. Caminaron por el largo pasillo, con paso lento y acompasado. Bea miraba hacia el frente, intentando terminar la discusión que había entablado consigo misma desde que habían dejado la biblioteca, porque sabía que no debía haberle hablado de ese modo. De pronto todo se volvió borroso y una fuerza incontrolable la movió con muy poco tacto de su lugar. Sebastián se había movido tan rápidamente que ella no había podido contrarrestar su fuerza. Se percató que estaban adentro de una pequeña habitación a oscuras y con la puerta entreabierta.

—¿Qué…?

La mano de él corrió a sus labios y la silenció mientras su atención estaba en la rendija de la puerta que les brindaba un mínimo de luz. Bea no intentó hablar de nuevo y esperó, paciente. De súbito fue consciente de su cercanía, de la respiración masculina contra su piel y sintió que algo desconocido se revolvía en su estómago o quizá no exactamente en su estómago. Ante el inexplorado sentir, se concentró en pensar en algo más. Deseó en su interior que él no hablara, pues no había suficiente luz para poder leer sus labios. Cuando él suavizó la presión de su palma sobre sus labios, abrió la puerta, se asomó y cabeceó de un lado a otro.

Bea salió antes de que él pudiera impedirlo y la luz le caló en los ojos, se volvió hacia él y lo miró reprobatoriamente.

—¿Pero por qué hizo eso? ¡Me ha sacado un buen susto! —exclamó sin poder medir el volumen de su voz.

Sebastián la puso contra la pared y apoyó el dedo índice sobre los propios labios para hacerle entender que debía guardar silencio.

—Era mi tía.

—¿Acaso jugaba a las escondidas con ella y olvidó decírmelo?

Sebastián hizo mala cara y negó de inmediato.

141

—Por la mañana tuvimos una discusión… no tenía ganas de volver a abordar el tema con ella, ya he tenido suficientes discusiones para toda una semana. Ha estado de una terquedad inmanejable, igual que tú.

Bea se dio cuenta de que también se refería a la que acababa de mantener con ella. Recordó lo que había hablado en el comedor con Aimeé.

—¿Es acerca de la fiesta?

—¿Te lo dijo? —preguntó sorprendido.

—Me dijo que usted no había estado de acuerdo porque creía que era demasiado pronto para que yo conociera a todos.

Sebastián se lamentó con un sonido gutural y trasladó la mano a su nuca.

—No es solo eso. La verdadera razón por la que mi tía quiere hacerla, es porque espera que consiga a mi futura esposa. Lo sé aunque ella no me lo haya dicho. Es por eso que intento aplazarlo lo más que se pueda.

—Tal vez debería seguir el consejo de su tía.

Sebastián la miró con un atisbo de reprobación en sus ojos y negó mientras dejaba entrever una breve sonrisa.

—No hablas en serio, ¿verdad?

—No me considero una persona que bromee con esas cosas.

—Pues entonces no sabes de lo que hablas. Si tuvieras una mínima idea de lo que es una relación, comprenderías lo que pienso.

Sebastián dio tres pasos hacia atrás y continuó caminando hacia el frente. Bea tardó unos segundos en reaccionar, pero cuando lo hizo, lo siguió con paso apresurado. Llegaron a las escaleras, bajaron por ellas y Sebastián se dirigió a la puerta que daba hacia el extenso jardín. Bea lo identificó por la pintura que estaba en el despacho de él. A lo lejos, en medio, estaba la escultura de las tres mujeres desnudas, al centro de una magnífica fuente.

Sebastián bajó las escaleras del gran balcón de concreto y Bea lo siguió; caminaron por entre los árboles y setos medianos que estaban por todos lados. A pocos pasos de la fuente Bea se acercó para observar más de cerca la enorme escultura. Se volvió hacia él con la curiosidad pintada en las orbes verdes. Él levantó ambas cejas, sorprendido, descansó una palma en su cintura y con la otra señaló de manera obligada.

—Son las tres gracias —dijo, lentamente, al adivinar lo que quería saber. Bea sonrió.

—¿Las tres gracias?, ¿de quién?

—No son las originales, obviamente. Esta es una réplica. La original la hizo un hombre llamado Antonio Canova, hace siglos, basándose en una pintura aún más antigua. ¿Te gustan?

—¿Qué representan?

—Son tres de las hijas de Zeus, un dios venerado milenios atrás por una civilización europea. Cada una representa algo diferente. La belleza, el encanto y la alegría.

Bea asintió despacio y las miró atentamente.

—Todas son preciosas.

Él se encogió de hombros como si no pudiese importarle menos. Se sentó en el filo de la fuente y apoyó las manos en la piedra mientras la miraba con atención.

—¿No se lo parecen?

—Sí, supongo. Pero de ponerme horas a observar a una mujer, no sería a ninguna de ellas.

—¿Y de tener que casarse con alguna de ellas, a quién elegiría?

Sebastián rio entre dientes.

—Nunca contesto preguntas hipotéticas.

—¿Por qué?

—No les encuentro un propósito.

—No todo tiene que tener un propósito. Creo más bien que le da miedo hablar del tema —contestó apoyándose de espaldas contra el tronco de un árbol cercano. Sebastián se mostró sorprendido por sus palabras y apretó los labios para no reír.

—¿A qué crees que le tengo miedo?

—A casarse. No por nada huye de la posibilidad de llevar a cabo la fiesta… y no por nada huye de su tía.

143

Sebastián tardó en contestar, pero cuando lo hizo, todo rastro de felicidad se había esfumado de su semblante.

—Tienes razón. Tengo miedo; pero no del compromiso como muchos en la actualidad. Le temo a no poder encontrar lo que busco… y tener que casarme con cualquier persona o forzado por una razón incorrecta.

Bea se sorprendió de que él hubiese confesado aquello con tanta naturalidad.

—Tal vez si se diera la oportunidad de conocerlas. De hablar con ellas… No puede encontrar lo que busca si se queda encerrado.

—Es fácil para ti decirlo, porque no conoces a los de mi círculo social —comentó él sonriéndole de nuevo—. Lo que menos quiero es atarme para toda la vida a gente así. No lo entenderías.

Sebastián se levantó y caminó con paso lento hacia ella, recorriéndola con la mirada de arriba hacia abajo, mientras Bea permanecía quieta en su lugar.

—No me ha respondido la pregunta hipotética que le hice —le recordó cuando él estuvo a pocos centímetros de distancia.

—¿Por qué no hacemos un trato? Te responderé las preguntas que desees, a cambio de que comiences a hablarme de manera informal.

Bea abrió la boca sorprendida de que él le pidiese eso; negó con la cabeza en el acto.

—Lo siento. No es algo con lo que pueda negociar.

—¿Por qué no? —quiso saber él acercándose otro poco. Bea percibió la inminente falta de espacio, pero permaneció quieta con la barbilla en alto.

—Porque no es correcto.

Él la inspeccionó con atención, como para guardar sus rasgos en su mente y aprovechó que ella aún no había huido como un venado asustado.

—Pero yo te lo estoy permitiendo.

Estando tan cerca de ella, Sebastián vio que tenía una fina cadena colgada de su delicado y estilizado cuello, que terminaba debajo del inicio holgado de su playera blanca. Con delicadeza subió la mano y tocó la cadena en la base del lado derecho de su cuello. A Bea se le cortó la respiración al sentir el tacto cálido de sus dedos que delineaban la cadena, hacia abajo, hasta llegar al cuello de la playera en donde se detuvieron. Sebastián haló la cadena hacia arriba suavemente y observó con atención la esfera cristalina que se balanceaba de ella.

—¿Qué es esto? —preguntó. Bea estaba anonadada y no había prestado atención a sus palabras porque rehuía el ver sus labios que estaban tan cerca.

Sebastián estaba inmerso en la observación del cristal de color verde traslúcido; después de unos segundos, sin soltarlo, la miró de nuevo a los ojos, esperando la respuesta que aún no había llegado.

—Es del mismo color de tus ojos.

Bea se aclaró la garganta y enfocó su atención de nuevo en los labios de él.

—¿Perdón?

—Digo que es del mismo color de tus ojos. ¿Es coincidencia? —preguntó con seriedad mientras continuaba con el cristal entre sus dedos.

—No es coincidencia —contestó sin saber por qué. En ese instante se sentía débil, casi como si él controlara su mente.

—¿Qué significa?

—Significa todo —susurró ella.

De reojo, Bea observó un extraño movimiento en uno de los setos cercanos y sus reflejos se activaron de súbito. Rodeó con su brazo derecho el cuello de Sebastián por detrás, lo abrazó y se impulsó hacia adelante. Cayó con él en el suelo, le protegió con la mano la parte de atrás de la cabeza y lo cubrió con su cuerpo. En un santiamén su mano izquierda voló hacia su pantorrilla y buscó la navaja, la abrió en cuestión de milésimas de segundo y la lanzó hacia el seto con la respiración agitada.

Resopló aliviada cuando de atrás del seto, salió corriendo como bólido, un conejo café de orejas caídas que desapareció deslizándose por una madriguera debajo del tronco de un árbol. Bea dejó caer la frente sobre el hombro de Sebastián al darse cuenta de lo tensa y asustada que había estado minutos antes.

—¿Estás bien? —preguntó él. Bea sintió la vibración de su pecho y supo que le hablaba, pero no tuvo idea de qué debía contestar.

Presta se levantó de encima de él y le ofreció la mano para ayudarlo a levantarse. Sebastián negó con su dedo índice y permaneció acostado. Bea se percató de que él también parecía perturbado y volvió a hincarse en el suelo, cerca de él.

—¿Se ha lastimado? —preguntó preocupada y él denegó con una acción mientras se incorporaba para sentarse por su cuenta.

—Estoy bien. Gracias... ese conejo se veía en verdad peligroso —dijo sarcásticamente y ella se sonrojó, apenada.

—En serio lo siento.

—No tienes por qué disculparte, Bea. Es tu trabajo y ambos sabemos que pudo no haber sido un conejo. Lo hiciste bien... tienes excelentes reflejos —la felicitó y apoyó la palma sobre el hombro de la chica.

—Sí bueno, es algo de lo que puedo presumir —comentó con una sonrisa.

—Puedes presumir de demasiadas cosas... pero, aparentemente, no estás al tanto de que las tienes.

—¿A qué se refiere?

Él se encogió de hombros y se puso de pie con agilidad, se sacudió los pantalones de mezclilla y la camisa azul pálido; la cogió de la mano y la ayudó a levantarse sin que ella pudiese negarse. Se dirigió al seto, buscó la navaja y regresó, la cerró y se la entregó a Bea para después caminar él primero por el sendero de regreso hacia el amplio balcón, encontrándose con un chico del servicio que se inclinó respetuosamente y lo saludó.

—Excelencia, el señor Rolo me ha pedido que le haga saber que necesita comentarle algo.

—En un minuto estoy en su despacho —contestó Sebastián y el chico se retiró con paso rápido. Él se volvió para mirarla—. Te veré

146

en mi oficina en media hora. Pide que preparen el auto; saldremos esta tarde.

Bea accedió y él comenzó a subir las escaleras del balcón seguido por ella, pero repentinamente se detuvo y ella tuvo que hacer lo mismo. Sebastián dio media vuelta y se masajeó la muñeca derecha.

—Quiero dejar algo en claro.

Bea atendió sin comprender de lo que hablaba. Sebastián miró hacia el suelo y trató de convencerse si debía o no decir lo que pensaba decir.

—La noche en la que te conocí, no me burlé de ti. Hablaba en serio cuando te dije que eras hermosa.

Bea se quedó pasmada en su lugar y no se percató de que por unos segundos se sofocó.

—Linda. Usted dijo que era linda —lo corrigió lentamente al recuperar el ritmo de su respiración. Sebastián le sonrió y se inclinó hacia ella.

—Entonces supongo que te mentí, porque en realidad creo que eres mucho más que eso. —Le regaló una corta inclinación, se volteó y continuó por los escalones—. Te veré más tarde, Ojos verdes.

Decisiones

Bea no tuvo oportunidad de volver a cruzar palabra con Sebastián durante la tarde. Rolo se les unió en el auto y en el trayecto a la ciudad ambos estuvieron comparando documentos y cosas de las que Bea no entendía ni la mitad, en primer lugar, porque no prestaba atención y en segundo lugar porque sabía que aunque prestara atención, no tenía ningún tipo de relación con los temas de negocios. Llegaron al Parlamento cincuenta minutos más tarde, todos los hombres estaban reunidos en una sala y Bea tuvo que esperar afuera de la habitación, sintiéndose tranquila de que Rolo estuviese con Sebastián. Él tampoco le pidió que entrase a acompañarlo y a Bea le pareció una excelente idea.

Al terminar la reunión dos horas después, Sebastián y Rolo salieron primero del salón, mientras continuaban discutiendo acerca de lo que habían estado charlando dentro. Sebastián solo volvía de vez en cuando la cabeza para cerciorarse de que ella continuaba cerca. Entraron al auto y regresaron a la mansión. En el trayecto de regreso no hablaron entre ellos y tampoco le dirigieron la palabra a ella. Sebastián miró por la ventana con semblante pensativo y Rolo continuó analizando información. Bea se percató de que el ambiente estaba tenso, pero no podía adivinar lo que había sucedido.

Cuando entraron a la mansión ya estaba anocheciendo. Aimeé los esperaba en la puerta para recibirlos y Sebastián le dio una mirada de advertencia. Bea supo que con esta le insinuaba que no tocase el tema de la fiesta, pues no estaba de humor. Aimeé se percató de que algo malo había sucedido, pero no dijo nada; igual que Bea, estaba totalmente en la ignorancia con respecto a lo que había sucedido.

—Cenaré en mi habitación —anunció con un suspiro de pesar y Aimeé aceptó.

Rolo se inclinó ante la mujer y caminó derecho para desaparecer en una esquina. Bea miró a Sebastián subir por las escaleras y casi de inmediato se volvió al sentir el toque de las manos de Aimeé sobre las suyas.

—¿Qué ha sucedido?

—No lo sé. No he entrado con ellos a la reunión.

Aimeé no preguntó más, la asió de la mano y la guio al comedor.

—¿Quiere que la acompañe a cenar? —preguntó Bea. La mujer, con una mirada triste, denegó.

—Creo que a él le vendrá mejor la compañía.

Bea aceptó subir la cena de Sebastián y minutos después, con una bandeja, tocó la puerta de su habitación; entró sin saber si él le había respondido o no. Sebastián estaba sentado en uno de los sillones frente a la chimenea, con la misma aura pensativa que había tenido en el auto durante el trayecto de regreso. Bea no quiso interrumpir sus pensamientos y sin preguntar dejó la bandeja con comida sobre la mesita del té, frente a él. Sebastián pareció despertar de su ensueño con el ruido que hizo la bandeja al colocarla Bea sobre la mesa y la miró.

—Su tía me pidió que le subiera esto.

Sebastián asintió sin su sonrisa característica y apoyó los codos en las rodillas.

—Te lo agradezco.

—¿Puedo ayudarlo en algo más?

—Puedes hacerme compañía mientras ceno —le dijo señalándole el sillón de enfrente. Bea afirmó y se sentó—. ¿Has comido algo?

—No tengo hambre.

Sebastián retiró la campana de metal que cubría los platos.

—¿Ha sido de tu agrado la comida que preparan aquí? —preguntó mientras estudiaba lo que ella había llevado en la bandeja.

—Sí —contestó y Sebastián la miró como pidiéndole una respuesta más elaborada—. En especial me gustan los albaricoques en almíbar. Nunca había probado unos tan deliciosos.

El semblante de Sebastián se relajó, casi como si la plática con ella fuese como una dosis de un fuerte tranquilizante.

—Estás de suerte. No me gustan los albaricoques —le dijo él, alargándole un pequeño plato hondo de cristal, que contenía la fruta dulce.

—Gracias, pero no lo he dicho para eso. Esta comida es de usted.

Sebastián tomó el emparedado que estaba en el plato extendido, se reclinó sobre el respaldo del sillón y cruzó una pierna sobre otra antes de apuntar al plato hondo de nuevo.

—No me gustan —explicó por todo, mientras le daba una mordida al emparedado de pavo.

Bea no contestó y miró insegura el plato con los albaricoques; volvió la vista hacia él dándose cuenta de que iba a hablarle de nuevo.

—Si no te los comes tú, los tirarán. ¿Cargarás con eso en tu consciencia?

Ella libró una pequeña batalla en su mente y al final decidió que no hacía daño a nadie. Aceptó el plato sin dejar de mirar a Sebastián y con una pequeña cucharita comenzó a comer las frutillas.

—Tus ojos...

—¿Mmm?

—Debieron de haberte causado muchos problemas —dijo él, casi como si hubiese estado al tanto de las dificultades en su pasado.

Bea asintió y se aclaró la garganta.

—Supongo que por eso no soy fanática de las conversaciones. Nunca me acostumbré a tenerlas.

—Sin embargo, me da la impresión de que eres excelente escuchando.

Se sintió alarmada por sus palabras. No supo si jugaba de nuevo o si hablaba en serio. Él pareció leer su mente y agregó:

—Hablo en serio.

—¿Por qué lo dice? —cuestionó insegura.

—Miras atenta a las personas cuando te hablan, casi como si no quisieras perderte nada de lo que dicen.

Tembló por dentro. No le había pasado desapercibido que él era muy observador… no le gustaba.

—En lo personal, no me gusta que cuando cruzo palabra con alguien, la persona en cuestión mire a otro lado o esté haciendo otra cosa. Me gusta que me presten atención, así que trato de hacer lo mismo con quienes se dirigen a mí.

—Me agrada. Me agrada charlar contigo —admitió él lentamente.

Bea estuvo a punto de aceptar que le sucedía lo mismo, pero prefirió guardar silencio. Por alguna razón no se sentía segura admitiendo algo así y prefirió continuar en su zona de confort.

—Nadie estuvo de acuerdo en que entraras al salón de conferencias —se quejó.

Bea se quedó con la cuchara a mitad del plato hacia su boca y con un movimiento lento devolvió la cuchara a su lugar de origen y lo miró con el entrecejo arrugado. Fue ahí que todo pareció tener sentido. La disputa que habían tenido en el Parlamento estaba relacionada con ella.

—No me importa quedarme afuera —anunció sin saber si eso era lo que él deseaba escuchar. Supo, por su expresión de inconformidad, que se había equivocado.

—Tienen un sistema de confidencialidad muy específico. Realmente lamento que tuvieras que quedarte tanto tiempo afuera. Ellos son muy elitistas, ¿sabes?

—No tengo problema con eso.

—Creen que nadie que esté por debajo de su posición social puede tener acceso al lugar, ni a lo que se hable allí —continuó él, como si no hubiese escuchado sus palabras. Bea temió haber hablado muy bajo.

—No tengo problema con eso —repitió en un tono más alto.

—Es una estupidez. La realidad es que me frustra mucho que Satel esté en manos de gente tan snob.

Bea percibió que él parecía querer sacar su frustración y no solamente disculparse por haberla dejado afuera del salón.

—A veces… quisiera dejar todo de lado e irme. ¿Crees que estoy loco?

—¿Loco?

—Cualquier persona mataría por estar en mi lugar. Por tener la vida que tengo.

—Supongo que la mayoría lo haría. La situación es que las personas quieren el poder, sin la responsabilidad. Usted parece tener el sentido de responsabilidad del que los demás carecen.

Sebastián analizó sus palabras con cansancio. A veces sentía que luchaba en contra de algo que era mucho más fuerte que él. Sonrió y la miró, prestándole atención, y se sintió menos extraño.

—La señora Russel me retó en la mañana por haber tirado el jabón líquido en el suelo, por cierto.

Bea atendió al cambio de tema, miró al suelo debajo de los dos ventanales y produjo un sonido gutural de desacuerdo al ver que la mujer lo había limpiado.

—Le dije que había sido tu culpa.

—No importa lo que ella piense, vuelva a vaciar el jabón en el mismo lugar. Tal vez parezca tonto, pero he aprendido que mientras más raros sean los métodos, mejores resultados se obtienen.

—No dije que me pareciera tonto.

—Las llaves... —susurró al recordar que le había pedido el juego para cerrar las puertas de las habitaciones contiguas.

—Mi tía se ha encargado de cerrar las puertas de los cuartos del pasillo.

Bea percibió el alivio inundarla y terminó con la última cucharada de albaricoques. Advirtió que ya pasaban de las once de la noche, así que dejó el plato en la bandeja y Sebastián, anticipando sus acciones, se levantó primero para acompañarla a la puerta. Ella no terminaba de sorprenderse por el hecho de que sus modales siempre eran impecables.

—Me retiro. Intentaré no hacer tanto ruido por la noche, cuando venga a cerciorarme de su estado.

Sebastián sonrió y le abrió la puerta para permitirle el paso. Bea salió de la habitación y se volvió veloz para no perderse de lo que él fuese a decir.

—Buenas noches, Bea.

—Buenas noches, le agradezco por los albaricoques, estaban deliciosos.

—Lo sé —dijo él. Sostuvo con una mano la perilla de la puerta y apoyó la otra en el marco. Bea lo miró azorada.

—Pero... usted dijo que no le gustaban —dijo con voz chillona y sorprendida.

—¿Eso dije? —preguntó fingiendo demencia; le guiñó un ojo, se alejó un paso hacia atrás y se despidió mientras entrecerraba la puerta.

Bea se quedó pasmada frente a la alcoba y después de unos segundos, una pequeña sonrisa surcó por sus labios sin su permiso.

Esa noche durmió poco, como la anterior, pero tuvo más cuidado al entrar en la habitación de Sebastián, aunque por alguna razón, estaba segura de que por más silenciosa que fuera, él se percataría de su presencia. Bea suponía que de tantas veces que habían intentado asesinarlo, él había desarrollado habilidades muy buenas de escucha y de observación. De nuevo, cuando dieron las cinco de la mañana y volvió a percatarse de que los

153

empleados ya atendían sus labores, trató de descansar por unas pocas horas y, esta vez, estaba levantada antes de que Mily entrara en su habitación, quien le sonrió al verla vestida y preparada para desayunar. Bea estaba peinándose frente al espejo de su tocador; volvió a hacerse una media cola alta, sin olvidarse de dejar algunos mechones sueltos a la altura de sus orejas, como normalmente hacía. Bea solía llevar el pelo suelto, pero las veces que no lo llevaba de ese modo, solía dejar mechones sobre sus orejas para evitar que las personas notaran los tapones, que aunque eran del color de su piel y tenían un tamaño que los hacía pasar casi desapercibidos, ella prefería ayudar a que se notaran lo menos posible. Hasta ese día había funcionado bien y nadie los había descubierto. Se miró en el espejo y a continuación negó con la cabeza, se soltó la media cola alta y se lo dejó suelto al recordar lo observador que había visto que Sebastián era. Mily la miró confundida, sin entender por qué pasaba tanto tiempo frente al espejo, pues solía arreglarse con mucha rapidez.

—Buenos días —saludó la recién llegada y ladeó la cabeza para que la viera por el espejo. Bea le sonrió con delicadeza para saludarla—. ¿Cómo durmió?

Ella no alcanzó a leer sus labios y asintió distraída, se volvió veloz y caminó hasta Mily.

—Tiene un cabello muy hermoso —le dijo Mily con una sonrisa que surcó por sus labios. Bea le sonrió también.

—Gracias —miró por todos lados y buscó su chaqueta de color negro que había llevado el día anterior y reparó en que Mily la traía en brazos con otro tanto de ropa sucia—. La usaré hoy —anunció. Mily se opuso con semblante contrito.

—No puede utilizar la misma ropa todos los días, señorita.

—Ah, ¿no?

Mily negó con obviedad y Bea no supo si lamentarse o reír.

—Antier por la mañana le traje ropa maravillosa y usted no parece haberla aprovechado para nada. Si yo estuviese en su lugar me pondría un vestido nuevo cada día.

—¿Para qué? —preguntó Bea con un mohín despreocupado. Mily puso cara de mártir y miró hacia el techo, como poniéndolo de testigo por sus insanas palabras.

—Porque eso es muy chic.

—Chi... ¿qué?

Mily volvió a mirarla como si se tratase de un extraterrestre; dejó la ropa sucia en el suelo y se dirigió hacia el armario. Bea tuvo el repentino deseo de tomar su chaqueta y huir, pero se mantuvo en el mismo lugar, mirando a la muchacha que se veía realmente contenta haciendo de modista. Se acercó después con una blusa con lo que a Bea le parecieron un millón de holanes y un suéter rosado; de inmediato puso mala cara.

—No voy a ponerme eso.

—Debería. Son hermosas.

Bea quiso discutir con ella acerca de la relatividad de la belleza, pero no quería perder más el tiempo, así que de malas, asió el suéter rosado que ella le había escogido, se lo puso, le sonrió sarcástica mientras Mily la miraba aplaudiendo emocionada y salió de la habitación. La puerta de Sebastián estaba abierta de par en par y él no estaba adentro.

Caminó hacia el comedor y llegó solo unos minutos después. No había nadie aún. Bea supuso que había llegado mucho más temprano de lo normal y un sujeto del servicio se acercó para ofrecerle una taza de café. Bea asintió y se sentó a esperarlo.

—Gracias —le agradeció sonriendo cuando él dejó frente a ella la taza de café y un plato de frutas.

Iba a comenzar su desayuno en cuanto la puerta del comedor se abrió y entró Rolo mirando unos papeles que llevaba adentro de una carpeta roja. Cuando se percató de su presencia se inclinó a modo de saludo y Bea hizo lo mismo, se acercó y se sentó en la silla frente a la de ella.

—Veo que madrugaste —dijo él y alzó una ceja en modo de inspección.

Bea supo que era una crítica aunque no escuchó su tono de voz. No contestó y comió la fruta sin dejar de prestarle atención al hombre.

—Sebastián me dijo que había cambiado de habitación, pero apenas hoy me entero que acaba de mudarse frente a la tuya.

Su cara reflejaba desaprobación y Bea volvió a quedarse callada, pues no encontró nada coherente que contestar ante sus palabras. Continuó comiendo sin dejar de observarlo y eso pareció hacerlo sentir inquieto. Bea sonrió cuando al fin él bajó la mirada y siguió con su desayuno también.

El chico que le había servido el café regresó a los pocos minutos después de que ella acabó con la fruta y le ofreció traerle unos huevos con jamón, lo que Bea aceptó con un asentimiento. Rolo llamó al muchacho tronando los dedos; a Bea le pareció de muy mal gusto, pero continuó callada. No supo con exactitud lo que le había pedido pues se había girado hacia un lado; el joven asintió ante su indicación y se retiró.

—Quisiera pedirte algo —inició Rolo. Bebió un trago del jugo de naranja y la miró sobre la copa.

—¿En qué puedo ayudarlo?

—Verás —esclareció al dejar el vaso con cuidado sobre la mesa y se permitió su tiempo para hablar—, últimamente siento que Sebastián está un tanto... —se detuvo y buscó en su mente el término correcto—, disperso.

—¿Disperso? —repitió.

—Debes entender que él es una persona importante, que no puede darse el lujo de tener este tipo de conductas evasivas. He percibido que mientras más tiempo pasa contigo, esa conducta suya, en específico, se vuelve más notoria.

Bea movió la cabeza de un lado a otro, despejando su mente, pues creyó haber entendido mal.

—No comprendo.

—Bien... él es como un hijo para mí. Es difícil para mí verlo pasar por dificultades debido a esta conducta que ha adoptado en los últimos días.

—¿Está diciendo que de algún modo… influyo en su conducta? —preguntó ella casi imperturbable. El hombre se acomodó el peluquín y se aclaró la garganta antes de continuar.

—Es lo que he notado.

—Eso es imposible —continuó con voz firme—. Llevo solo tres días aquí. Considero injusto que usted me acuse de causarle un cambio de actitud.

Rolo no pareció nada contento con que ella le respondiera, no obstante, no perdió los estribos y se retiró unos mechones falsos de la frente. Bea tenía ganas de arrancarle el peluquín de un tirón, pero igual que el hombre, se contuvo.

—Lo he notado desde el primer día. Me pareció entender, el día en el que le pedimos que trabajara con nosotros, que usted es una persona muy profesional y que se mantiene al margen de las circunstancias, ¿no es así?

—Así es.

—Sin embargo, usted es mujer. Debe entender que una de las razones por las que buscaba que el guardaespaldas de Sebastián fuese hombre, fue principalmente para eludir esta situación.

—¿A cuál situación se refiere, en específico? —preguntó e intentó no sentirse insultada.

—Esta… distracción que le ha causado. El día de ayer, en la reunión del Parlamento, estuvo irreconocible. No puede culparme por pensar que usted tiene algo que ver.

Bea no supo qué hacer. El joven del servicio regresó al comedor y colocó el plato de huevos con jamón frente a ella, que ni siquiera pudo agradecerle apropiadamente. Indignada, asió el tenedor y comió con enormes bocados. Rolo la miró sin comprender lo que le sucedía y casi como si tuviese una enfermedad de la cual él no quería contagiarse. Bea terminó los huevos en menos de dos minutos, en los que había tomado valor para defender su posición. Terminó, se limpió con la servilleta de tela y se levantó de la mesa.

—Lamento decírselo de este modo, pero aunque usted me haya contratado, actualmente estoy al servicio del duque, así que cualquier indicación que quiera darme, hágalo a través de él. Buen día.

Rolo tartamudeó algo que ella no alcanzó a ver, pues salió veloz del comedor, con paso decidido. Subió a su habitación a lavarse los dientes y la cara; ya lista, volvió a bajar. No podía creer la impertinencia de ese hombre, ¿qué se suponía que debía hacer después de que él la insultara indirectamente de ese modo? No estaba allí por gusto y de pronto, en su mente apareció el rostro de Dimitri. Sin en realidad desearlo, lo insultó en su interior todo el camino hasta la oficina de Sebastián. Cuando estuvo frente a la puerta, llamó dos veces y entró como acostumbraba, pero se detuvo casi como si hubiera chocado contra una pared invisible.

Sebastián estaba en el suelo y buscaba algo a rastras debajo del escritorio, al verla entrar le sonrió desde abajo.

—Buenos días.

Bea ladeó la cabeza para tratar de ver si lograba enterarse de lo que sucedía. No funcionó.

—¿Puedo ayudarlo?

Sebastián se levantó del suelo y se rascó la coronilla con semblante contrito.

—Perdí algo.

—¿De qué se trata?

—Un bolígrafo… es muy valioso para mí.

Bea recordó la pluma con la que lo había visto escribir anteriormente, que tenía piedras preciosas incrustadas. Se acercó al escritorio, buscó debajo de unos papeles y la encontró, la tomó con cuidado y se la alargó. Sebastián dio la impresión de pensar en algo gracioso.

—Ese no es.

Bea se preguntó si podría haber una pluma más valiosa que esa, mientras la inspeccionaba maravillada; la dejó sobre el escritorio y vio que la otra pluma, con cuerpo de madera que le había llamado la atención en su primer día de trabajo, no estaba en la caja.

—¿Busca el bolígrafo que es de madera?

Sebastián confirmó mientras se pasaba unos mechones cafés claro que le habían caído sobre la frente, hacia atrás.

—¿Ese es el bolígrafo que es valioso para usted? —preguntó sin comprenderlo. A él le resultó graciosa su confusión y se sentó en el pequeño sillón que estaba debajo de la pintura del jardín.

—En efecto.

—¿Por qué? —De inmediato se arrepintió de haber preguntado eso, ya que no era de su incumbencia, pero Sebastián subió los pies a la mesita de centro y apoyó las manos por detrás de la cabeza, como si la pregunta no lo hubiera incordiado.

—Esa pluma está hecha con la madera de un tronco de árbol que me gusta mucho —admitió con lentitud, como si cuidara sus palabras. Bea alzó las cejas sorprendida y a continuación se apoyó contra la pared donde solía posicionarse.

—¿Un árbol de su jardín?

Sebastián sonrió abiertamente. Sus dientes brillaron y Bea tuvo la oportunidad de ver dos hoyuelos en sus mejillas, que no había visto. Supuso que solo se formaban cuando su sonrisa era tan grande como la que le mostraba en ese momento.

—No. Es un árbol de mi pasado… no está en este jardín.

Bea siguió sin comprender lo que él decía y Sebastián continuaba sin aclarárselo, casi como si tratara de hacerla descifrar algún acertijo como los que solía intentar resolver con Cam.

—¿En dónde está ese árbol?

—Está en un bosque.

Ella, no obstante, no podía entender cómo podía relacionarse un bosque con alguien que había crecido y vivido todos sus años en una mansión, con grandes muros, alejado de cualquier bosque. No estaba segura del porqué, pero sintió que había algo que no le estaba diciendo. Sin aviso, él se puso de pie y continuó buscando el bolígrafo. Bea se hincó en el suelo y buscó con él sin encontrar el objeto.

Cansados de buscar por más de quince minutos por toda la oficina, ambos se sentaron en el suelo, contra la pared, uno frente al otro.

—Te queda bien el rosa —le dijo al referirse al suéter que traía puesto. Bea entornó los ojos al no poder identificar con exactitud si se mofaba o no.

—Mily insistió en que debo vestir más como una dama. Me escogió un montón de ropa cursi y tuve que quedarme con el suéter porque se llevó mi chaqueta negra.

Sebastián rio sin poder controlarse y a ella creyó que él se mofaba a costa suya.

—¿Qué es lo que se le hace tan gracioso?

—No lo sé... la idea de imaginarte vestida como Mily quiere, me parece gracioso.

Bea sonrió también sintiéndose contagiada por el buen humor de Sebastián. No sabía por qué, pero parecía que aunque ella trataba de mantener las distancias y actuar de la manera más fría posible, nunca tenía el resultado que deseaba. Él siempre terminaba riéndose con ella o de ella. Recordó las palabras que había intercambiado con Rolo y su sonrisa se esfumó. Sebastián se percató de eso y dejó de reír, aunque no de sonreírle.

—Lo siento —se disculpó porque pensó que tal vez la había ofendido con su observación.

—Rolo me dijo por la mañana que le he causado problemas —confesó con voz firme.

Sebastián se mostró genuinamente sorprendido. Dobló una pierna, apoyó su muñeca sobre la rodilla elevada y miró hacia la ventana; segundos después volvió a enfrentarla.

—No comprendo lo que me dices. ¿Qué tipo de problemas te dijo que me has causado?

La sonrisa se esfumó y su voz se tornó dura. Bea no lo pudo escuchar pero su semblante la hizo temblar por dentro, tanto que tartamudeó antes de explicarse correctamente.

—Él me aseguró que soy un distractor para usted, en vez de algo positivo, y que debo mantenerme al margen sin tener mucho contacto verbal con usted.

Bea se sintió, por primera vez en su vida, como una persona cotilla. Odiaba a ese tipo de gente y de inmediato se arrepintió de haber dicho lo anterior, pues Sebastián parecía muy irritado. De repente pensó que eso degradaría su imagen ante los ojos del duque.

—Lo siento, no debí haberlo dicho.

—Me alegra que lo hayas dicho —confesó él. Apretó la mandíbula y se levantó del suelo. Caminó con paso lento hasta ella y la ayudó a pararse. Bea se quedó en silencio mientras él preparaba sus cosas. Después de veinte minutos, salió de la oficina y ella lo siguió, subieron al auto y supuso que irían de nuevo al Parlamento. Rolo los alcanzó cuando el chofer encendía el auto. Sebastián volvió a ignorarla de nuevo todo el trayecto y se enfocó en lo que Rolo le comentaba. Bea pidió en su fuero interno, que no estuviesen charlando de lo que había ocurrido esa mañana.

Cuando entraron al Parlamento, Bea apuró el paso tras ellos y subieron las escaleras, dirigiéndose hacia el mismo camino por el que habían pasado el día anterior. Sebastián entró primero y Rolo lo siguió con una sonrisa deslumbrante, mientras Bea volvía a pararse fuera de la colosal puerta de caoba y apoyó la espalda en esta para aguantar el tiempo necesario.

En cuestión de cinco minutos la puerta volvió a abrirse y salió por esta Sebastián, quien le sonrió, la agarró de la mano y, sin pedirle permiso, la hizo entrar al salón. Todos los hombres que permanecían sentados alrededor de la mesa, lo miraron estupefactos y después, cuando reaccionaron, comenzaron a susurrarse cosas entre ellos. Sebastián sonrió aún más sin dejar de tomarla de la mano. Bea sintió que temblaba y trató de soltarse, pero él la mantenía sujeta firmemente. Uno de los hombres que estaba sentado cerca del lugar de Sebastián, se puso de pie y la señaló ofendido.

—Esa mujer no puede entrar —sentenció con tono tembloroso.

Sebastián esperó unos segundos para contestar, al principio pareció sentirse divertido, pero segundos después, una mirada sarcástica surcó por sus ojos.

—Puede entrar porque yo lo digo. Hasta el día de hoy, para no tener problemas con ninguno de ustedes, he actuado, he dicho e

161

incluso he pensado lo que me han pedido, todo para tratar de ganarme su reconocimiento y aceptación. Pero eso se acaba ahora. Durante estos últimos dos años no he podido ejercer mi puesto como es debido y ustedes siguen pensando que pueden controlarme.

—Presentaremos quejas ante el comité —sentenció el hombre que se sentaba frente al que había reclamado primero. Sebastián no pareció sentirse amenazado.

—Hagan lo que gusten; lo han hecho desde que desperté. Pueden incluso, si lo desean, pararse de manos, pero no podrán quitarme lo que me pertenece por nacimiento y, con ello, el derecho a actuar a mi libre conveniencia.

Bea se percató de que el grupo estaba dividido. Unos hombres berreaban y se ponían rojos de una furia incontrolable, mientras que otros mantenían una sonrisa ligera en sus rostros y miraban a Sebastián con un respeto, que aparentemente, antes no se había ganado.

—Sebastián, cálmate, por favor —le susurró Rolo al oído y aunque Bea no alcanzó a ver lo que el hombre bajo le dijo, ella supuso de qué se trataba; empero, Sebastián le lanzó una mirada de advertencia y Rolo, sorprendido, dio tres pasos hacia atrás.

—Ella se queda. Lamentablemente parece ser la única persona en la que puedo confiar mientras estoy rodeado de lobos, hipócritas y cínicos. ¿Alguno tiene algo más que decir? —preguntó poniendo el doble de presión en la muñeca de Bea.

Los dos hombres que habían estado discutiendo con él se pusieron de pie y salieron del salón bufando y alegando entre dientes cosas que nadie comprendió. De los demás, aunque algunos se mostraban en desacuerdo, no se movieron de sus lugares y otros asintieron en apoyo a la acción de Sebastián. Él le sonrió a un hombre en específico, que estaba sentado en el otro extremo de la larga mesa y que levantó las manos para simular dar dos aplausos.

Sebastián miró hacia ella y le sonrió contento de haber causado una revuelta. La invitó a un asiento cerca de la pared y ella, en silencio, y fue a sentarse.

La reunión continuó como se tenía previsto y duró aproximadamente tres horas. Esas tres horas le dieron a Bea la posibilidad de sentirse feliz por primera vez de no tener que escuchar.

Al final de la reunión Bea se puso de pie y caminó hasta Sebastián cuando el mismo hombre canoso que había estado sentado a un extremo se acercó a él, mientras todos salían del salón con las carpetas bajo el brazo.

—Te felicito. Ya era hora de que te tomaras esto en serio —le dijo el hombre y estrechó su mano. Sebastián le dio un fuerte apretón y se giró hacia Bea.

—Te presento a Lord Canvil. Fue un buen amigo de mi padre durante muchos años.

Bea le sonrió al hombre; él la miró fijamente con sus ojos negros y pudo notar que había un atisbo de admiración en ellos.

—Mucho gusto —saludó inclinándose frente al hombre. Bea imaginó que en sus años mozos debía de haber sido en verdad apuesto.

—El gusto es mío. Gracias por cuidar a nuestro chico. Sebastián es muy noble y a veces olvida la importancia que tiene el imponerse de vez en cuando. —Luego, dirigiéndose al joven, preguntó—: ¿Cómo se encuentra tu tía?

Sebastián asintió con lentitud. Bea supuso que probablemente querrían charlar a solas y se movió hacia atrás. Rolo, con el semblante desencajado, estaba parado en la puerta del salón esperándolos a ambos. Después de unos minutos se despidieron y Sebastián la llamó y cabeceó para que lo siguiera. Bea se volvió a inclinar frente al hombre como despedida y siguió a Sebastián, que sin dirigirle la mirada a Rolo, salió del salón.

Al entrar al auto, Bea volvió a tener la sensación de que algo no estaba bien, el ambiente entre los dos era gélido. A todas luces Rolo no aceptaba la conducta de Sebastián. Casi al llegar a la mansión, Rolo no pudo esperar más tiempo y le dijo en tono indignado a Sebastián:

—¿Qué demonios estabas pensando?

Sebastián se dio el tiempo para contestar; segundos después se frotó las palmas y también enfocó hacia él.

—No soy el títere de nadie —anunció lenta y letalmente.

—¡Eso lo entiendo, pero vas a hacer que te maten! No acabas de comprender que esto no es un juego, Sebastián. Es tu vida la que estás poniendo en riesgo.

—¿Y qué se supone que debo hacer?, ¿debo seguir permitiendo que me manejen como lo prefieran?, ¿debo continuar haciendo cosas incorrectas, solo porque ellos me lo piden? No lo haré. Tengo una responsabilidad con este reino.

Rolo se veía en verdad abatido y negaba una y otra vez. Sebastián no dio su brazo a torcer y la mirada que le lanzó le dio a entender al hombre que la discusión había concluido.

Cuando el auto aparcó, Rolo salió primero, irritado por completo, y Sebastián permaneció sentado, sintiéndose cansado. Bea lamentaba decirlo, pero una gran parte de ella coincidía con el tipo del peluquín y no tenía idea de por qué. Sebastián se percató de que ella tenía ganas de decirle algo, porque la invitó a hacerlo con un ademán de mano, pero Bea no pudo pronunciar palabra.

—Te lo agradezco —dijo al fin. Bea alzó las cejas en desconcierto.

—¿De qué habla?

Sebastián se lo pensó bien antes de decirle lo que pasaba por su mente.

—No había tenido el valor para hacerles frente a esas personas. Estaba aterrorizado. —Sebastián había sentido como si un denso peso se hubiese eliminado de sus hombros.

—No puedo dejar que me controlen. No es correcto. Me he dado cuenta de eso, gracias a ti.

Bea abrió mucho los ojos, sorprendida, y un horrible sentimiento la invadió. Sintió que su estómago se movía demasiado y las ganas de vomitar el jugo gástrico que le quemaba, parecían indetenibles. Al final, Rolo tenía razón en todo. Él le había dicho que ella tenía una influencia en su conducta y al final había resultado que sí, aunque ella no lo había creído.

—Debe retirar su agradecimiento. No lo aprecio en absoluto —dijo fríamente. Sebastián se mostró desconcertado y Bea salió del auto para esperar por él a un lado de la puerta, en posición firme. Sebastián salió y ella caminó diligente hacia las escaleras de entrada, pero se detuvo cuando él la tomó de la mano. Bea se volvió hacia él y se liberó al instante.

—No comprendo por qué estás enfadada.

—Es por eso que estoy enojada —y quiso moverse, pero él se lo impidió.

—¿Estás molesta porque no sé por qué estás molesta? —preguntó riendo, pero la sonrisa se esfumó cuando ella le otorgó una mirada gélida.

—Yo... pensé que lo que había dicho Rolo en la mañana era una mentira. Estaba segura de que no podía ser posible que una persona como yo tuviese influencia en la conducta de alguien como usted. Y resultó que sí. Lo peor del caso es que quiere que me sienta bien por lo que sucedió, cuando es probable que por esto, su vida esté en un peligro mayor de lo que lo ha estado hasta ahora. Increíble. Realmente... ¿a qué me trajo? ¿Para qué quiere proteger su vida si actúa como un kamikaze?

Sebastián no tuvo oportunidad de decir nada en absoluto, ya que Aimeé los esperaba en la puerta. Bea se inclinó para saludarla y ella le dio una exigua sonrisa, pues se sentía inquieta por la actitud que había visto en Rolo cuando este había entrado. Dos días seguidos con esa misma situación era todo un acontecimiento. Bea no volvió a despegar los labios.

—¿Qué ha sucedido, querido?

Sebastián suspiró cansado y la abrazó.

—Te lo diré más tarde. Vamos a cenar.

Rolo, igual que las noches anteriores, no se les unió en la cena. Aimeé se dio cuenta de que algo sucedía con Bea y prefirió no

165

hacerle preguntas ni molestarla, así que toda la cena intentó amenizar el rato, hablando de lo que el jardinero había hecho con unos setos cerca de la fuente. Sebastián la escuchó atento y no le dirigió ni media mirada a la de ojos verdes.

En cuanto terminaron de cenar y subieron a sus habitaciones, Bea permaneció pasos atrás de él, como normalmente evitaba hacer. Sebastián se detuvo en la puerta de su habitación para impedirle el paso.

—Creo que tuvimos un malentendido —le dijo con el deseo de dialogar con ella.

—No fue un malentendido. Parece ser que he sobrepasado los límites de algún modo. Tal vez olvidé por un momento que he venido aquí a protegerlo, no a ser su confidente ni mucho menos su amiga. Me limitaré a hacer las cosas tal como Rolo me ha pedido.

Sebastián se despeinó con fastidio.

—Bea, escucha… el que yo haya decidido hacer lo que hice, no fue tu culpa. Ha sido mi decisión.

—Ni siquiera me dio tiempo de averiguar lo que sucedía, pensé que antes de tomar una decisión de ese tipo, tendríamos a la persona que quiere hacerle daño en la mira, pero simplemente se arrojó a la jauría sin pensarlo.

—No es así de simple —quiso explicarse él e hizo movimientos exagerados con las manos.

—No lo comprendo. ¿Es que no le importa su vida?

Sebastián se quedó petrificado por unos segundos, pero después, contestó con voz ronca:

—Sí me importa, pero quiero una vida digna.

—¿Dignidad?, ¿de qué va a servirle la dignidad cuando esté muerto?

Sebastián no le contestó, pero por su mirada, a Bea le dio la impresión de que él estaba decepcionado de ella. Sintió la boca seca y de la nada, indicó a la puerta de la habitación de él.

—Por favor, entre a su habitación.

Él accedió sin dejar de darle esa misma mirada.

166

—Buenas noches.

Bea no se despidió y él caminó hacia la puerta, la abrió, entró y la dejó entreabierta. Sintió su corazón latiendo con tanta fuerza contra su pecho que creyó que se pondría enferma; caminó hacia su habitación, abrió la puerta y la entrecerró tras haber entrado. Igual que las noches anteriores, no pudo dormir hasta las cinco de la mañana. La ansiedad de saber que las cosas estaban peores que los días pasados, la mantenía en un estado de insomnio que no creyó poder desarrollar nunca a pesar de su profesión.

Una noche en la biblioteca

Estaba ansiosa, y a su ansiedad se le sumaba la situación con Sebastián. Durante los tres días siguientes no volvieron a cruzar más que unas pocas palabras y algunos saludos cordiales. Le daba la impresión de que no tenía interés en dialogar con ella como lo había hecho con anterioridad, parecía que él había acatado los deseos de ella sin rechistar. Sebastián también echaba de menos platicar con ella, pero consideraba que si trataba de entablar conversación, probablemente ella mantendría la misma posición que le había establecido. Sabía que Bea estaba mucho más alerta que antes, pues ahora entraba con más frecuencia en su habitación por las noches y durante el día, miraba, estudiaba y analizaba todo con mucha más atención que días previos.

En adición a eso, él se sentía aún más estresado, pues su tía no dejaba de hablarle de la fiesta, de los preparativos que quería realizar, de las personas a las que iba a mandar las invitaciones, etc. Ella le estaba pidiendo con ansias una fecha que él aún no estaba listo para dar. Sin embargo, se sentía mal de darle largas de ese modo y un día por la mañana, cuando su tía se extendió en la conversación de una de las hijas de un conocido suyo, alabando sus habilidades de anfitriona y de su sentido de responsabilidad,

Sebastián dejó caer el tenedor en su plato haciendo un ruido que alteró a Aimeé sobremanera, quien se llevó una palma al pecho, asustada, y lo miró sorprendida. Bea no pareció haberse sorprendido en el momento en el que el molesto ruido se había extendido por el comedor, pero había levantado rápidamente la vista del plato para mirarlo con congoja.

—No vas a rendirte nunca, ¿verdad?

Aimeé comprendió su pregunta indirecta mientras un sonrojo se agolpaba en sus mejillas delicadas.

—Lamento ser un incordio con estas cosas. Pero ya me has hecho demasiados desaires, querido. Creo que es hora de hablar en serio.

—¿En verdad estás al tanto de lo que me estás pidiendo? —preguntó con seriedad, pero mirándola con afecto.

—El matrimonio no es tan malo, cariño.

—Un matrimonio por conveniencia no es lo que quiero.

—El tener un heredero ahora nos quitará todos los problemas de encima. Es el único modo de impedirles a esas bestias llegar a un puesto en donde harán sufrir a miles de personas. Es tu responsabilidad como una persona con un título como el tuyo.

Sebastián resolló. Bea miró de uno a otro y esperó, paciente, a que continuaran.

—Necesito tiempo. Es lo único que pido.

—No puedo dártelo. Ya te he otorgado más tiempo del que disponemos.

—No sabes qué pueda suceder... No puedo engañar a la persona con la que decida compartir mi vida.

Aimeé le lanzó una mirada de advertencia y Bea supo que había algo que no estaban diciendo. Aparentemente algo demasiado importante para darse el lujo de un desliz.

—No puedo esperar más tiempo.

—Yo no creo poder amar a ninguna de esas mujeres, tía.

—Querido, te aseguro que si hubiese alguien a quien amaras, no me importaría fuese quien fuese; pero no es así y no puedes permitirte esperar más tiempo. Un matrimonio por amor es muy

169

hermoso, pero no tienes tiempo para esas cosas. No cuando tu vida y la seguridad de tanta gente están en riesgo.

Sebastián miró fijamente la copa frente a su plato, la asió de manera delicada entre sus dedos, le dio un sorbo y volvió a dejarla en su lugar; sujetó la servilleta de tela, se limpió los labios y se puso de pie.

—Entonces haz lo que prefieras. Parece ser que el amor, la dignidad y la felicidad, están fuera de mi alcance mientras pertenezca a este lugar. Me retiro —y sin decir más, se inclinó con un movimiento casi indescriptible y salió del comedor.

Tanto Bea como Aimeé lo siguieron con la mirada hasta que la puerta del comedor se cerró. La primera se quedó perpleja sin saber qué hacer o decir y Aimeé se quitó los lentes y bajó la mirada para limpiarlos con una tela delicada. Fue hasta minutos después que Bea notó que la mujer lloraba. Su llanto era apenas visible, parecía que sabía esconder bastante bien sus emociones; ella no supo qué decir, así que esperó con paciencia.

—Lo siento. No suelo dar este tipo de espectáculos —aseguró Aimeé y Bea asintió en comprensión—. No sé si actúo de manera correcta —confesó con un claro desasosiego pintado en sus rasgos y entrelazó sus manos de manera nerviosa.

—Lamentablemente no hay un manual que se pueda seguir.

—Es más complicado que eso. A veces creo que debería permitirle ser egoísta y aceptar lo que desea, pero otras veces mi consciencia es más fuerte. Es como estar entre la espada y la pared. Ichabod Fader no fue un buen representante, cometió demasiadas atrocidades para poder enumerarlas todas.

Durante toda la tarde Bea no pudo olvidar lo que había sucedido. Igual que los últimos días estuvo en la oficina de Sebastián observándolo mientras trabajaba y atendía a las pocas cosas que él le decía cuando se movían hacia otro lado. Percibió que al parecer, Sebastián había arreglado las cosas con Rolo, pues él entraba constantemente a su oficina para hacerle preguntas o solo para platicar con él.

170

La noche llegó y se encontró enfrente de la puerta de su habitación más pronto de lo que hubiese querido. Sebastián ni siquiera se despidió y entró a su alcoba hojeando unos papeles y entrecerró la puerta detrás de él. Bea quiso exhalar su frustración sin obtener resultados y entró en la suya, se cambió en el baño con su camisón y se recostó en la cama para leer por un rato. Una hora después, al fijarse en que él había apagado la luz, ella hizo lo mismo y se recostó en la cama. Pasados cuarenta minutos, cuando volvió a levantarse para ir a su habitación, su corazón se saltó un latido al darse cuenta de que la cama estaba vacía. Entró en la habitación y vio que la luz del baño también estaba apagada; así que volvió a salir del cuarto, regresó al suyo, se puso unas zapatillas de dormir, volvió al pasillo y caminó con cuidado en la oscuridad hacia su oficina, pero cuando llegó, no había nadie ahí tampoco. Emprendió el camino de vuelta para dirigirse hacia el comedor, pero a mitad del trayecto cambió de opinión y decidió ir a la biblioteca. Unos metros antes de llegar, vio un halo de tenue luz salir por la parte de abajo de la puerta, entró y se encontró con él, que estaba sentado leyendo un libro en el sillón de siempre. Bea prendió otra luz rápidamente y Sebastián se incorporó.

—Te tardaste. Llevo más de media hora aquí —le dijo, serio.

—Yo… fui a ver si estaba en su oficina. Ha tenido mucho trabajo y pensé que tal vez estaría allí revisando algo.

—Es increíble que esa sea la cantidad más grande de palabras que te he escuchado pronunciar desde hace tres días —le dijo él mientras volvía a recostarse en el sillón para continuar leyendo el libro.

Bea, intranquila, se quedó parada junto a la lámpara de mesa que había prendido; después de unos minutos, decidió sentarse frente a él. De súbito, Sebastián se incorporó, se puso de pie, dejó el libro en el sillón, se cruzó de brazos y la miró fijo.

—¿En serio te vas a quedar allí sin decir nada?

Bea se sobresaltó internamente, pero no lo demostró.

—¿No tienes nada que decirme? —volvió a preguntar cuando ella continuó en silencio.

—¿Como qué?

Sebastián abrió la boca sin saber si decir lo que pensaba o no; se pasó una palma por el rostro y negó con la cabeza.

—Tal vez una disculpa.

Bea se levantó del sillón también y se sintió azorada, pensando que había leído mal sus labios.

—¿Perdone?

—Una disculpa, dije.

—¿Qué yo le pida una disculpa? —preguntó perpleja y él confirmó seriamente—. Y… le importaría decirme, ¿por qué debería hacerlo? Presiento que no estoy al tanto del error que he cometido.

—Has sido en verdad descortés.

—¿A qué se refiere?, por supuesto que no he sido descortés.

—Lo has sido. Y además de eso, te has enfadado conmigo sin razón, me has ignorado con intención y me has juzgado erróneamente.

Bea sabía que todo eso era verdad. Por la mañana había entendido por qué Sebastián había hecho las cosas como las había hecho. Él deseaba tener una libertad que todo el mundo le negaba; había realizado todo lo que se esperaba de él, e incluso más, sin oponerse, renunciando a sus verdaderos deseos, y ella se había molestado porque él se negaba a continuar haciendo eso… lo que la hacía igual a todos los demás.

—Estoy esperando tu disculpa —repitió Sebastián con tanta seguridad que hasta él mismo se asombró.

Bea suspiró, se sentó de nuevo en el sillón de una plaza, apoyó sus palmas sobre sus rodillas y lo miró con atención.

—Lo lamento. Lo juzgué mal pensando que sus acciones eran incorrectas. Hoy por la mañana por fin me di cuenta de por qué lo hizo. Pensé que había actuado de una manera impulsiva y poco razonable, pero ahora sé que no fue de ese modo; que pelear para hacer lo correcto y conseguir la felicidad y una vida plena, al mismo tiempo, es demasiado difícil… pero usted quiere lograrlo. Realmente lo siento.

En ese punto, fue el turno de él para sentirse perplejo. Se sentó en el sillón de nuevo para quedar a su altura, y la miró con tanta atención que Bea se removió nerviosa en el asiento.

—Vaya… en serio que no esperaba eso —confesó él, lentamente.

—¿Qué cosa?

—Esa disculpa —especificó con una media sonrisa.

—Si pensaba que no iba a dársela, entonces ¿por qué me la ha pedido?

—Porque es lo único que he pensado que te molestaría y haría que discutieras conmigo, como antes.

Bea sonrió. Él le devolvió la sonrisa y ella entendió por qué le inquietaba tanto verlo sonreír; la hacía sentir especial. Decidió cambiar de tema.

—Me da gusto que haya aceptado la idea de la fiesta.

Sebastián se consternó al darse cuenta de que solía sentirse como en una montaña rusa cuando estaba con ella. En un momento podía sorprenderlo al aceptar sus errores y animarlo con su sonrisa, y en otro, era como Judas. Subió los pies a la mesita de centro, volvió a cruzarse de brazos y preguntó con la misma sonrisa:

—¿Cuál es la parte que te da tanto gusto?

Bea no escuchó su tono sarcástico, pero casi pudo imaginarlo.

—Que se permita la oportunidad de conocer a alguien.

—En primer lugar, ya conozco a muchas personas, más de las que me gustaría para ser sincero; y, en segundo lugar, no me ha parecido que se haya tomado en cuenta mi opinión al respecto.

Bea tuvo que sonreír de nuevo.

—No sea pesimista. Si tiene suerte, tal vez pueda encontrar a la persona que está buscando, ¿no lo cree?

—No, no lo creo. Según mi tía, tengo un problema con las mujeres, ya que no he conseguido que nadie quiera cazarme hasta ahora.

Ella, impactada, frunció los labios. No se imaginaba qué problema podría ser ese.

—¿Un problema? No comprendo, usted es muy caballeroso, es inteligente, y muy…—Bea se detuvo antes de cometer una imprudencia. Los ojos de Sebastián brillaron con diversión contenida.

—¿Muy qué?

—Agradable —dijo tan veloz que él no le creyó ni media sílaba.

—No era eso lo que ibas a decir.

—¿Cómo lo sabe?

—Porque sé lo que ibas a decir.

Bea se sonrojó y se quitó distraídamente una pelusa del camisón.

—Como sea… ¿cuál es su problema?

—Soy demasiado indiferente con ellas y hago comentarios fuera de lugar. Ellas esperan que alabe sus gracias, su belleza, sus elegantes peinados, pero me aburro tanto que después de escuchar tonterías por minutos interminables, lo único que sale de mi boca son preguntas que nada tienen que ver con eso —dijo sonriéndole divertido.

—¿Qué tipo de preguntas?

—Normalmente de insectos. A la sola mención de eso, ellas se aterran y salen corriendo —le confesó él sin sentir vergüenza.

—Eso no es justo. Usted las aleja de manera deliberada —ratificó y aguantó sus ganas de reír.

—Me ahorra las conversaciones banales. En mi muy personal punto de vista, una mujer que no puede hablar de insectos sin desmayarse, carece de carácter.

Bea rio ante su comentario. Sebastián sonrió ampliamente y los dos pequeños hoyuelos aparecieron en sus mejillas. Continuó contándole todas las veces que se había desecho intencionalmente de las conquistas que su tía le había lanzado. Sebastián le dio un vistazo a su reloj de muñeca y alzó las cejas con sorpresa. Se incorporó, caminó hasta ella, la cogió de la mano y la levantó también del sillón.

—¿Qué sucede?

—Ya es tarde y ya te han empezado a salir ojeras.

174

—Por supuesto que no me han salido ojeras —discutió mientras él caminaba tomándola de la mano, hacia la puerta.

Bea se detuvo y él volteó para verla. Estaba en un problema y lo sabía. Él querría acompañarla a su habitación en la oscuridad y ella no podía darse el lujo de evidenciarse de ese modo.

—Te acompañaré.

—Vaya usted primero —contestó sin darse cuenta de lo estúpido que eso sonaba, pues sus habitaciones estaban una frente a la otra. Sebastián la miró con la frente arrugada y liberó su mano con lentitud.

—Es por seguridad.

—Estaré bien, me ubico a la perfección.

—Seguridad para mí, quise decir.

Bea entró en pánico en ese mismo instante. No podía ir con él. Eran varios minutos de trayecto, durante los cuales, con toda seguridad, él no permanecería callado y querría respuestas que no obtendría. Tenía que pensar en algo… y rápido. Sebastián esperó a que ella le contestara, pero Bea se sentía tan desesperada que no podía decir palabra.

—¿Estás bien? —preguntó y se acercó al darse cuenta de que algo andaba mal.

—Tengo… yo tengo…

—Tú tienes, ¿qué? —preguntó sonriéndole casi de manera imperceptible.

—No tengo sueño —y regresó de espaldas al sillón de dos plazas en el que había estado sentado él, para no perderse de lo que fuese a decir.

Sebastián la miró con una evidente confusión reflejada en sus ojos. Luego, se acercó con paso lento y se sentó a su lado.

—Bea, ya pasan de las dos de la madrugada —razonó—. Debo trabajar mañana y tú también.

—Puede dormir aquí. Le cuidaré.

Sebastián continuaba sin comprender qué demonios le sucedía, su mente estaba completamente vacía, sin encontrar ninguna posible razón por la que ella se opusiera de manera tan rotunda a regresar a las habitaciones.

—No se trata de eso, Bea. Si permanecemos los dos juntos aquí, se armará un lío en caso de que alguien nos encuentre.

En poco, él imaginó la escena dramática que contarían las empleadas domésticas. Cabeceó para espantar los chismes imaginarios y se pasó una palma por la frente.

—Me iré apenas salga el sol. No tiene de qué preocuparse.

—En serio que eres extraña —le confesó y la miró de frente. Bea sonrió, cogió el libro que él había estado leyendo y se puso de pie.

—Le leeré para que se duerma.

Sebastián no pudo evitar reírse ante su idea.

—Te lo agradezco, pero no soy un niño y realmente creo que debemos dejarnos de juegos e ir a dormir.

Él se puso de pie y caminó hacia la puerta, pero Bea fue aún más veloz, dejó caer el libro al suelo, corrió y se interpuso entre él y el picaporte.

—Muévete —ordenó él con suavidad.

—No.

Bea se sentía nerviosa y el estómago se le revolvía sin que pudiese tener control sobre ello.

—Hagamos un trato —soltó sin aviso e incluso se asombró de haber salido con eso en un momento así; mas pareció surtir efecto, porque él la miró interesado.

—Te escucho.

—Usted acepta pasar la noche conmigo hoy y yo, a cambio, haré algo que usted desee. Puedo ayudarle a encontrar su pluma o…

Sebastián se sintió tan abrumado por la desenvoltura con la que había dicho eso, que perdió la atención en lo que ella continuaba exponiendo.

—Aceptaré lo que me pides, a cambio de dos cosas.

—¿Dos? —preguntó y sintió que le faltaba el aliento.

—Sí.

—Eso no es justo. No es un trato equilibrado.

176

—¿Quién lo dice? Si quieres que acepte el trato, deberás aceptar mis condiciones también.

Bea sintió un temor interno. No tenía idea de qué podría ocurrírsele pedir, pero si quería mantener su secreto a salvo, debía cooperar.

—De acuerdo, ¿qué me pedirá primero?

—Desde ahora y hasta el último día en que requiera de tus servicios, me hablarás de manera informal.

Se sintió acorralada, casi como si hubiese tejido una trampa para sí misma. Maldijo en su mente e intentó aclarar las cosas.

—No creo que eso sea correcto.

—Eso ya me lo has dicho con anterioridad, Bea. Además, no estamos manteniendo una discusión acerca de lo que es correcto o incorrecto… no quisiera hacer sentir mal a tu ética profesional, pero el pedirle a un hombre, específicamente a tu empleador, que pase la noche contigo, no es algo a lo que yo llamaría correcto.

—Ese es un buen punto —susurró y él se acercó un poco más a su cuerpo.

—¿Lo aceptarás?

—Lo haré mientras estemos solos. Cuando estemos acompañados, mantendré mi comunicación de manera formal.

Sebastián se lo pensó con calma mientras con sus oscuros ojos, recorría el rostro femenino.

—Supongo que eso es medianamente justo —aceptó y se alzó de hombros.

—¿Cuál es la segunda condición?

Sebastián volvió a tener ese brillo guasón en la mirada. Bea ya se había acostumbrado a esperar algo inusual cuando él miraba de ese modo.

—Un baile.

Las dos palabras fueron como bombas en la mente de Bea. Pensó que no podía hablar en serio e inspeccionó sus rasgos en busca de algo que le dijera que había sido una broma.

—¿Un baile?

—Sí —respondió él con naturalidad.

Ella negó con la cabeza, con mucho énfasis.

—Yo no bailo.

—Entonces iremos a dormir a nuestras habitaciones —anunció con aparente pesar. Bea levantó ambas manos y las movió de un lado a otro en gesto de negación.

—¿No podría pedirme algo más?

—Podrías —corrigió y ella lo observó sin comprender; después de unos segundos entendió su error. Bea casi se atragantó cuando tragó.

—¿No podrías pedirme algo más?

—No —respondió él sin dejar en duda que no pensaba cambiar de opinión.

—¿Tenemos que hacerlo ahora?

—En la fiesta. Quiero que aceptes un baile conmigo en la fiesta.

Bea abrió la boca y los ojos de sopetón completamente sorprendida.

—¡Está loco!

—Estás... Bea, en serio que no pienso estar corrigiéndote.

—¡Estás loco!

—Probablemente. Pero si quieres que haga lo que me pides, debes concederme un baile.

—No. Es imposible. Estaría terriblemente mal visto.

—Me tiene sin cuidado.

—Yo... —Bea se mordió el labio inferior, insegura de decir lo que tenía pensado exponer—. Yo no sé bailar.

Sebastián la miró extrañado. Levantó ambos brazos y apoyó las palmas una a cada lado de su cabeza contra la puerta. Bea se irguió con el deseo de pegarse más contra la madera.

—Justo cuando empiezo a creer que no puedes sorprenderme más, te superas —él casi lo murmuró y Bea no pudo comprender lo que había dicho, pero Sebastián continuó sin esperar una respuesta—. No te preocupes; yo te mostraré cómo hacerlo.

—No gracias —respondió.

—Tienes que aceptar, si no lo haces, de todos modos te pediré el baile en la fiesta y no sabrás qué hacer.

178

—Por mucho que te empeñes, lo único que lograrás será hacerme ver como una jirafa con patines en la pista. Moriré de la vergüenza. ¿Realmente tienes que pedirme esto? —dijo ella con voz que reflejaba su lamento y Sebastián sonrió con ternura, pensando por un instante que podría cambiar su condición, pero de inmediato negó sin dejarse manipular por su lastimosa petición.

—Lo siento. Esa es mi condición.

—De acuerdo, serás la comidilla de todos, pero si eso deseas, lo haré —aceptó de muy mala gana e intentó mover los brazos de él que la tenían acorralada contra la puerta, pero él no cedió y ella puso mala cara—. Ya acepté ¿Podemos continuar con una conversación civilizada en el sillón?

—No tienes idea de cómo odio las conversaciones civilizadas —le dijo sin mover los brazos. Bea percibió que su respiración se había agitado y trató de relajarse para no incurrir en una posible sobre oxigenación.

—¿Por qué?

—Son aburridas. Actualmente, y más en mi ambiente social, están demasiado sobrevaloradas.

Sebastián le sonrió con sorna y se inclinó más hacia ella, pero Bea le puso una mano en el pecho y volvió a separarlo, pues tan cerca, no podía descifrar lo que decía.

—Tengo un tremendo aprecio por mi espacio personal —declaró. Con un dinámico y ágil movimiento se pasó por debajo de uno de los brazos elevados y salió de la zona de peligro. Sebastián resopló sintiéndose como un niño frente a una dulcería que de pronto había dejado de ver su dulce favorito. Bajó los brazos y se giró hacia ella que caminó hacia el libro que estaba olvidado en el suelo, lo recogió y leyó el título.

—"¿Cómo conquistar a una dama?"

Bea levantó la mirada del libro y reflejó una extrema perplejidad. Sebastián le sonrió del mismo modo.

—Una sugerencia literaria de mi tía. Lo dejó sobre mi escritorio esta tarde.

Ella apretó los labios en una delicada línea para no reírse y él caminó despreocupadamente hasta el sillón de dos plazas y se sentó.

—Pensándolo bien, creo que la lectura en voz alta que me habías propuesto me ayudaría mucho a conciliar el sueño.

Bea intentó guardar la compostura.

—No podría leerle algo así.

—Leerte.

—Leerte algo así. Es vergonzoso.

—Eso me gusta, al menos no tendré que sufrir solo.

Bea puso los ojos en blanco y en seguida, sin sentirse totalmente de acuerdo con eso, se sentó en el sillón de enfrente, se acomodó, abrió el libro y leyó el nombre del primer capítulo con voz insegura.

—Capítulo uno… —inició con una mirada de fastidio.

—He leído ya eso —dijo él. Apoyó su cabeza sobre el respaldo y cerró los ojos—. Sáltate al capítulo cinco.

Resolló mortificada y avanzó hasta la parte indicada.

—¿Frases de cortejo?

—Ese mismo.

—No pienso hacer esto —anunció y cerró el libro, pero Sebastián abrió los ojos, le lanzó una mirada de advertencia y ella, con un puchero, volvió a abrir el libro—. No me hables mientras leo, me desconcentro fácilmente —le advirtió de malas y empezó a recitar en voz alta la narración—: Cuando por fin se encuentre usted frente a la dama en cuestión, ya sea habiendo sido presentado por algún amigo o conocido en común o habiéndole pedido desde el inicio de la fiesta un baile como corresponde, entonces procederá a hablar de temas de común interés. Asegúrese, específicamente, de que la conversación no abarque nada relacionado con ningún aspecto físico; el clima, las bebidas, la comida, la música o el conocido en común, son buenas opciones de conversación.

Bea levantó la mirada del libro, contrariada. Sebastián volvió a abrir los ojos cuando escuchó que ella se había detenido.

—Continúa —invitó con la mano.

—No creo que ninguna conversación que abarque ese tipo de temas despierte el interés romántico de nadie —asumió molesta. Sebastián trasladó el dedo pulgar a los labios y lo mordió para intentar esconder su diversión.

—El asunto es que tal vez no entiendes la complejidad de cómo funcionan estas cosas —le dijo con acento que reflejaba su superioridad en el tema, cosa que ambos sabían que no existía.

Bea continuó de mala gana.

—En tanto la conversación fluya con soltura, podrá proceder a invitar a la dama a tomar aire fresco o a beber algo después del baile. Si la conversación no tiene un buen ritmo, es probable que ella no esté lo suficientemente cautivada. Permítale espacio y ocúpese en entablar conversación con otras damas y caballeros que conozca y, si lo desea, puede volver a pedirle un baile después de que hayan transcurrido alrededor de treinta o cuarenta minutos.

Bea sentía que el aburrimiento la consumía poco a poco mientras le costaba mantener los ojos abiertos. Sebastián se dejó caer sobre el brazo derecho, encarándola y subiendo las piernas sobre la otra plaza del sillón.

—En caso de que ella parezca interesada en aceptar la propuesta de tomar algo en su compañía o salir a respirar aire fresco, proceda a alagar su carácter, lo graciosa que es, lo agradable que le parece su conversación o lo atractivas que le han parecido sus opiniones. Si ella responde de modo positivo, puede adularla físicamente. Engrandezca su sonrisa, sus ojos, el aleteo de sus pestañas o su barbilla; nunca la mire por debajo del mentón.

Cuando volvió a detenerse y a levantar la mirada del libro advirtió que él ya estaba dormido. Sin duda, una lectura de ese tipo haría caer muerto incluso a un mono hiperactivo. Sonrió y cerró el volumen, percatándose de que ese era el primero. Bea negó con la cabeza pensando cómo podría haber más volúmenes de esa cosa tan tediosa. Dejó el libro sobre la mesita de centro, se acomodó como pudo en el pequeño sillón y cinco minutos después, a pesar de lo incómoda que le resultó la posición, durmió como hacía noches que no podía hacerlo.

La marca

Sebastián despertó cuando los primeros rayos de sol traspasaron sus párpados. Abrió sus ojos y se percató de que ya eran pasadas las cinco de la mañana. En cuestión de minutos irían a limpiar la biblioteca y él debía aprovechar para regresar a su habitación sin que nadie lo viera. Juró en silencio y se giró para ver a la muchacha. Le dolió verla. Estaba en una posición digna de un contorsionista, echa una bolita sobre el sillón de una plaza. Se incorporó lentamente sonriendo y en seguida se levantó, caminó con cuidado, trató de no hacer ruido y esperó no despertarla. Ya frente a ella, puso un brazo detrás de su espalda y otro debajo de la parte de atrás de sus rodillas, la alzó con suavidad y la recostó sobre el sillón que él había ocupado.

Bea produjo unos ligeros gemiditos mientras él la acomodaba con paciencia. Se hincó en el suelo y la miró con atención. Un mechón le caía sobre la mejilla izquierda y él levantó la mano para moverlo hacia un lado con suavidad. A Sebastián le había parecido preciosa desde la primera vez que la había visto, pero en ese estado de tranquilidad, sin su singular ceño fruncido, y ahora con su expresión relajada y sus labios curveados, él reflexionó y

183

llegó a la conclusión de que era como una muñeca de porcelana finamente elaborada. Se le secó la boca y sintió que su pulso se aceleraba. Le gustaba, por supuesto, pero esa mañana, mirándola por minutos enteros con atención, se había dado cuenta de que era especial, no solo se trataba de que le gustara físicamente, había algo más. De súbito se sintió ambivalente e inseguro. No podía pasarle eso… no de nuevo y mucho menos en una situación como la que vivía en esos momentos.

Con un gesto que reflejaba su frustración, se levantó del suelo y caminó decidido hacia la puerta de la biblioteca, regañándose mentalmente por sentir cosas que no debía. Cuando estuvo en su habitación, habiendo tenido éxito al haberse escapado de cualquier mirada, se recostó en la cama y observó hacia el techo.

Hasta ese instante no se había percatado del deseo que sentía por estar con ella, por verla, por hablarle, incluso por discutir; parecía algo que no podía eludir por más que quisiera y supo que estaba en problemas. No quería engañarla… no quería prometer algo que no podía darle. Se consoló con la idea de que ella no parecía sentir lo mismo. Bea marcaba sus límites de una manera increíblemente fácil. Supuso que le tenía cierto aprecio y que hasta donde él sabía, por lo que casi se le había escapado esa noche, a ella le parecía físicamente atractivo… pero aparte de eso, no había demostrado sentir nada más. Mientras las cosas continuaran así, no tenía por qué inquietarse; todo saldría bien.

A las nueve de la mañana él tomaba su desayuno en el comedor. Había decidido dejar de pensar en lo que había revoloteado en su mente por la mañana. No era algo que estuviese a discusión, simplemente no podía pasar, así que como él suponía, debía deshacerse de eso siendo práctico y pensando en cosas que fuesen de importancia, pero todo se fue al traste cuando ella entró al comedor. Bea estaba rozagante, casi como si esa hubiese sido la primera noche que hubiese dormido bien. Las mejillas sonrojadas, los labios frescos y sus ojos deslumbrantes.

Sebastián se aclaró la garganta y bebió un trago de café caliente cuando ella se detuvo frente a él, separó la silla de la mesa y se sentó.

—Buenos días —dijo Bea con una sonrisa.

—Todo indica que descansaste muy bien a pesar de la postura que adoptaste.

Bea se sonrojó. No le había pasado desapercibido el hecho de que él la había movido de lugar esa mañana, para dejarla más cómoda, pero no hizo referencia a eso.

—Quisiera preguntarte algo —dijo para cambiar de tema, poniéndose seria.

—Bien.

Sebastián dejó a un lado el periódico que había estado hojeando y le prestó toda su atención.

—Los dos hombres del Parlamento... los que se enfadaron contigo esa vez, ¿quiénes son?

Sebastián recordó a las dos personas a las que ella se refería. En las últimas veces que había ido a las juntas, ellos no se habían presentado de nuevo, casi como si estuviesen en huelga.

—Son hermanos. Ichabod y Antonio Fader. Uno de ellos fue presidente provisional mientras estuve en coma.

Bea los recordaba a la perfección, sus alturas, sus ademanes, el color exacto de su cabello, todo; pues otra de sus múltiples habilidades era su memoria fotográfica. Asintió, guardó en su mente los nombres y se sirvió unos panqueques con queso.

—¿Tienes algún motivo para sospechar de ellos?

Sebastián no supo qué decir. Lo tenía y a la vez no. Sabía que ellos parecían ir en contra de cada cosa que él decía, pero también aceptaba el hecho de que habían sido educados en una familia extremadamente conservadora. Era de esperarse que se negaran a tantos cambios.

—No lo sé. Es complicado. Supongo que podrían ser ellos, pero no estoy seguro. Las apariencias engañan.

Bea convino y ojeó hacia un lado cuando él notó que su tía entraba por la puerta.

185

—Buen día, querido.

Bea la saludó y Aimeé se inclinó con una radiante sonrisa ante ella para saludarla. Les reveló todos los adelantos de los preparativos de la fiesta y les avisó que mandaría esa tarde las invitaciones.

—Tenemos que ir a comprarte un vestido —le dijo Aimeé emocionada.

Bea tembló ante la idea de usar esas horrendas prendas que hacían que las mujeres parecieran pasteles con un montón de capas de glaseado encima, pero sonrió respetuosamente ante la emoción de la mujer.

—¿Has leído el libro? —preguntó casi en confidencia, pero Bea leyó sus labios a la perfección. Sebastián la miró y en seguida, con una sonrisa cómplice, atendió a su tía.

—Estoy en eso. Es difícil no quedarse dormido con ese tipo de lectura.

Aimeé se impacientó y lo expresó con un mohín de labios mientras se servía agua caliente en una taza que contenía una bolsita de té.

—Al menos no serás un fracaso esta vez. Pobres señoritas; de solo recordar sus semblantes la última vez que tuvimos una fiesta hace un año, se me pone la piel de gallina. Eres terrible, trata de comportarte en esta ocasión.

Sebastián aceptó y cuando terminó de desayunar, Bea apuró el último bocado.

—Iré al establo a cepillar a Pólvora, alcánzame cuando estés lista.

Ella accedió y se apresuró a terminar. Iba a ponerse de pie cuando Aimeé la detuvo con una acción de mano.

—Necesito unos minutos contigo.

Bea volvió a sentarse y a mirarla atentamente. Aimé se retorció los dedos, con una actitud nerviosa.

—Tal vez tú podrías ayudarlo. Me he dado cuenta de que se siente cómodo cuando estás con él.

—¿Ayudarlo, en qué sentido?

186

—Quizá puedas motivarlo a que acepte tener una relación. Hablarle acerca de los beneficios de tener una pareja… tú sabes.

Bea no sabía. Estaba totalmente en la inopia acerca del tema, pero no quiso desairar a la mujer y asintió con lentitud.

—¿Puedes hacerlo?

—Haré lo posible —contestó insegura.

Se puso de pie, salió y se dirigió a su habitación. En el camino se encontró a Mily, que con un montón de sábanas limpias y dobladas, se detuvo al verla.

—No la he visto esta mañana. ¿Salió temprano?

—Sí. Hablaremos más tarde, voy de prisa.

Mily asintió sonriendo y ella subió a su habitación, se puso su chamarra negra que ya estaba limpia, volvió a guardar su navaja, se acicaló y bajó de nuevo.

Entró con paso apresurado al establo y observó que Sebastián cepillaba con paciencia a un hermosísimo corcel de color champaña que relinchaba suavemente y movía la cabeza disfrutando de su toque. Sebastián notó su presencia y le sonrió.

—Es muy hermoso —dijo y se acercó con paso tranquilo para colocarse cerca de él. El caballo resopló por su presencia, pero ella no se inmutó.

—Es hembra.

—Entonces, es hermosa —se corrigió y elevó la mano para tocar el suave y brillante pelaje, pero la yegua dio dos pasos hacia atrás. Bea bajó la mano y caminó hacia el frente, para mirarla a los ojos. Pólvora mantuvo su mirada fija en la de ella, reconociendo las facciones, los latidos y la fragancia de la muchacha. Bea volvió a levantar la palma y la dejó en el aire sin tocarla, muy cerca de su hocico. La yegua levantó una pata delantera y luego la otra, como insegura, pero segundos después se acercó cautelosa y Bea sonrió acariciándola con suavidad. Recordó lo que Aimeé le había pedido y se sonrojó.

—En verdad creo que debes de seguir el consejo de tu tía.

Sebastián resopló pero en seguida le sonrió de nuevo.

—¿Cuál de todos?

—Deberías tomarte en serio lo de buscar una… compañera —anunció, sintiendo que caminaba en terreno desconocido. A Sebastián no se le pasaba nada y dijo socarrón:

—Déjame adivinar. ¿Te pidió que jugaras con mi mente?

Bea se sonrojó de nuevo.

—Creo que ella tiene razón. Al menos deberías comportarte de la mejor manera posible. Podrías, en el último de los casos, dejar de hablarles de insectos.

—Ustedes le quitan la diversión a todo —se lamentó él con aparente tristeza.

—¿Puedes hacerlo?

—¿Qué se supone que debo decir, entonces?

—Sigue los consejos del libro. Todo apunta a que sí funciona, pues se siguen imprimiendo volúmenes.

Sebastián profirió una carcajada y dejó el cepillo en un balde de madera. Un mozo de cuadra entró en ese instante y Sebastián inclinó la cabeza a modo de saludo.

—Buen día, excelencia. Llevaré a Pólvora a estirar las patas.

—Buen día —saludó Sebastián y le entregó la brida de la yegua, dándole un último golpecito de despedida en el lomo. El mozo le sonrió agradecido y salió del establo en compañía del equino. Sebastián esperó a que pasaran unos segundos y a continuación caminó hacia ella—. Tal vez tú puedas ayudarme.

Bea dio dos pasos hacia atrás.

—¿A qué?

—Tú puedes ser ella.

—¿Ella?, ¿quién?

—La chica; la que tengo que halagar… ya sabes.

—No creo que esa sea una buena idea —contestó tan rápido que él sonrió maliciosamente.

—Vamos. Es solo para practicar. Si me equivoco en algo, puedes corregirme. Pareces tener experiencia en todo esto.

Bea sabía que él se mofaba deliberadamente, así que se irguió y lo miró retándolo.

—Bien.

Él apretó los labios para aguantar la risa y se metió las manos en los bolsillos delanteros del pantalón negro. Bea esperó, paciente.

—¿Qué te gustaría escuchar?

Se mostró confundida.

—Tú eres el hombre, deberías saber qué tienes que decir.

—Y se supone que tú estás ayudándome.

—Según lo que leí ayer, deberías hablar acerca de mi carácter, de mi forma de ser.

Sebastián miró hacia el techo, pensativo. Se quedó callado por varios minutos pensándolo demasiado; demasiado para el gusto de Bea, que de inmediato creyó que jugaba con ella.

—No te lo estás tomando en serio —reprendió y dio media vuelta para alejarse. Sebastián la asió de la mano y la haló hacia él de nuevo.

—El problema tal vez es, que me lo tomo muy en serio. Hay muchas cosas que podría decir… estaba seleccionándolas.

Bea tragó con dificultad y se liberó de su mano. Fue ahí que entendió que no estaba lista para saber lo que él iba a decir, pero no había cómo dar vuelta atrás.

—Te escucho.

—Eres realmente terca —inició. Bea abrió los ojos, sorprendida de que dijese algo así y no sabía si reírse o plantarle la palma en el rostro.

—En verdad, ¿cómo piensas conquistar a alguien así?

—Eso me gusta.

—¿Cómo dices?

—Digo que me gusta tu terquedad, que seas tan decidida con todo. Me gusta que cuando apareces por la puerta, contagias tu seguridad a todo el mundo… como si no tuvieras miedo de nada y a la vez, cuando estamos solos, parece que tienes miedo de todo. Me encanta tu sentido del humor; podría charlar contigo horas y horas y no me cansaría, no podría aburrirme nunca. Te admiro. Tienes mucho coraje y mucho valor. Me agradas porque no he conocido a nadie como tú, nunca.

Bea se quedó paralizada frente a él, mientras él soltaba todo eso con una naturalidad envidiable. Nadie había enumerado sus cualidades del modo en el que él lo hacía; la ambivalencia la noqueó y no quiso ayudarlo más con eso. Sebastián se acercó, pero Bea no se movió.

—Ahora, según lo que recuerdo, debo alagar tu rostro —continuó él y con una mano le levantó la barbilla—. Y no debo ver debajo de tu mentón, ¿cierto?

—Creí que estabas dormido cuando leí esa parte.

Él sonrió y con su mano libre sujetó la derecha de ella.

—No lo estaba.

El aire entró por la puerta del establo y la melena de Bea se removió de un lado a otro. Él la soltó de la mano, subió la propia para peinarla con gentileza y mantuvo entre sus dedos un sedoso mechón.

—No creo que haya algo que prefiera. Me gusta todo, tu nariz respingona, tus labios que sonríen tan poco pero que cuando lo hacen parecen alumbrarlo todo a su paso, tu cabello, tus ojos… son hermosos. Me fascina el hecho de que puedo verme reflejado y sé que me guardarás en tu memoria gracias a ellos, sin importar el tiempo que pase.

Él liberó el mechón y con el dorso de sus dedos, acarició su mejilla con suavidad para delinear sus rasgos cercanos. Bea quería alejarse y al mismo tiempo quería permanecer allí, casi como si el toque de su piel contra la de ella la tuviera en un trance.

—¿Lo hice bien? —preguntó muy cerca y ella no pudo interpretarlo. Sebastián rozó con ligereza, casi como una brisa delicada, sus labios con los propios. Bea abrió los ojos tan sorprendida que él se separó apresurado, creyendo que la había asustado y sintiéndose avergonzado porque le pareció haberse aprovechado al hacer algo así. No sabía en qué había estado pensando. La soltó y dio un paso hacia atrás con expresión abrumada—. Lo siento —declaró y se pasó una mano por el cabello para peinárselo hacia atrás—. No sé qué me sucedió.

Bea bajó con lentitud la cabeza y se abrazó a sí misma. No tenía idea de qué diablos acababa de suceder y se sentía completamente fuera de lugar y... sofocada. Había sido tan breve, que por un instante pensó que tal vez había sido su imaginación, pero en seguida su mente le contestó con seguridad, que sí había sido real. Él la había besado y ella se había quedado pasmada como una tonta; casi como gritándole que esa había sido la primera vez que algo así le había sucedido. Una vergüenza descomunal se apoderó de ella en ese instante y no supo qué hacer.

Sebastián sintió que su mortificación crecía al ver que Bea no decía nada. Temía haber arruinado todo. Maldijo en voz baja y suspiró con pesadez, volvió a acercarse, pero ella reaccionó veloz con sus reflejos y dio tres pasos hacia atrás.

—¿Estás bien? —preguntó cuando lo miró, roja como un jitomate.

—Yo... sí. Bien —la voz le salió entrecortada y él la observó con ternura.

—Este juego es algo peligroso; considero que es mejor que no lo retomemos —dijo él sonriéndole de nuevo.

Bea convino, completamente de acuerdo.

—Gracias por la ayuda.

—De nada —respondió con la voz inestable aún.

—Creo que ahora me siento más capaz, ya lo intentaré de nuevo en la fiesta —bromeó él para tratar de quitarle importancia a la situación.

A continuación la mente de Bea se adelantó a la noche en el que, en efecto, él estaría charlando con todas las mujeres del salón, mostrando sus innumerables encantos, siendo amable con ellas, diciéndoles las mismas cosas que le había dicho a ella... y algo le sucedió. Una furiosa punzada en el corazón la hizo sentirse débil. Estaba celosa. Negó para sí misma, sintiéndose en desventaja, tratando de evadir el sentimiento que la atormentaba y las imágenes que no dejaban su mente en paz. Quiso gritar, frustrada por permitirse caer en algo así.

—¿Bea? —la llamó él cuando no mostró señales de reaccionar ante sus palabras.

No tuvo idea de qué fue lo que se apoderó de su cuerpo, pero fue tan fuerte que no pudo combatirlo. De repente lo miró, salió de su ensoñación, se acercó a él, le rodeó el cuello con los brazos y acercó sus labios a los de él. Lo besó. Tuvo miedo por un momento de hacerlo mal… de equivocarse, pues no tenía experiencia; pero después no le importó y supo en ese instante que lo había hecho con la intención y el deseo de arruinarle cualquier beso en el futuro. Que cada vez que él mirara a otra mujer o tratara de halagarla o besarla… la recordara a ella.

A Sebastián le llegó el turno de ser el sorprendido. Por supuesto que no habría esperado algo así ni en un millón de años, pero había decidido no quedarse atrás y reaccionó casi al instante. La rodeó con sus brazos y la apretó contra su cuerpo con delicadeza, tratando de seguir el ritmo descontrolado de los labios de ella que a cada segundo se intensificaba. Sonrió levemente al notar que parecía una completa amateur. Así que, con la palma de una de sus manos, rodeó su nuca y trató de calmarla, marcando movimientos más lentos y profundos. Su corazón latía desbocado y era difícil controlar sus ganas de estrecharla contra él. La primera vez que la había besado, había notado la delicadeza y suavidad de sus labios, pero después de esa breve fracción de segundo, había pensado que solo había sido su imaginación; no obstante, ahora que la tenía contra él, podía dar fe de ello con toda seguridad.

El cálido aliento de Bea le rozó la mejilla y el vello de la nuca se le erizó. Notó que el pulso agitado de ella palpitaba con rapidez contra su mano que sostenía delicadamente el cuello femenino, mientras Bea le pasaba las yemas de los dedos por el cabello y acariciaba con suavidad los mechones de color café claro que se enroscaban entre ellos.

A Bea le fascinó el tacto de sus labios, aunque era algo nuevo y muy diferente a lo que había esperado, pues siempre le pareció que ese tipo de muestras de afecto eran algo desagradables, ahora

192

podía decir que eran todo lo contrario. Mientras él rozaba una y otra vez sus labios, ella se arqueaba contra él sintiendo que una explosión de calor le golpeaba el pecho. Gimió al sentirse casi doblegada ante sus emociones cuando él mordió con delicadeza su labio inferior y Bea decidió probar lo mismo, provocando un jadeo anhelante por parte de él. Un breve pero intenso estremecimiento la recorrió en cuanto él comenzó a acariciar su espalda en círculos, tan suavemente, que se quedó sin poder respirar.

De pronto, un sonido estruendoso seguido de un grito que cortó el aire y lo atravesó hasta ellos, hizo que Sebastián la soltara de súbito. Con la mirada borrosa, pues se le dificultó enfocar bien, Bea se mostró contrariada por lo que había sucedido, pues no había escuchado nada. Sebastián miró hacia todos lados y Bea supo que algo malo había sucedido; él la tomó de la mano y corrió con ella fuera del establo. A lo lejos, el mozo de cuadra, estaba en el suelo sujetándose una pierna sangrante y su caballo relinchaba y corría desbocado por toda el área. Sebastián supo que alguien le había disparado. Corrió con ella de la mano hasta el mozo y se hincó a su lado. Bea se quitó la chamarra negra, cogió su navaja, cortó una manga y la amarró alrededor de la herida.

—Pide ayuda —le dijo ella y Sebastián asintió, pero estaba a punto de levantarse, cuando Bea se percató del brillo del arma entre los setos lejanos. Con movimientos felinos se lanzó sobre él, y ambos cayeron al suelo. Bea se levantó con agilidad y se dirigía al lugar en donde había visto el brillo cuando Sebastián se puso de pie y la aferró de la mano.

—No vayas —pidió al sentir que el miedo lo consumía. Bea se liberó como una ráfaga de viento.

—Para eso estoy aquí, debo ir.

Y sin esperar nada más corrió hacia los setos y miró atenta hacia todos lados.

Sebastián masculló un juramento y notó que la sangre que brotaba de la pierna del muchacho era oscura y espesa, temió que la arteria femoral estuviese dañada, así que rápido lo enderezó, le pasó un brazo por abajo de su axila mientras el mozo lo miraba con los rasgos desencajados por el dolor.

—No puedo —gimió mientras Sebastián lo soportaba con todas sus fuerzas.

—Sé que puedes hacerlo. No estamos tan lejos. Vamos, solo son unos cuantos metros.

Pero el otro parecía no poder dar ni medio paso. Sebastián silbó con la mano libre y esperó pacientemente a que Pólvora llegara. Aferró la brida con la misma mano, subió al muchacho utilizando todas sus fuerzas y trató de dañar su pierna lo menos posible. Cuando estuvo arriba con medio cuerpo del lado derecho y medio del lado izquierdo del lomo de la yegua, subió detrás de él y apremió al animal a marchar rápido por el sendero que llegaba al balcón. Cuando llegó, dos mozos salieron corriendo por las puertas y su tía, apresurada, les siguió el paso.

—¡Escuchamos el disparo! —gritó al bajar los escalones. Sebastián se apeó veloz de la yegua, bajó al herido con cuidado y con ayuda de los otros dos jóvenes lo llevaron adentro.

—Está desmayado —dijo uno de los mozos cuando lo recostaron en un sillón.

—¡Traigan hielo! —ordenó Aimeé. Rolo, que iba bajando deprisa las escaleras de caracol de la mansión al escuchar el ajetreo, gritó:

—¡¿Qué sucedió?!

Sebastián estaba a punto de explicar cuando se escuchó otro disparo. El pulso se le detuvo por un segundo y sintió un sudor frío que le bajaba por la sien. Corrió como el viento hacia la escalinata de piedra del balcón y subió a la yegua.

—¿A dónde vas? —preguntó Rolo y lo siguió, ansioso. Sebastián se volvió y haló la brida hacia la derecha.

—Bea está allá.

—No puedes ir. Ese es su trabajo, debe defenderte de lo que suceda, y el tuyo es resguardarte.

Sebastián sabía que era cierto. Sabía que no debía ir allí, pero todo su cuerpo y su mente estaban en ese lugar. Rolo se percató de que no podría disuadirlo.

—Al menos déjame acompañarte —dijo y bajó las escaleras con rapidez.

—No puedo esperarte, te veo allá.

—¡Milo, trae mi caballo! —gritó Rolo a uno de los mozos que estaba cerca de allí. El aludido asintió y corrió hacia el establo. Sebastián ya iba a mitad del camino. Aimeé salió apresurada hacia el balcón y miró en dirección hacia su sobrino con los ojos llenos de miedo.

—Me encargaré de traerlo de regreso a salvo —le dijo finalmente el del peluquín y esperó a su caballo que venía a lo lejos.

Bea había corrido a una velocidad increíble y se había internado en los setos, justo en la dirección en la que había visto el fogonazo. Se detuvo a mitad del sendero, rodeada por árboles. Sabía que estaba en desventaja, por supuesto, pero no era la primera vez que se veía en una situación de ese tipo. Dio una mirada de trescientos sesenta grados para intentar vislumbrar cualquier indicio de la posición del tirador. El arma brilló en un punto no muy lejano y Bea corrió como una gacela hacia atrás de un árbol para resguardarse cuando la bala golpeó una roca alta a su derecha. Tenía la respiración agitada y sentía que el corazón iba a salirse de su pecho. Esperó unos segundos y la persona no disparó... ella supuso que cargaba el arma. Pensó que era posible que fuese un arma con carga de tres tiros, probablemente una escopeta de corredera. Tomó una bocanada profunda y se dirigió a toda velocidad hacia la derecha, unos cinco metros, para resguardarse detrás de otro árbol. Bea vio que saltaban astillas de la corteza y asumió que el disparo falló. La joven volvió a respirar profundamente y, apretando las manos en puños, regresó al

195

primer tronco en el que había estado; la siguiente bala volvió a pasar de largo. Si su suposición era correcta, al tirador le quedaba un tiro más, antes de tener que detenerse a cargar el arma de nuevo.

Bea sabía que el agresor, asumiendo que fuera hombre, se animaría a disparar si ella seguía de frente, pues no podría perderla de vista. Miró hacia su izquierda y observó la roca alta... estaba demasiado lejos, incluso ella que era muy veloz, temía no poder llegar a tiempo detrás de esta, pero no tenía otra opción. Cerró los ojos con fuerza y concentró toda su atención en su cuerpo. Contó hasta diez en su mente y corrió hacia detrás de la roca, lanzándose por el aire los últimos tres metros antes de llegar a ella, aterrizando en su pecho y en su estómago. Gimió por el dolor, pero se incorporó con agilidad, pues debía actuar con rapidez. No había podido ver si él había disparado la última bala, pero supuso que lo había hecho, así que corrió hacia el lugar en donde había visto el brillo del arma.

El hombre la vio correr hacia él y Bea se dio cuenta de que había acertado; él había vuelto a cargar el arma, pero ella estuvo frente a él mucho antes de que terminara de hacerlo. El hombre asió la escopeta con las manos e intentó golpearla con esta. Bea se movió ágilmente para esquivar el golpe y también sujetó el arma con las manos, lo que provocó un forcejeo que duró unos segundos, hasta que ella notó que detrás tenía un tronco grueso, así que apoyó ambos pies y se impulsó hacia enfrente con todas sus fuerzas, haciéndolo perder el equilibrio hacia atrás y los dos cayeron al suelo. Bea tiró la escopeta lejos de allí y el hombre le azotó un golpe a puño cerrado en el hombro, ella gritó y sintió que el brazo se le debilitaba con rapidez, se puso de pie para alejarse de él, luego sacó su navaja y la abrió.

—¿Quién demonios eres tú? —preguntó el hombre, pero Bea no pudo interpretarlo pues toda su atención estaba en los movimientos del cuerpo de él.

De improvisto, el tipo corrió y la embistió con un golpe en el estómago, pero ella se recuperó hábilmente, lo golpeó en el mentón con el puño y le atizó una patada en la espinilla con tanta fuerza que el hombre profirió un alarido de dolor. Cojeó, volvió a acercarse e intentó tirarla al suelo, tomándola de los brazos para inmovilizarla; ella no soltó la navaja y utilizó como soporte la fuerza de las manos de él, se elevó en el aire y lo pateó en el pecho con los dos pies yendo los dos a parar al suelo. Bea se levantó antes, agarró la navaja que se le había escapado de los dedos al caer, la empuñó en su mano y la clavó en la pierna del hombre.

Él gritó con desesperación y ella retorció la navaja sobre la herida una y otra vez; con un fino movimiento, la sacó de la herida y la sangre brotó como fuente. Rápida, subió sobre él a horcajadas y le inmovilizó los brazos.

—¿Cuál es tu nombre? ¿Para quién trabajas?

El hombre no contestó, comenzó a palidecer, ladeó la cabeza hacia la izquierda y dejó visible el lugar un tanto más arriba de su clavícula. Bea notó algo oscuro y se inclinó más. Era un tatuaje, mas no pudo verlo tan claramente como hubiese deseado, porque él le dio un cabezazo, cosa que la aturdió y él logró zafar un brazo para enseguida golpearla bajo el hombro con una roca puntiaguda. Bea cayó hacia atrás gimiendo por el dolor. El hombre se levantó con una pronunciada dificultad y avanzó entre los árboles hacia la dirección opuesta a la mansión justo en el punto en el que Sebastián llegaba allí. Se bajó de la yegua y corrió a su lado, mirando preocupado el brazo que le sangraba.

—¡Bea!, cielos… ¿estás bien? —preguntó alarmado.

—Se fue, pero no llegará lejos, está herido de gravedad —reportó débilmente e indicó el camino frente a sí. Sebastián se puso de pie y la ayudó a hacer lo mismo, pero ella se sentía demasiado débil para sostenerse, así que él la levantó en brazos y la llevó hacia Pólvora—. Tienes que ir por él o no podremos saber nada —indicó a media voz.

Sebastián estaba a punto de subirla a la yegua cuando llegó Rolo y los observó alarmado.

—El tipo está herido. Tráelo —ordenó fríamente Sebastián. Rolo asintió y sacó de la parte de atrás de su pantalón una pistola;

después cabalgó hacia la dirección establecida. Sebastián la puso en la silla de montar, subió detrás de ella y cabalgó de nuevo hacia la mansión.

Aimeé esperaba en la escalinata de piedra y cuando llegaron, bajó corriendo, pálida y espantada al ver a la muchacha sudorosa y llena de sangre.

—¡Por Dios! —gimió y se tapó la boca con las manos. Sebastián se apeó del animal, la bajó y la llevó adentro. Bea no supo nada más.

Premeditación

Bea despertó en la madrugada del siguiente día. Había dormido lo que quedaba de la mañana, toda la tarde y parte de la noche, recuperando energías. El brazo le dolía a mares y cuando se incorporó en la cama, prendió la luz de la mesilla de al lado de su cama y se inspeccionó la herida. Estaba vendada. Reconoció el vendaje de espiga y supuso que un médico la había visitado. Se quitó las cobijas de encima y miró atentamente todo su cuerpo, después suspiró aliviada de no tener otra herida.

La puerta se abrió y Bea miró alarmada hacia enfrente en cuanto se percató del movimiento de reojo. Sebastián entró en su habitación y cerró la puerta tras él.

—¿Cómo te sientes?

Bea no respondió, pues no había suficiente luz en la habitación para poder leer sus labios.

—¿Podrías prender la luz, por favor?

Él asintió y así lo hizo, avanzó lentamente hasta la cama de ella y acercó una silla para poder sentarse a su lado.

Ambos se miraron por un largo rato y después de unos minutos él resopló.

—Me asusté mucho —confesó mientras ella se acomodaba mejor en la cama.

—Es lógico. Uno tiende a asustarse si su vida está en riesgo —explicó con voz tenue, pero él denegó, azorado.

—No me refería a mí. Cuando llegué y te vi en el suelo cubierta de sangre, sentí que se me bajaba el alma a los pies.

Bea no captó de inicio y se miró alarmada el cuerpo de nuevo, pues tal vez había pasado algo por alto; pero no, estaba sana y salva. Él entrecruzó los dedos.

—No era tu sangre.

—El hombre... lograron... —no terminó la frase pues él negó.

—No. Cuando Rolo llegó, él ya estaba muerto. Se desangró. Lo único que tenemos es el cuerpo.

Bea se sintió muy mal. La sensación de fracaso la invadió y se regañó mentalmente. Todo eso podría haber terminado si no hubiese caído en aquel obnubilamiento momentáneo que representó la distracción necesaria para lastimarla. Sebastián notó en su semblante lo que ella pensaba y la tomó de la mano.

—No es tu culpa. Hiciste lo que pudiste —pero Bea retiró su mano de debajo de la suya y apretó los labios, molesta por el modo en el que él intentaba convencerla de lo contrario.

—Por supuesto que fue mi culpa.

—La próxima vez...

—No habrá próxima vez —dijo ella de modo terminante—. Voy a descubrir qué está sucediendo antes de que algo así vuelva a ocurrir.

—Yo... creo que debes regresar a la base —dijo él y Bea se sorprendió tanto que bajó las piernas de la cama y lo enfrentó con mirada absorta.

—¿De qué hablas?

Sebastián se quedó callado por lo que le parecieron minutos interminables. Tamborileó los dedos sobre sus rodillas mientras ordenaba sus pensamientos. Bea supuso que cuando el momento de retirarse llegase, estaría realmente satisfecha, pero por alguna razón, no se sentía así para nada.

—Le pediré a Rolo que traiga a alguien más.

Ella no podía creer lo que estaba diciendo.

—No comprendo... ¿estás decepcionado porque no pude conseguir la información?

Sebastián bufó fastidiado y se pasó la palma por el rostro, dejándose caer contra el respaldo de la silla.

—No todo en esta vida se trata sobre mí, Bea. Y no, no estoy decepcionado por eso. Estoy molesto porque la única persona a la que quiero proteger, es la única persona a la que no puedo proteger.

—No me iré —discutió.

—No entiendes. No tienes idea de lo que pasó por mi mente cuando saliste temeraria a buscar a ese hombre. Quise detenerte y no pude hacerlo... no quiero cargar con la idea de que tal vez puedas morir por mi causa. Nadie debería hacerlo.

Bea trató de comprender lo que él decía, pero continuaba sin tener mucho sentido.

—Pero traerás a alguien más. ¿Entonces, está bien que otra persona se sacrifique por ti, pero yo no puedo hacerlo?

—No podrías entenderlo aunque lo intentaras, Bea. No voy a dejar que te suceda nada y está fuera de discusión.

Sebastián se levantó para dar por terminada la conversación y caminó con la intención de salir de la alcoba, pero Bea se levantó de la cama y se adelantó hacia la puerta, se paró frente a él, le bloqueó la salida y lo miró con la respiración acelerada.

—No me iré —dijo de nuevo ella y Sebastián sonrió sin sentirse sorprendido por sus palabras.

—No pienso jugar este juego de nuevo. Lo he decidido y eso es todo. Desgraciadamente mis órdenes están por encima de tus deseos.

Bea sintió una inefable frustración y negó con la cabeza con determinación.

—No me iré.

Sebastián exhaló el conflicto que su negativa representaba y la determinación que vio en sus ojos verdes lo hizo sentirse admirado.

—¿Por qué quieres quedarte? —preguntó mientras levantaba una mano y la apoyaba en la puerta detrás de ella.

—Es mi trabajo, ya te lo dije.

Bea analizó su sentir y supo que mentía; eso la confundió pues estaba completamente segura de que esa era la razón por la que quería quedarse. Sin embargo, en su mente, volvió a ver la imagen que tenía por las noches durante sus peores pesadillas, imagen en donde podía observar con claridad el cuerpo de Cam, bañado en sangre en el suelo.

—¿Y vale la pena que sacrifiques tu vida por tu trabajo?

—Soy soldado, es lo que decidí hacer.

—Puedes elegir morir por quien desees, pero no dejaré que lo hagas por mí. Si quieres arriesgar tu vida puedes hacerlo por alguien más —decretó con seguridad y se movió para aferrar el picaporte, pero ella le separó la mano de este.

—Tengo que ser yo —anunció y comenzó a ver borroso. Supuso que había vuelto a sentirse débil, pero cuando Sebastián la miró afligido, ella supo que eran las lágrimas que se le habían agolpado en los ojos.

—¿Por qué?, ¿por qué debes ser tú? —preguntó y suavizó su tono, pero Bea no pudo percibirlo.

—No puedo confiarle tu vida a nadie más. Debo ser yo.

Sebastián volvió a suspirar.

—Mi vida no es tan importante como crees, no vale tanto como la tuya, créeme. —Le elevó el mentón y Bea no pudo contener una lágrima que cayó deslizándose por su mejilla hasta el suelo.

—Deja que me quede, por favor.

—No tienes idea de lo mucho que quiero que te quedes.

Bea se sintió como una presa sin salida.

—Una semana. Dame una semana. Si para entonces no he averiguado nada, me iré.

Él no se mostró totalmente de acuerdo, pero la lucha interna que libraba pareció llegar a su fin cuando convino con una lenta acción.

—Una semana.

Bea sonrió complacida de que él hubiese aceptado y sus ojos expresaron el agradecimiento que sentía. Sebastián se quedó mirándola por un largo rato y en seguida, despacio, bajó el brazo y rozó su mano en el camino de regreso. Se sentía como atraído por un imán y movió sus labios con la intención de discutir acerca de lo que había sucedido en el establo por la mañana, pero comprendió que no era el momento adecuado, así que dio tres pasos hacia atrás con actitud decidida.

—Descansa —dijo y peleó contra la parte de él que quería continuar en el mismo lugar. Bea se movió hacia un lado para dejarle el paso libre.

—Buenas noches —musitó y él cabeceó en modo afirmativo, salió de la alcoba y dejó la puerta entreabierta.

Esa noche, Bea volvió a pasarla en vela, pues además de que había dormido por varias horas, tenía en su mente la marca en la clavícula del tipo que no podía recordar en su totalidad; así que, sentada, sujetando una libreta con la mano del brazo lastimado y moviendo ágilmente la otra con la pluma, trató de realizar la marca que había visto. Utilizó veinte páginas en total, pues no quedaba convencida por completo de que fuese de ese modo.

Al final, levantó el cuaderno y observó con atención el último bosquejo realizado. Se trataba de un círculo que tenía unos extraños rayos que salían en forma circular también; en medio había otro círculo más pequeño relleno de pintura negra con una banda blanca en el centro. Bea nunca había visto un símbolo así, pero creía, por alguna razón, que eso era importante. Contó los rayos que salían del círculo más amplio, eran cinco. Parecía como un ornamento que podría ser utilizado en la parte superior de un báculo, pero no estaba segura. Guardó la libreta casi a las cinco de la madrugada cuando volvió a percatarse de que los empleados ya estaban en sus labores, se recostó y miró hacia el techo. Sabía que eso podría indicarle algo, pero era tan vago y ambiguo que temía no poder descifrar en una semana de lo que se trataba. Necesitaba develar el asunto; sabía que no podría irse y dejarlo a merced de toda esa maldad que lo rodeaba. Sin desearlo, en su mente aparecieron las imágenes de lo que había sucedido en el establo y se sonrojó. En las siguientes horas que concilió un ligero sueño no las pudo alejar de su mente.

Cuando se levantó se dio un baño, secó su cabello con la toalla y se puso un nuevo vendaje en el brazo herido intentando hacer el menor contacto posible con su herida. Se vistió con unos jeans ajustados y una playera holgada de color turquesa, miró con tristeza su chamarra negra desecha y buscó en el armario algo más para cubrirse. Estaba tan atenta en lo que buscaba, que se percató demasiado tarde de que alguien había entrado y bruscamente se giró para ver a Mily, que brincó asustada cuando iba a tocarla del hombro.

—Le llamé varias veces, ¿no me escuchó? —preguntó llevándose una mano abierta al pecho por el sobresalto.

—Lo siento… buscaba algo y no puse atención.

Mily la analizó sin creerse del todo lo que ella había dicho, pero después se encogió de hombros y le enseñó el puño cerrado. Bea supuso que ella le iba a dar algo, así que levantó la mano abierta con la palma encarando al techo; Mily depositó algo pequeño y resplandeciente sobre esta. Bea la miró como si no tuviese ni media pista de por qué se la mostraba.

—¿Qué es?

—¿No es de usted? Casi me he resbalado, estaba en el suelo, cerca de la puerta y supuse que se le había caído —explicó sonriendo.

Bea alzó las cejas sorprendida, sin poder reconocer lo que era muy similar a un diamante. Mily cruzó las manos y esperó por su aprobación. Bea asintió en agradecimiento.

—Debería tener más cuidado con ese tipo de objetos tan valiosos, no quisiera tener problemas.

—No te inquietes, no volverá a suceder. Te lo agradezco.

Mily procedió a cambiar las sábanas de la cama. Bea escogió con prisa una chamarra más fina y ajustada, se la puso sobre la blusa verde, se guardó la navaja en el bolsillo, se despidió y salió de la habitación mientras miraba y examinaba el diamante. Pensó que tal vez podría ser de Sebastián y se giró hacia la puerta de su habitación pero él no estaba allí.

Cuando llegó al comedor, desayunó sola y continuó pensando en el pequeño y fulguroso cristal que estaba en la bolsa trasera de su pantalón; al terminar, se dirigió a la oficina de él, tocó a la puerta dos veces y entró. El lugar estaba vacío también. Iba a marcharse, pero de reojo, identificó el brillo de algo debajo del sillón, se acercó, se hincó en el suelo y agachó la cabeza para ver de qué se trataba. Era la punta de la pluma de madera que se iluminó por la luz del sol que entraba a esa hora. Bea alargó la mano del brazo sano por debajo del sillón, pero no pudo alcanzar la pluma, así que se puso de pie y lo movió. Estaba pesado y representó algo de dificultad para ella pues solo usó un brazo.

La pluma estaba casi pegada a la pared, se inclinó, la sujetó entre sus dedos y la miró con atención. Bea pudo identificar en el cuerpo de madera de esta, algo que se asemejaba mucho a una letra "O", pero estaba tan garigoleada que no se sintió del todo segura de que lo fuera realmente. Se encogió de hombros, dejó la pluma encima de la mesita de centro, y movió el sillón de nuevo hacia la pared; sin esperarlo, la mano con la que sujetaba el brazo del mismo se le resbaló y fue a dar contra la pared. El cuadro de las rosas que estaba colgado a algo más de un metro sobre el sillón cayó al suelo. Bea, adolorida, pues había chocado con el brazo malo, se hincó, asió el cuadro, lo examinó para ver que se encontrara en el mismo estado que antes y se volteó para colgarlo en su lugar de nuevo, suponiendo sorprendida, que la pared era mucho más delgada de lo que parecía. Alargó los brazos para colgar el lienzo de nuevo, pero se quedó paralizada al ver algo, en donde había estado el cuadro.

Era un agujero del tamaño de una uva grande. Bea se felicitó por haber dado en el clavo: ¡ese muro era en verdad delgado!

Frunció el ceño sin comprender del todo por qué había un agujero allí, pero casi de inmediato, dejó el cuadro sobre el sillón, fue al escritorio, agarró una de las sillas, regresó y colocó la silla contra la pared; subió a la silla y acercó su rostro al agujero. No pudo ver nada aparte de lo que parecían unas escaleras. Pensó un perjurio, bajó de la silla, tocó la pared despacio y trató de sentir algún borde que le indicara de una posible puerta, pero no encontró nada.

Decidió reacomodar todo antes de que Sebastián llegara. Al terminar se sentó en el sillón y volvió a tomar la pluma entre sus dedos, justo cuando él entró por la puerta y con gesto algo sorprendido se detuvo antes de cerrarla detrás de él.

—¿En dónde estabas?

Sebastián estaba a punto de contestarle, pero notó la pluma entre sus manos y sonrió, acercándose a ella lentamente.

—Estaba en el invernadero. Aimeé me dio una cátedra sobre lo que pondremos de decoración para la fiesta —respondió él con tono aburrido; se sentó a su lado y levantó la mano para indicarle que le diese la pluma. Bea así lo hizo—. ¿En dónde la encontraste?

—Ese día que la buscamos la luz no alcanzaba a alumbrar la parte de abajo y al fondo del sillón. Se encontraba allí.

Él acarició el cuerpo de madera con el dedo índice de una mano mientras la sujetaba con la otra, mirándola con tanta atención que Bea creyó que se había olvidado de que ella estaba allí.

—¿Es una letra? —preguntó y señaló el signo sobre la madera. Él la miró al salir de su ensoñación.

—Tal vez.

Sebastián le dio una mirada que nunca le había visto.

—¿Tal vez? ¿No puedes decírmelo?

Él negó casi en el acto y ella lo miró intrigada, tratando de imaginar qué historia se escondía detrás del objeto.

—Te lo diría, pero luego tendría que deshacerme de ti —dijo tan seriamente que a ella se le erizó el vello de la nuca, pero una mirada de burla se abrió paso en sus ojos y él rio divertido—. Te agradezco mucho que la hayas encontrado.

Sebastián sintió una tranquilidad inmensa que contrastaba con toda la ansiedad que había tenido por la noche.

—¿Has visto al agresor? —preguntó Bea.

—No. Deben realizar varios expedientes y pruebas en el cuerpo antes de permitirme verlo. ¿Por qué preguntas?

—Necesito rectificar algo —explicó ella sin saber si comentarle lo que recordaba.

—¿Qué cosa? —preguntó mientras guardaba la pluma en el bolsillo superior de su camisa color vino.

—Ese hombre, tenía una marca.

—¿Un tatuaje?

Ella confirmó y él alzó las manos para denotar que no comprendía por qué le llamaba tanto la atención.

—Es complicado. A veces… no lo sé… percibo cosas. Creo que ese tatuaje es importante, pero necesito verlo de nuevo.

Sebastián dijo que sí con la cabeza y su mirada se quedó clavada en la herida de su brazo.

—Veré si el proceso en la morgue puede apresurarse. ¿Cómo te sientes? —cuestionó.

—Estoy bien. El mozo al que le dispararon…

—Él se recuperará, pero está muy débil y le ordenaron un mes de descanso.

Bea quiso preguntarle acerca del agujero en la pared, pero cuándo iba a hacerlo, la puerta fue abierta y se asomó el joven con pecas.

—El auto está listo —anunció con tono deferente.

—¿A dónde vamos? —preguntó levantándose a la par con él.

—Iremos con Miguel. Necesito hablar con él de algo importante.

Bea sintió una inmensa incomodidad en el trayecto y supuso que solo era ella, pues Sebastián siempre miraba por la ventana evadiéndose de lo que sucedía en su realidad, visualizando lo que había afuera con una extraña nostalgia. Ella solo podía pensar en lo que había sucedido cuando habían estado solos la mañana anterior. Sentado frente a ella, de reojo vio que lo miraba con intensidad, giró la cabeza y cuestionó:

—¿Vas a volver a decirme que soy apuesto?

Bea se sonrojó.

—Jamás lo he dicho —contestó reacia. Sebastián sonrió y se cruzó de brazos.

—Lo insinuaste. La noche que enumeraste mis notables encantos.

—No es verdad. Lo asumiste.

—¿Niegas que lo soy? —preguntó con fingida tristeza y trasladó la palma al pecho. Bea miró al techo del auto, actuó como si estuviese irritada y sonrió.

—Tú sabes que lo eres, no necesitas ninguna confirmación de mi parte. —Sebastián profirió una breve carcajada—. ¿Por qué miras hacia afuera como si hubiese algo que extrañaras?

A él se le borró la sonrisa. Nunca podría adaptarse al modo en el que ella parecía leer su mente.

—Porque se trata de eso, justamente. Añoranza —y sin pensarlo, agregó—: Demasiados recuerdos.

Bea reparó en que él reflejó haberse arrepentido de haber dicho eso en cuanto lo hizo y prefirió no hacer ningún comentario. Sebastián volvió a quedarse callado y miró de nuevo por la ventana; después de algunos minutos le hizo saber que se verían con el notario, en una plazuela del centro de la ciudad. Bea asintió con más tranquilidad, un lugar público siempre era una buena opción.

Cuando llegaron a las calles que comenzaban a hacerse cada vez más estrechas, el chofer se estacionó y Sebastián salió primero, manteniendo abierta la puerta para ella mientras Bea se apeaba del auto.

Caminaron hombro a hombro por unas callejuelas y llegaron a una plazuela que tenía en el centro una fuente alta de color rosado. Ella miró por todos lados y activó su radar. Parecía que todo estaba bien. El anciano notario levantó la mano a lo lejos, sentado en una silla de estilo playa tomaba una cerveza en un bar al otro lado de la plazuela. Sebastián le dijo algo que supuso que era una indicación para seguirlo, pues no se molestó en leer sus labios.

—¿Me tienes buenas noticias? —preguntó el anciano al levantarse de la silla y abrirle los brazos. Sebastián lo abrazó, dándole unos suaves golpecitos en la espalda.

—Me temo que no. Volvieron a intentar asesinarme el día de ayer —anunció con tranquilidad, casi como si contara lo que había comprado en el mercado.

—¿Estás bien? —preguntó Miguel, preocupado, y lo observó de arriba abajo. Sebastián asintió.

—Un mozo recibió el ataque en mi lugar. Posiblemente pensaron que era yo quien estaba cabalgando. Bea quiso atraparlo, pero las cosas se salieron de control.

El hombre mayor la miró con un inmenso agradecimiento que resplandecía en sus ojos negros.

—¿Estás bien, niña?

—Sí, señor —respondió e inclinó el cuerpo hacia adelante.

—¿Tú me tienes buenas noticias? —preguntó Sebastián cuando Miguel les ofreció asiento a ambos y sonrió débilmente, a continuación, con semblante perspicaz se recostó en el respaldo de la silla de playa.

—He encontrado al administrador de tu padre, Sebastián. Fue casi un milagro haber podido dar con él. Es muy escurridizo.

El semblante de Sebastián se iluminó y se inclinó un poco, apoyó los codos sobre la mesa y denotó interés.

—¿Cómo lo hiciste?

—¿No te lo dijo Aimeé?

Sebastián negó con la cabeza y el anciano se sonrojó.

—Hablé con ella hace unos días y le pedí que consiguiera toda la información que estaba guardada en la oficina de finanzas del Parlamento, en relación con trámites que tu padre había hecho antes de morir.

—¿Mi tía pudo conseguirlos?, ¿cómo? No tiene acceso a ninguna oficina del Parlamento.

Miguel parecía no querer compartir los detalles, pero después de que Sebastián lo apremiara con la mirada a continuar, el suspiró y continuó:

—Lord Canvil la ayudó. Ella le dijo…

Bea vio que la alarma se había activado en los ojos negros de Sebastián.

—¿Le contó todo?

Miguel denegó y le dio una mirada de desconfianza a Bea, que no podía terminar de comprender lo que sucedía.

—Estate tranquilo. Somos los únicos que continuamos sabiéndolo, pero Aimeé tuvo que decirle lo que planeamos en relación a los bienes de tu familia. Era la única forma de poder acceder a los documentos. Lord Canvil es el hombre con más años de trabajo en el Parlamento y era amigo de tu padre. Aceptó ayudar e incluso nos dio más información de la que podríamos haber creído que existía.

—¿Tienes todos los documentos?

Miguel asintió.

—En unos días me veré con el administrador. Ha aceptado reunirse conmigo en la frontera. Viajaré pasado mañana y te mantendré informado de lo que suceda.

Sebastián se sintió más tranquilo y sonrió. Bea los miró a ambos con inquietud, pero permaneció en silencio.

La conversación continuó trivial e impersonal y luego de una hora, ambos se levantaron y caminaron. Bea permaneció unos metros atrás para darles privacidad. En su mente, había tantas lagunas vacías… y ella no podía acceder a la información para llenarlas. Mientras los miraba atenta a ambos, metros frente a sí, pensó que tal vez, conociendo lo que él le ocultaba podría llegar a alguna conclusión. Él estaba escondiéndole algo, pero no era el único. Más personas estaban metidas en eso y ella estaba en medio de todo el asunto. Si quería completar la misión lo más pronto posible, debía conseguir los datos faltantes que solamente él podía darle.

Sebastián se percató de que ella caminaba detrás de ellos para permitirles espacio y aunque continuaba platicando con el notario, no dejaba de echar miradas hacia atrás. Bea parecía absorta en sus pensamientos... y casi supo lo que pensaba, pero sabía que no podía decirle la verdad. Era algo más grande que él y no estaba en sus manos poder manejar con libertad esa información.

—Debes agradecerle a Lord Canvil por su ayuda —interrumpió el anciano sus pensamientos.

—Por supuesto que lo haré. Aimeé hará una fiesta el viernes por la noche. Le llevaré personalmente la invitación para agradecerle su ayuda.

Miguel se sintió orgulloso de él. Llegaron a las primeras intersecciones fuera del área central con demasiada rapidez. Los autos pasaban frente a ellos despacio pues estaba prohibido ir a altas velocidades, ya que las calles centrales eran muy concurridas. Sebastián cruzó una de las calles principales junto con un grupo de personas mientras continuaba conversando con Miguel, pero de repente escuchó algo a lo lejos y sus sentidos se alteraron cuando llegó a la acera de enfrente.

Bea, metros detrás de ellos, apenas cruzaba la calle frente a una mujer que iba por el lado opuesto y caminaba a toda prisa con una pequeña niña. La nena que trataba de seguirle el paso, se cruzó con Bea y chocaron. La pequeña perdió un zapato y Bea se agachó para recoger el zapatito, se lo alargó a la niña que le sonrió y le agradeció con un movimiento de cabeza. La mujer se percató de que su hija no la seguía; se volteó, retrocedió rápido y la asió de la mano mientras ella brincaba en un pie e intentaba al mismo tiempo ponerse el zapato, en lo que la mujer la halaba. Bea no escuchó nada, pero la velocidad del viento cambió y volvió la mirada hacia la calle vacía, salvo por un auto que iba a toda velocidad. Sebastián gritó pero Bea no pareció escucharlo porque se quedó plantada en el mismo lugar, a mitad de la calle.

Bea sabía que el auto se dirigía hacia ella, pero no se movió. Supo que el modo en el que iba manejando la persona, era deliberado, pues mantenía el volante firme; no era ningún borracho ni alguien que se hubiese desmayado o perdido el control de los frenos. Alguien quería asesinarla. Su cuerpo le gritaba que debía correr, pero su mente la apremiaba a permanecer en ese lugar... necesitaba quedarse para alcanzar a ver de quién se trataba. Se afianzó en el suelo, dispuesta a moverse en el último segundo, cuando todo se volvió borroso y sintió un golpe seco en la espalda, pero la parte de atrás de su cabeza aterrizó a salvo y los tapones para los oídos se quedaron en su lugar.

Miguel corrió hacia el otro lado de la calle, empujando al grupo de personas que se arremolinaban alrededor de ella y de Sebastián que había corrido hacia la joven y la había movido del alcance del auto, impulsándola hacia atrás.

—¡Bea!, ¡Bea!... ¿estás bien?

Acostada debajo de Sebastián, Bea abrió los ojos cuando la mano de él le dio palmadas en las mejillas. Los ojos negros frente a ella reflejaban un terror que nunca había visto en la mirada de nadie. La espalda le dolía horrores. Supo que se le había vuelto a abrir la herida del brazo al impactarse contra el asfalto al sentir la calidez de la sangre abrirse paso entre el vendaje.

—¿Bea?... dime algo, háblame —suplicó mientras la examinaba por todos lados.

—Estoy bien —aseveró cuando su pecho se aligeró de la presión del golpe y pudo pronunciar palabra. Él volvió a mirarla a los ojos y aguantó la respiración por unos segundos; después suspiró asustado al dejar salir el aire y dejar caer la cabeza sobre su hombro. A ella se le llenaron los ojos de lágrimas al notar su genuina preocupación y dirigió una mano al cabello cenizo de él para acariciar los mechones con suavidad.

Miguel se encargó de mover a la multitud en los minutos que siguieron. Bea sintió las vibraciones de la voz de Sebastián contra su cuello, pero no supo qué le había dicho; se apartó y lo llamó. Cuando él levantó ligeramente su cuerpo del de ella, Bea produjo un sonido gutural de dolor.

212

—Alguien quería asesinarme —le confesó. Sebastián convino: él también estaba por completo seguro de que lo que había sucedido no había sido un accidente, había sido algo deliberado.

—Todo indica que ese tatuaje es más importante de lo que creíamos —susurró él y Bea solo pudo identificar la mitad de sus palabras pero comprendió y asintió. La mano de él voló hasta su mejilla y la acarició con suavidad—. Cielos... ¿Por qué no te moviste?, ¿no se suponía que tenías excelentes reflejos?

Ella sonrió ante la pregunta.

—Lo tenía controlado. Quería saber quién era

—¿Y te atreves a decir que el suicida soy yo? Bea, de verdad, la que va a terminar matándome de un susto, serás tú.

Sebastián se levantó y la ayudó a incorporarse lentamente. Cuando estuvieron de pie, Bea miró hacia abajo y notó una mancha de sangre en el suelo. Con la mirada sondeó su cuerpo y el de él. Sebastián escondió la mano detrás de su espalda y ella se percató de que la mano con la que le había protegido la cabeza, sangraba.

—Déjame ver —pidió y levantó la suya. Él negó.

—Estoy bien, no es nada.

Miguel, que había permanecido callado, los miró a ambos con extrañeza.

—Les acompañaré al auto —anunció después de unos segundos—. Te contactaré pronto —finalizó cuando los dejó en el auto. Sebastián asintió—. Creo que tendré que darme prisa o no estarás en una pieza cuando regrese. Cuídate hijo.

—También tú.

El chofer arrancó. Sebastián le pidió al hombre que cerrara el vidrio que separaba la parte de enfrente del auto y la de atrás. Sentados en la parte trasera, Bea cortó con la navaja un pedazo de tela de la blusa holgada que llevaba puesta, le tomó la mano y se la vendó. Sebastián no dijo ni media palabra ni se negó a que lo hiciera.

—Me alegra que estés a salvo —le dijo segundos después, pero Bea, aunque sintió su aliento y su voz sobre su coronilla, no levantó la cara para leerle los labios. Él la miró atento hacer el vendaje y volvió a sentir la misma opresión de la noche pasada en el pecho. Bea alzó su rostro cuando terminó y advirtió que estaba muy cerca, así que intentó cambiarse al asiento del frente, pero él la retuvo con la mano sana. Ella lo miró—. Quédate a mi lado —observó que le dijo y su corazón comenzó a palpitar de un modo desmedido.

De inmediato él la soltó del brazo, le rodeó el cuello por detrás con la mano, la cintura con el otro brazo y la acercó a su cuerpo, haciendo chocar sus labios contra los de ella con urgencia. Bea, que no había podido dejar de pensar en lo que había pasado la mañana anterior, llevó sus brazos a su cuello, lo abrazó con fuerza y sintió el corazón de él palpitar intensamente contra su pecho.

Dejó salir una exclamación de sorpresa cuando él internó su cálida lengua entre sus labios; ella trató de separarse sin saber qué debía hacer, pero él la retuvo y acarició la suya apremiándola a hacer lo mismo. Bea se relajó y siguió los movimientos que él le mostraba y que le hacían acelerar el pulso. Sebastián sujetó sus piernas con la mano vendada, sin importarle el dolor, y las pasó sobre las de él. La mantuvo contra su cuerpo y dejó la palma sobre una de sus rodillas mientras ella acariciaba su cuello con las yemas, con suavidad, haciéndole sentir como una caricia de alas de mariposa. Sebastián movió su rostro y mordió su labio inferior con delicadeza, pasó la mano de su nuca hacia la parte de atrás de su cabeza, enroscando mechones entre sus dedos y masajeando la zona.

Bea, pensó que él podía leer su mente, porque cuando deseaba que él hiciera algo, él lo hacía, como si conociera los deseos de su cuerpo, que ella no estaba al tanto de que existieran.

Sebastián subió la mano de su rodilla a su cadera, acariciándola con suavidad, tocando, con movimientos delicados de sus dedos la pequeña parte de piel de su abdomen que había quedado descubierta cuando ella había cortado la tela de su blusa. Bea se quedó sin respiración al sentir su tacto sobre su piel y él se separó lentamente, con los ojos brillantes de deseo. De pronto, el pecho de ella se contrajo con miedo, como si supiera con exactitud lo que él iba a decir.

—Bea… yo…

Pero con un movimiento veloz bajó las piernas de las de él, se peinó y regresó al asiento de enfrente, sin poder evitar el insólito frío que se apoderó de su cuerpo. Sebastián retuvo el aire unos instantes y apretó las manos en puño, para impedirse el llevarla de regreso a su lado.

—Necesito decirte algo —se aventuró y ella negó con la cabeza.

—Es mejor que no lo digas.

—¿Por qué no?

—No quiero saberlo —mintió y se abanicó para eliminar el sonrojo de sus mejillas.

—Apuesto a que sí.

El auto se detuvo y ambos miraron confundidos hacia afuera. Habían llegado. Bea se sonrojó aún más al darse cuenta de que, al parecer, habían estado ocupados mucho más tiempo de lo que ella había creído. Sebastián sonrió con sorna al notar que ella parecía pensar lo mismo que él. Bajó del auto y Bea lo siguió. De camino a la puerta de entrada se encontraron con Rolo, que bajaba las escaleras y, escandalizado, miró la mano vendada del duque.

—¿Qué te ha sucedido?

—Alguien intentó atropellar a Bea.

Rolo gimió angustiado para darle a entender que no estaba de acuerdo en que él hubiese puesto su vida en peligro para salvar a la muchacha como el día anterior; no obstante, tuvo el buen tino de no decir nada. Se movió hacia ella y le hizo un chequeo completo con la mirada.

—¿Te encuentras bien?

—Sí, gracias —dijo y quiso esconder el sonrojo de sus mejillas, justo en el momento en el que Aimeé salía por la puerta de la mansión y los miraba a los tres reunidos, con semblante rígido.

—¿Qué ha pasado?

—Casi matan a la chica —comunicó Rolo y Aimeé dejó salir un jadeo de lamento.

—No puedo creer todo esto. ¿Cuándo se va a terminar?

Sebastián se acercó a su tía y la abrazó. Rolo sonrió ante la muestra de afecto y se despidió para continuar su camino hasta su auto.

—Supe que fuiste a pedirle ayuda a Lord Canvil —murmuró él en su oído y Aimeé confirmó contra su hombro—. Te lo agradezco.

Luego la soltó y Aimeé le dio una lastimosa mirada a su mano.

—Debes ir a que te revisen, puede infectarse.

—No te alarmes. Con antiséptico estará perfecta. Vamos, entremos a comer... el susto me había quitado el hambre, pero en el camino me encontré un postre delicioso que me ha vuelto a abrir el apetito.

Bea no leyó sus labios pues le daba la espalda y cuando él se volvió para mirarla, se le hizo raro que ella no mostrase ninguna señal de haber escuchado sus palabras. Frunció el ceño y volvió a charlar con su tía camino al comedor.

Una lágrima

Por la tarde de ese día Bea acompañó de nuevo a Sebastián a la ciudad con dirección al Parlamento, con motivo de una reunión de emergencia. De nuevo ella entró con él a la sala y presenció toda la reunión, sin realmente prestar mucha atención. Bea, sentada en una silla colocada en un extremo del salón, permanecía con la espalda erguida y trataba de estudiar a todos los presentes. Los hermanos que se habían enfurecido con Sebastián y habían abandonado las reuniones, aún no volvían. Bea, además, pudo vislumbrar dos asientos vacíos aparte de los de los hermanos Fader.

En su mente trató de enfocar el rostro del hombre que había intentado matarla en el auto esa mañana, pero no tenía nada claro. Suspiró volviendo a estudiar los rasgos de quienes alcanzaba a ver, tratando de relacionarlos de algún modo, pero no logró nada.

En cuanto la reunión terminó, todos se pusieron de pie, pero Sebastián volvió a pedirles que regresaran a los asientos, alzó la mano vendada hacia ella. Todos la miraron y ella supo que él explicaba lo que había sucedido esa mañana; no encontró nada en las expresiones de los presentes.

—Voy a dar con la persona que está detrás de todo esto y más vale... que no se trate de ninguno de ustedes —terminó con tono gélido, y unos murmullos de descontento se mezclaron en la sala. Sebastián les indicó la salida y todos se fueron del salón, menos Lord Canvil, que se acercó a él con semblante afligido y tomó su mano vendada con un extremo cuidado.

—Esto se está saliendo de control, Sebastián —le dijo impaciente.

—Lo sé.

—Un día se te acabará la suerte si sigues arriesgándote así. ¿La chica se encuentra bien?

Sebastián miró sobre su hombro hacia atrás, donde Bea continuaba sentada mirándolos fijamente; en seguida asintió.

—Aimeé me ha dicho que le has proporcionado tu ayuda. Iba a ir a tu casa para agradecértelo y para llevarte una invitación, pero te vi antes de lo esperado. Haremos una fiesta el viernes y me gustaría que asistieras.

—No tienes nada que agradecer. Sabes que le tengo un aprecio incondicional y por ella haría lo que fuera.

Sebastián estaba muy al tanto de eso y le sonrió con cariño.

—Te mandaré la invitación por la mañana.

—Te lo agradezco. Será todo un placer poder asistir. ¿Te molesta si llevo conmigo a mi sobrina?

Sebastián sabía hacia dónde iba todo eso y quiso negarse, pero terminó asintiendo con lentitud.

—Te veré allí —se despidió y el hombre mayor se inclinó del mismo modo. Sebastián se giró y llamó a Bea con un gesto de la mano; ella se puso de pie ipso facto, caminó hacia él y salieron los dos de la sala camino al auto. Sebastián vio que ya había anochecido y miró hacia el cielo estrellado—. Es hermoso... ¿no crees?

Bea entraba al auto y no supo que él le había hablado. Sebastián supuso que no quería hablarle por lo que había sucedido por la tarde, así que entró en el auto tras ella. En el camino de regreso su vista estuvo perdida, como solía sucederle, en el paisaje de afuera y no intercambió ninguna palabra con ella.

Al llegar de nuevo a la mansión entraron los dos juntos, más aún permanecían en silencio. Subieron las escaleras en dirección a sus habitaciones, pero ambos se sorprendieron al ver a Aimeé salir de la alcoba de Bea y se detuvieron como si hubieran chocado contra una pared invisible. Aimeé caminaba limpiándose de nuevo los lentes y no se había percatado de que ellos la miraban, hasta que Sebastián la llamó.

—¡Oh!, ¡me alegra tanto que hayan llegado! Esperé por horas y acababa de darme por vencida.

—¿Qué estabas haciendo en la habitación de Bea? —preguntó él, sonriéndole.

—Le pedí a la modista que trajera vestidos para la fiesta.

Bea sintió que se ponía pálida y Sebastián mirándola de reojo, sonrió guasón.

—Los dejé en tu habitación para que pudieras probártelos cuando llegaras, pero ya estás aquí y puedo ayudarte.

—Gracias, pero no es necesario.

Aimeé puso mala cara y realizó una acción que reflejaba una profunda desaprobación.

—Son más de quince, seguramente necesitarás alguien que te suba el cierre y te acomode los listones.

—¿Quince?

La sola idea de probarse quince vestidos le hizo sentir náuseas. Sebastián se aguantó la risa como pudo y trasladó la mano sana a su nuca.

—¿Son pocos?

—No, por supuesto que no. No necesito escoger entre tantos, yo… realmente aprecio su buen juicio, usted podrá elegirme el vestido correcto. Solo necesito uno —explicó ella y Aimeé la asió de la muñeca y la guio a la habitación, sin darle oportunidad de negarse.

Sebastián la miró desaparecer por la puerta de su habitación y una sensación de vacío lo visitó. Deseaba poder estar con ella todo el tiempo; cuando no la veía, aunque solo fueran cinco minutos, la echaba de menos. Pensó que la vida era en verdad complicada. Introdujo las manos a los bolsillos del pantalón y caminó a su habitación.

Bea sintió un fastidio inmanejable al probarse el tercer vestido. Aimeé parloteaba rápidamente sin que ella pudiese leer sus labios: iba de un lado a otro, tomaba y dejaba listones de colores por doquier, haciéndola sentir como en un mundo de dulces.

Al décimo vestido, Aimeé notó su poca alegría y se retorció los dedos, nerviosa, dejando salir una risita entre dientes.

—Lo siento —murmuró con lentitud. Bea alzó las cejas al leer sus labios—. Creo que me he emocionado de más.

Ahora fue el turno de Bea para sentirse avergonzada.

—No tiene por qué disculparse.

—Siento haberte importunado con todo esto… yo… nunca tuve hijos y siempre me imaginé haciendo esto con… —se detuvo sonrojada y con una mano espantó las ideas.

—Comprendo. Yo le agradezco en serio; es solo que me siento algo cansada. Ha sido un día largo.

Aimeé asintió.

—Te dejaré descansar.

Bea alcanzó las manos de la mujer y guiada por una emoción nueva, acercó su rostro y depositó sus labios en la mejilla de la dama, quien dio un saltito por la sorpresa, pero después le dio un apretón a modo de aprobación.

—Usted también descanse.

Aimeé salió de la habitación y cerró la puerta. Bea resopló, recogió todo el desastre de telas y fue a entreabrir la puerta, al punto en la que esta se abría de par en par, Sebastián entró y silbó admirado por todos los vestidos que su tía había conseguido.

—Se ha lucido esta vez. Ni siquiera escoge tantos para ella —dijo y señaló los que estaban sobre el sillón y otros que estaban sobre la cama, la miró y sonrió entretenido—. Te ves…

—Mejor que no lo digas —sentenció consciente de que estaba hecha un desastre, con uno de los vestidos a medio poner y completamente despeinada.

Él levantó ambas manos como si le advirtiera que prefería no discutir y las unió detrás de la espalda. Bea recordó algo y comenzó a sacarse el vestido por arriba.

—Ayúdame a salir de aquí —pidió mientras peleaba con la tela. Sebastián pensó por un segundo en dejarla así, pues era gracioso verla batallando para quitárselo—. Por favor… no puedo ver nada —volvió a suplicar dentro de las faldas.

Él se acercó y antes de verdaderamente ayudarle, jugueteó con ella que se retorcía inquieta dentro del vestido. Cuando al final se lo quitó, lo arrojó enfadada a la cama junto a la otra pila de vestidos, se acomodó el pantalón y la playera que no se había quitado durante la horrenda actividad, introdujo la mano al bolsillo trasero del pantalón y sacó la perla de cristal, se la mostró a Sebastián que denotó su confusión al contemplarla.

—Se parece a la tuya, pero sin color… es linda.

Bea reflexionó aquello.

—¿No es tuya?

Sebastián se apuntó con el dedo índice en el pecho y negó con la cabeza, dándole otra mirada indirecta al que tenía una similitud increíble con un diamante, pero que se diferenciaba de otros por no tener facetas, pues era totalmente redondo.

—No es mía tampoco —explicó ella.

—¿Entonces, por qué la tienes? —preguntó con tono sospechoso.

—Mily me la dio esta mañana. Dijo que estaba en el suelo, cerca de la puerta —informó.

—Si no es tuya, ¿cómo es que estaba aquí?

Bea se encogió de hombros y denegó sin saber qué hacer con eso.

—¿Crees que valga algo?

—No lo sé. Podríamos llevarla a algún lugar para que la valúen.

Bea volvió a alargarle la piedra.

—Te he dicho que no es mía —respondió Sebastián.

—Lo sé, pero tampoco es mía. No pienso quedarme con algo así y mucho menos si es que hay alguna mínima posibilidad de que sea valioso. Es más probable que tú tengas algo como esto. Tómalo.

—Pero yo no lo quiero —volvió a decir él y metió las manos a los bolsillos del pantalón para evitar que ella se la diera. Bea lo miró desaprobatoriamente y al final lo convenció; él se quedó con la pequeña esfera resplandeciente y la guardó en su bolsillo trasero.

—Antes de que te vayas, necesito mostrarte algo —dijo ella mientras iba a la mesita al lado de su cama, abría el cajón y sacaba la libreta—. Es el tatuaje —le mostró la hoja.

Sebastián recibió la libreta entre sus manos y analizó el diseño de la marca durante varios segundos.

—¿Lo reconoces? —se aventuró ella a preguntar.

—No lo sé. Tal vez, pero no estoy seguro.

Bca suspiró con pesar. Sebastián le regresó la libreta, aún pensativo.

—Si es que lo he visto vendrá a mi mente; solo necesito tiempo. Déjame el bosquejo. Lo estudiaré en cuanto tenga un rato libre.

Bea arrancó la hoja, se la dio y se volteó para guardar la libreta en el escritorio de nuevo.

—¿Tienes algún dolor por la caída de esta mañana? —preguntó Sebastián cuando Bea estaba de espaldas. Ella no contestó y a la mente de él regresaron los pensamientos que había tenido esa misma tarde. Moviéndose hacia ella, la llamó de nuevo—. ¿Bea?

Fue hasta ese momento que ella pudo sentir la vibración de su voz detrás de sí y se movió para enfrentarlo. Alzó ambas cejas para decirle con ello que lo escuchaba.

—Te pregunté si has tenido dolores por la caída.

—Oh, lo siento, estaba… pensando en todo —respondió nerviosa—. Y no, me he sentido bien, no tienes de qué preocuparte.

Sebastián asintió y se dijo que lo mejor era dejarla descansar. Se inclinó a modo de despedida.

—Mañana podemos ir a ver el cuerpo del hombre que nos atacó. ¿Dijiste que la marca la tenía debajo de la clavícula?

—Sí.

—Llevaré la cámara; quizá una foto nos pueda servir más.

Bea convino y se despidió, él se dio la vuelta sin decirle nada más y salió de su habitación.

A la mañana siguiente, Bea se levantó con un horrible dolor en la espalda baja. Mily entró a la habitación cuando ella se apeaba de la cama y al ver que lo hacía con dificultad, dejó todo en el suelo y se apresuró a ayudarla a ponerse en pie.

—¿Se encuentra bien?

—Sí... es un dolor muscular. Tomaré una ducha caliente y estaré bien —explicó Bea.

—¿Quiere que le prepare el agua?

—Gracias Mily, pero soy perfectamente capaz de girar las llaves por mi cuenta —dijo sonriendo—. Será mejor que vayas a otra habitación a adelantar el trabajo, no podrás hacer nada mientras yo continúe aquí.

Mily accedió y salió de la habitación con las cosas entre los brazos. Bea tardó más de la cuenta en la regadera, masajeando la zona baja de su espalda mientras el agua caliente caía contra su piel. Eso sirvió para relajarla y después de diez minutos salió, se vistió, se escondió la navaja de nuevo, y esta vez decidió que llevarse la pistola sería una buena idea.

Cuando llegó al comedor, desayunó unas fresas nada más, consciente de que se le había hecho tarde y esperó que Sebastián no se hubiese ido sin ella. Estaba a punto de encaminarse hacia la oficina en el momento en el que el chico pecoso se interpuso frente a ella y le sonrió educadamente.

—Su excelencia está en el salón en donde se realizará la fiesta; me pidió que le dijera que la vería allí cuando usted terminase su desayuno.

—Gracias... ¿puede decirme a dónde debo dirigirme?

—Yo la llevaré. Venga conmigo.

Bea lo siguió y durante todo el trayecto el muchacho no volvió a dirigirle la palabra.

Cuando entró a la amplia sala, con pinturas y grandes espejos por todos lados, se fijó en que Sebastián estaba en medio, platicando con Aimeé, escuchándola, aparentemente con la paciencia de un santo. Se percataron de su presencia después de que atravesó el marco de la puerta. Ambos le sonrieron y Bea se dio cuenta de que había pasado tanto tiempo con ellos, que ya podía identificar a la perfección qué era lo que sus sonrisas reflejaban. La de la mujer, emoción. Bea estaba casi segura de que estaba emocionada de poder compartir con ella todo lo relacionado con la fiesta. Sebastián le había sonreído con una mezcla de buen humor y de agradecimiento porque hubiera llegado.

—Buenos días —saludó él antes de que Aimeé pudiese pronunciar palabra—. ¿Cómo te sientes?

—Estoy bien, gracias.

Aimeé se acercó a ella, la tomó de las dos manos y las movió de arriba hacia abajo.

—Necesito tu ayuda. He estado tratando de convencer a Sebastián de hacer una subasta en la fiesta.

—¿Una subasta?

—Sí, al final del baile; pero él se niega a hacerlo.

Bea se mostró como si no pudiese concebir algo como eso y él sonrió animado.

—¿Crees que esté mal? —preguntó Aimeé con mirada que fingía tristeza. Bea sonrió como pudo.

—La verdad es que no, pero no estoy demasiado familiarizada con las actividades que se hacen en fiestas o reuniones. ¿Qué es lo que piensa subastar?

Al mirar a Aimeé, Bea advirtió que Sebastián había contestado, pero ella no había podido girar lo suficientemente rápido para ver lo que decía.

—¿Disculpe? —preguntó para instarlo a repetir lo que había dicho.

—A mí.

Bea abrió los ojos desmesuradamente y estuvo a punto de repetir la pregunta que había hecho antes, pero se detuvo antes de hacerlo y sin pensar, repitió:

—¿A ti?

En el mismo instante en el que de sus labios salieron esas palabras, advirtió que había utilizado la manera informal en la que se dirigía a él cuando estaban a solas. Miró a Aimeé azorada y la mujer le devolvió una mirada escrupulosa.

—Lo siento… estaba sorprendida —se excusó inclinándose frente a él. Sebastián apretaba los labios para no reírse de ella y Bea lo odió en ese instante—. No termino de comprender…

—Mi tía cree que una velada sin juegos no tiene ningún sentido. Así que le pedirá a todas las jóvenes que vengan que hagan una muestra de alguna habilidad o encanto; la ganadora podrá pasar el resto de la fiesta conmigo, sin que yo vuelva a prestarle atención a ninguna otra mujer en el salón.

—¿No te parece divertido? —preguntó Aimeé emocionada—. De ese modo sabremos quiénes están realmente interesadas, pues se esforzarán en presentar sus números.

—¿No bastaría con preguntarles? —cuestionó Bea sin saber exactamente qué debía decir.

—Sigo negándome —dijo Sebastián de manera rotunda. Aimeé compuso un semblante victimizado—. Además, estar la mayor parte de la fiesta con una sola mujer, daría pie a muchas habladurías, tía. No quisiera arruinar la reputación de la señorita en cuestión… ni la mía.

Aimeé hizo un gesto despreocupado con las manos y se encogió de hombros.

—Sebastián no me vengas con esas cosas; cierto que soy una mujer mayor pero no estoy tan chapada a la antigua. No entiendo cómo unas horas a tu lado podría arruinar la reputación de la joven en cuestión. Es una tontería.

Sebastián daba la impresión de tomarse la situación muy a la ligera y no había dado muestras de sentirse molesto, solamente cauteloso.

—Lo que me recuerda que necesito evaluar tus habilidades dancísticas, querido, hace más de un año que no has bailado un vals.

—Aprendí a hacerlo a la perfección, y las cosas que bien se aprenden, nunca se olvidan, tía —dijo él para negarse de manera indirecta, pero Aimeé se dirigió al piano, se sentó, quitó la cubierta que descansaba sobre las teclas y habló de espaldas a ellos—. Seguro que a Bea no le importará ayudarte a refrescar tu memoria muscular.

Sebastián sonrió despojado del pesar anterior y miró a la de ojos verdes, que lo estudiaba sin la menor idea de lo que Aimeé había dicho; se le acercó y levantó las manos con delicadeza hacia ella. Bea supo lo que sucedía y dio tres pasos hacia atrás en automático.

—No —soltó con voz chillona y él se rio de su aspecto asustado.

—Solo es un baile, Bea. No voy a atacarte de ningún modo.

—No —negó de nuevo, dando otros dos pasos hacia atrás.

—De acuerdo, aunque no bailes conmigo hoy, tendrás que hacerlo en la fiesta.

Bea recordó la promesa que había hecho y sintió un escalofrío en la espalda.

—No me lo pedirás —dijo y alzó la barbilla. Él se acercó dos pasos más.

—Lo haré, no lo dudes. Si eres tan mala como dices, será mejor que practiques un poco; no puedo prometerte que desarrollarás la gracia de un cisne en una sola clase, pero al menos parecerás una jirafa con patines en asfalto y no sobre hielo.

Bea apretó las dos manos en puño, elevó los brazos y cerró los ojos. Sebastián se acercó, sujetó su cintura con delicadeza y la apremió a poner una mano sobre su hombro, mientras tomaba con la mano libre la otra de ella, que temblaba con ligereza.

Bea supo cuando Aimeé empezó a tocar el piano, pues sintió las vibraciones de las notas musicales en el parquet debajo de sus pies. Abrió los ojos y se preparó para tratar de hacer lo mismo que él: pero falló miserablemente. Le pisó un pie y al inclinarse a ver lo que había sucedido también chocó su frente contra el mentón de él. En la primera vuelta, Bea rotó con la delicadeza de un hipopótamo y se tropezó con uno de los pies de él, pero Sebastián la sostuvo por la cintura para evitarle la caída. Él no dijo nada, se comportó como todo un caballero, pero sus ojos reflejaban una diversión interminable.

—Estás demasiado tensa, relájate —le dijo al detenerse, cuando ella se mostró intranquila.

—No quiero, no sé hacerlo.

—Solo tranquilízate. Deja que yo me ocupe… considero que tu problema es que quieres controlarlo todo. Suéltate un poco, cierra los ojos.

Bea sabía que eso era imposible, si cerraba los ojos y simplemente se dejaba conducir, no podría estar atenta a lo que él pudiese decir. Sebastián la apretó más contra él y ella inhaló despacio tratando de normalizar su respiración.

—No necesito cerrar los ojos, dejaré que te encargues.

Él le sonrió poniendo en evidencia la paciencia que le tenía. Le tomaron solamente cinco golpes en la espinilla, tres vueltas malogradas y cuatro pisotones más, antes de conseguir hacerla deslizar con él con un tanto menos de dificultad. Al ver que no lo hacía tan terriblemente como unos minutos antes lo había hecho, Bea se relajó y percibió que ya no sentía las vibraciones de la música debajo de ella; evidenció su incomprensión con un mohín, miró hacia atrás en donde estaba el piano de cola y no vio a Aimeé. Se detuvo de improviso y Sebastián anticipó su movimiento y aumentó la presión en su cintura.

—¿A dónde fue?

—Nos abandonó en la segunda ronda de pisotones.

—¿No se suponía que iba a evaluar tus habilidades en el baile? —preguntó y trató de soltarse, pero no lo consiguió.

—Supongo que pensó que si puedo hacer milagros con una pareja tan poco… experta como tú, entonces lo haré bien con cualquiera.

Bea se sintió ofendida. Se alejó de él y se cruzó de brazos. Sebastián no opuso resistencia y reprodujo la misma acción que ella.

—Menos mal que no tendrás que mortificarte con nadie que baile tan atrozmente como yo.

—¿Siempre tienes que tomarte todo tan mal?

Bea deseó poder girarse y salir de allí, pero no quería ignorar ningún comentario que él pudiese hacer.

—No me lo tomo mal, en verdad te deseo que encuentres increíbles parejas de baile.

Él resolló con el orgullo herido.

—Me lo dices como si no te importara el hecho de que baile con otras mujeres —se aventuró a decirle y ella parpadeó veloz, como aturdida por sus palabras.

—Es que no me importa —mintió sin dejar de mirarlo.

—Mientes.

—Por supuesto que no miento; es el único modo de hacer que olvides que te debo un baile.

Sebastián sabía que no decía lo que en verdad sentía y pensaba, y le molestaba que pudiese mentir con tanta facilidad.

—Pensé que te gustaba.

Ella dio sin pensarlo, tres pasos hacia atrás, sorprendida de que él estuviese hablando de eso. No podía creer que se lo hubiera dicho tan directamente.

—No es eso de lo que estamos hablando —evadió. Se cruzó y descruzó de brazos, nerviosa.

—Por supuesto que se trata de eso, solo que tienes miedo de aceptarlo; de decírmelo de frente.

La respiración de Bea se aceleró cada vez más. Se acarició los mechones que le caían por los hombros.

—Esto es una tontería. Tenemos demasiadas cosas que hacer como para estar perdiendo el tiempo con esto.

Ella se dio la vuelta para caminar hacia la puerta sin importarle que él la llamase de nuevo, pero Sebastián fue más veloz y le bloqueó el paso.

—¿Te mataría aceptarlo?

—No es eso, sencillamente no le encuentro sentido a esta conversación. No serviría de nada que yo lo acepte o lo niegue, nada cambiaría. ¿Para qué quieres saberlo?

Él le dio una mirada penetrante y sus ojos negros brillaron con la luz que entraba desde las descomunales puertas de cristal que daban hacia otro balcón.

—Podría cancelar esta fiesta.

Bea pensó que no había interpretado bien lo que él había dicho, pero se dijo que estaba demasiado segura de haber leído esa frase de sus labios y frunció el ceño.

—No entiendo.

Él adoptó una posición indiferente, se apoyó contra la pared al lado de la puerta de madera y sonrió divertido.

—Si aceptas que sientes algo por mí, podría cancelar la fiesta.

—¿Cómo se relaciona una cosa con otra?

—Tú sabes perfectamente bien la razón por la cual mi tía hace todo esto. Quiere que encuentre una novia —explicó con obviedad.

—¿Eso qué tiene que ver conmigo?

—Que me gustaría que fueras tú.

Bea sintió que las piernas le flaqueaban cuando terminó de interpretar su oración. Abrió la boca y la cerró varias veces antes de decir algo, pues no estaba segura de qué debía contestar. Él estaba parado frente a ella con toda la naturalidad del mundo, diciéndole algo de extrema importancia. Algo que nadie le había dicho nunca. Sin aviso, la adrenalina subió a un punto en el que sintió que no podría manejarla, así que intentó salir de allí, pero él, ágil como un lince, la sujetó por la cintura, la giró y la puso de espaldas contra la puerta; se situó frente a ella e inspeccionó su rostro y sus expresiones con atención.

—¿No me vas a decir nada? —preguntó con lentitud.

—Sí, por supuesto que pienso decirte algo... ¿has perdido la razón?

Él rio por lo bajo, entrelazó su mano con la derecha de ella y apretó con suavidad las yemas de sus dedos.

—Probablemente.

—Eso no ayuda para nada, Sebastián. Esto... no tiene sentido. En verdad no deberíamos estar hablando sobre nosotros así —reprendió. Liberó su mano, misma que él volvió a levantar y posó en su mejilla, para acariciarla con los dedos.

—Suena bien.

—¿Qué cosa?

—Nosotros. Suena bien.

Bea se sintió acorralada y trató de encontrar un modo de hacerle frenar con todo eso.

—Aléjate —ordenó.

—No.

—Entonces yo te alejaré por la fuerza.

—No lo harás. Bea, por favor. ¡Solo háblame con la verdad!, ¡dime realmente lo que sientes!

—Yo pienso que no...

—Nada de pensar. Piensas demasiado —dijo y subió su dedo índice a su frente para darse unos ligeros toques—. Dime... dime lo que sientes, pero sé sincera, y te dejaré ir.

Sebastián pudo escuchar los golpeteos inconstantes del corazón de ella y sonrió con ternura. Estaba al tanto de que para Bea sería difícil aceptar lo que sentía, empero él no iba a darse por vencido así de sencillo. Los ojos verdes se inundaron de lágrimas, pero Bea las retuvo.

—¿Por qué me tienes que hacer las cosas tan difíciles? —susurró y apoyó la cabeza contra la madera.

—Necesito saberlo.

Bea cerró los ojos por unos segundos y a continuación tomó una enorme bocanada para tratar de liberar sus tensiones y sus miedos. Cuando los abrió, lo enfrentó valiente.

—Bien —aceptó y apretó las manos en puños—. Me gustas... me gustas mucho.

Inmediatamente luego de haber dicho esas palabras, avergonzada, se llevó ambas manos al rostro para tratar de controlar el sonrojo que se había apoderado de sus mejillas. No podía creer que lo había hecho. Él la sujetó con suavidad de las muñecas, apreció la acelerada percusión de su pulso y separó sus manos de su cara, dándole esa misma mirada que reflejaba el cariño que sentía por ella.

Bea estaba a punto de decir algo pero él se inclinó y tocó sus labios con los suyos de un modo tan delicado que ella se olvidó por completo de lo que había querido decir.

Él sonrió contra su boca al notar que Bea se relajaba entre sus brazos y, por primera vez, estuvo plenamente consciente de lo que aquello conllevaba y le brindaba un permiso silencioso para besarla a su gusto. Las suaves pero firmes respuestas de Bea ante los movimientos de él, lo exaltaron y le agilizaron el pulso y la respiración, así que tuvo que relajar su mente y sus ansias para no cometer alguna imprudencia que pudiera asustarla y alejarla.

Con una gentil y controlada acción, la pegó contra la madera cuando se dio cuenta de que las piernas de ella le fallaban. Bea sintió la fría y dura superficie de la puerta contra su espalda, pero no se alejó ni intentó moverse, pues sabía a la perfección, que su cuerpo no la obedecería. De manera sorpresiva y angustiante, las manos le temblaron con anhelo, casi como si le pidieran algo; así que ella, frenéticamente, le acarició la espalda, el cuello y el pecho, alimentando la ansiedad que su cercanía despertaba en su cuerpo.

Él profundizó el beso, capturando sus labios entre los dientes e internando su lengua en su boca para guardar en su memoria su sabor dulce y excitante. Ella identificó la vibración de un sonido gutural por parte de él y deseó con todo su corazón poder escucharlo; escuchar el modo en el que susurraría su nombre o los gemidos que profiriría en respuesta a las emociones que ella le despertaba.

El sentirse abrazada y protegida de ese modo la llenaba de una satisfacción que le henchía el pecho y se hizo consciente por primera vez, de lo que significaba el amor de pareja. Era tan reconfortante y a la vez tan excitante que le era difícil encontrar el camino hacia la realidad entre la exuberante nube de fantasía que cubría su mente.

Sebastián percibió el punto exacto en el que ella cedió ante el descontrol y jadeó al hacerse consciente de que no podía dejarse llevar aunque ella lo deseara. Necesitaba enfriar su mente y su cuerpo. Tuvo que convencerse de frenar y Bea se enteró de ello cuando se percató de que la respuesta de él perdía intensidad y gimió en protesta; así que la calmó con suaves caricias en el cuerpo y se dio el tiempo para separarse.

Cuando se alejó con la respiración agitada y con una densa sensación de vacío en el pecho, sonrió y le acarició los labios que estaban más coloridos de lo normal. Bea dejó el borde inferior de la camisa negra de él y bajó los brazos hasta dejarlos a un lado de sus caderas.

—Supongo que tendré que cancelar la fiesta. —Bea, alarmada, apoyó sus manos sobre el pecho de él y lo alejó.

—¿Hablabas en serio?

—Por supuesto. Bea… no quiero… no quiero estar con nadie más.

Ella abrió los ojos desmesuradamente, se trasladó las manos a las sienes y negó con la mirada acuosa.

—No puedes estar diciendo esto. No podemos estar juntos.

Sebastián exhaló cansado del juego del gato y el ratón; dio tres pasos hacia atrás para enfriar su mente y la analizó cuidadoso.

—¿Y por qué no? —preguntó de manera condescendiente.

—Nadie lo aceptaría.

—No me importa.

—Pues debería. Sebastián… sencillamente estás ofuscado por lo que sientes. Necesitas pensar de manera correcta.

—¿Y cómo funciona eso? Prácticamente estás diciéndome que sin importar lo que sintamos, no podemos estar juntos. La que no es coherente, eres tú.

—Tú necesitas… necesitas una esposa, alguien con quien crear una familia y aparentemente ya no te queda mucho tiempo para hacer eso. Yo no puedo ser esa persona. No puedo ser la persona con la que compartas tu vida. Soy soldado por todos los cielos, y yo no puedo renunciar a mi profesión así como así. Tú debes encontrar a alguien más y continuar con tu vida.

—No necesito una esposa ni hijos, solo te necesito a ti —confesó él. Trató de sujetar sus manos, pero Bea se soltó las tres veces que él lo intentó.

—Nuestros caminos son diferentes, tienes que entender eso.

—No comprendes, Bea. Las cosas no deben ser así. No sabes lo que dices… si pudiera explicártelo…

Sebastián estuvo a punto de decirle cosas que no debía, así que se mordió la lengua. Se alejó de ella mientras asentía con lentitud.

—Bien. Lamento haberte importunado. —Realizó una breve venia frente a ella, salió del salón primero y la dejó sola.

Bea se concentró en calmarse, pues su pulso se había desbordado y sentía una debilidad extrema recorriendo todo su cuerpo.

Sebastián no habló con ella cuando fueron a ver el cuerpo, ni siquiera al regresar a la mansión. Él se fue directo a su oficina y examinó las fotos del tatuaje, dándose cuenta de que la banda blanca que en el dibujo de Bea no había podido identificar con claridad, se trataba de una cinta de Moebius. Hizo memoria y trató de recordar si había visto ese símbolo en alguna parte, pero no se acordó de nada.

Sebastián no habló con ella a la hora de la cena, ni se despidió antes de ir a dormir. Los siguientes dos días, para lo único que le dirigió la palabra, fue para ofrecerle un guiso de puerco con verduras.

Bea había deseado hablar con él de lo que había sucedido, pero él sencillamente no se prestaba para ninguna conversación.

La noche de la fiesta se sintió tan deprimida que pensó en abandonar el lugar e irse. No quería bajar ni quería verlo bailar o platicar con nadie más. Los celos la consumían de una manera incontrolable, y lo peor era que sabía que no podía hacer nada para eludirlo.

Mily la ayudó a arreglarse y Bea no opuso resistencia, se dejó cambiar y peinar por ella, sintiéndose como una fresa gigante con el vestido rosado que le había escogido, pues tampoco tuvo ganas de elegir lo que iba a vestir. Cuando estuvo lista, sin mirarse al espejo, a pesar de las incansables peticiones de Mily para que lo hiciera, pues le preocupaba que algo no hubiese quedado a su gusto, Bea salió de la habitación, encontrándose con Aimeé fuera de su puerta.

—Pensé que estaría recibiendo a los invitados —dijo Bea sin comprender por qué ella estaba allí.

Aimeé la miró de arriba abajo, estudiándola con una mirada atenta y Bea se sonrojó.

—Mily lo escogió.

La mujer de lentes, que como ella portaba un vestido ampón muy elegante de color berenjena, que hacía resaltar sus rizos plateados y el color de su piel, la analizó de hito en hito.

—No puedes asistir así a la fiesta.

En ese momento, Bea sintió que el miedo y la inseguridad, los celos y la depresión, la abandonaban y sonrió agradecida, pero Aimée continuó:

—Ese vestido no es el adecuado.

Ante las palabras de la mujer, Bea, desconcertada, se miró y alzó los brazos para tratar de averiguar por qué ella le decía eso.

—Pero usted lo trajo junto con los demás.

—Lo sé… pero creo que me equivoqué. No te queda bien. Ven conmigo —le dijo. La asió de la mano y la guio a su propia habitación.

Bea se sintió extraña, no terminaba de comprender por qué ella parecía estar tomándose tantas molestias para ayudarla. Cuando entraron a la habitación, Aimeé cerró la puerta y sin preguntarle ni decirle nada, le quitó el vestido ampón de color rosa teniendo cuidado con su brazo lastimado, en el que ya no llevaba vendaje, y lo tiró encima de los sillones de su salita de té. Acción seguida abrió su armario y sacó, de entre todos, un vestido de color blanco con pequeñas flores plateadas, sencillo, entallado de la cintura y algo suelto de la parte inferior. En un santiamén la vistió con él y Bea le sonrió con cariño. En ese momento comprendió que a la mujer le importaba el modo en el que ella se sentía. Aimeé se alejó para mirarla fijamente y trasladó una mano a la barbilla.

—Es sencillo, pero delicado y elegante como tú. Te ves hermosa. No necesitas ningún adorno ni inmensas capas de tela para verte bien; están de más.

Bea convino contenta y le agradeció sintiendo un nudo en la garganta.

—Baja cuando estés lista.

Aceptación

—Es un placer contar con su presencia, Lord Canvil.

De pie a mitad del vestíbulo, entre un interminable frufrú de faldas elegantes, Sebastián estrechó la mano del hombre alto y canoso que acababa de entrar y que sonrió emocionado y miró hacia todos lados; el joven supo que no podía aguantar las ganas de intercambiar algunas palabras con su tía. Del lado derecho del hombre, estaba una elegante señorita de cabellos rubios, con tirabuzones que le caían por doquier, espesas pestañas sobre sus ojos negros luminosos y mejillas sonrojadas. Sebastián inclinó la cabeza a modo de saludo.

—Lady Canvil.

—Le agradezco que me haya invitado.

Sebastián le sonrió educadamente. Clarissa Canvil había sido amiga suya y una grata compañía durante algunos meses después de su recuperación; pero debido a un inminente compromiso que la joven había aceptado, el cual después se canceló, no volvieron a cruzar palabra. Era la primera vez que la veía desde hacía poco más de dos años.

236

—Me alegra que haya aceptado venir; espero que se divierta —contestó él con formalidad y ella sintió un vacío en el estómago al notar que él no parecía querer retomar su amistad.

Aimeé bajó las largas escaleras y se situó a un lado de su sobrino sonriéndole apaciblemente al hombre mayor que estaba frente a Sebastián.

—Lord Canvil —saludó con una inclinación, mientras miraba a las demás personas que entraban con la misma sonrisa que le había dado a él. Luego estudió a la joven y se acercó tomándola de las manos con cariño—. Clarissa querida, estás bellísima. Lamento mucho lo que sucedió con tu compromiso, pero seguro que conquistarás muchos corazones el día de hoy.

—Gracias, Madame.

Como Sebastián no hizo amago de pedirle un baile, ella inclinó la cabeza hacia el lado derecho y, con una sonrisa moderada, dijo:

—Espero poder contar con un baile a su lado, excelencia.

Sebastián se sorprendió por el atrevimiento, pero algo le dijo que lo había hecho a propósito para acorralarlo… él no podía negarse. Estaba a punto de contestar, cuando notó la mirada sorprendida del hombre frente a él que se perdía en las escaleras del recibidor. Sebastián se volvió y se encontró con los ojos verdes y fulgurantes de Bea. Al principio casi no pudo reconocerla, pues no se veía como ella para nada, pero a la vez sí. Sebastián desvió la mirada rápidamente, antes de quedarse contemplándola como un idiota y reparó en que la rubia también se había percatado de su presencia. Supuso de inmediato que era posible que estuviese enterada de la existencia de su guardaespaldas… y no parecía agradarle mucho.

Aimeé sonrió orgullosa cuando Bea bajó los últimos dos escalones y se colocó a un lado de la dama sin saber exactamente en dónde debía permanecer. La mujer la cogió de la mano y la presentó antes de que Sebastián pudiese decir palabra.

—Ella es la señorita Beatriz.

Clarissa hizo una venia muy breve y decidió no prestarle atención de más. Lord Canvil, por otro lado, se acercó a Bea y alzó la mano para que ella le diera la suya.

—Me da gusto volver a verla. Se ve espectacular esta noche —dijo, mientras posaba sus labios sobre el dorso de su mano.

—Le agradezco el cumplido.

Aimeé juntó las manos, entrelazó los dedos sobre su regazo y asintió dándole la razón al hombre.

—Eso es cierto, en verdad luces maravillosa, querida.

Bea se giró algo tarde y solo alcanzó a interpretar lo último y sonrió agradecida. Sebastián se quedó al margen de la conversación sin mirarla ni una sola vez.

—Sería un placer acompañar a estas dos hermosas damas al salón —dijo Canvil, ofreciéndoles los brazos a ambas.

Aimeé y Bea asintieron y aceptaron los brazos que él les ofrecía, para después continuar de camino hacia el salón. Sebastián las miró alejarse y se sintió increíblemente irritado de tener que acompañar a Clarissa al salón, pero no podía dejarla a mitad de la nada, así que levantó un poco el brazo, ofreciéndole apoyo a la joven.

—La acompañaré —dijo con un tono neutro de voz.

Ella sonrió como toda una dama y se colgó de su brazo. Los dos caminaron juntos hacia el salón.

—Es muy bonita —dijo, pero él no contestó—. ¿No lo crees?

—Supongo —respondió evasivo.

—Mi tío me dijo que le ha parecido que han forjado una relación amistosa.

Sebastián se peinó el cabello hacia atrás, sin saber con exactitud qué debía contestar ante eso.

—Así es.

Clarissa hizo un mohín con la nariz como si desaprobara el hecho de que él fuese amigo de una empleada. Sebastián no hizo amago de conversación, así que ella se obligó a morderse la lengua y a permanecer callada.

Cuando entraron al salón la mayoría de los invitados conversaban entre ellos y tomaban copas de champán. Sebastián, a lo lejos, no pudo pasar desapercibido el hecho de que más de la mitad de los sujetos en la sala, lanzaban miradas escrupulosas o interesadas hacia Bea.

—Tu amiga —subrayó Clarissa con tono irónico—, parece ser toda una celebridad.

Él hizo caso omiso a su comentario; se deshizo del amarre de su brazo y se inclinó frente a ella.

—Si me permite; debo saludar a los demás invitados.

Clarissa consintió y se inclinó del mismo modo que él, para despedirse. Sebastián se sintió mucho menos presionado cuando se alejó de ella y caminó hacia un grupo de invitados que estaban en un extremo del salón.

Bea, que permanecía casi pegada a Aimeé, reparó en que la mayoría de las personas, tanto hombres como mujeres, jóvenes y adultos, la miraban y cuchicheaban entre ellos. Se sintió realmente fuera de lugar pero permaneció inmóvil en el mismo punto por más de media hora, hasta que un muchacho alto y castaño se acercó a ella.

—¿No se siente aburrida entre gente mayor?

Se pegó más a Aimeé y a la mujer no le pasó desapercibido el hecho de que él intentaba hacer migas con Bea.

—No —contestó nerviosa.

El joven sonrió y se inclinó.

—Ve a conquistar a alguien más, por favor —pidió Aimeé para frenar las intenciones del chico—. Ella es mi dama de compañía.

—¿Puede compartirla unos minutos conmigo? —se aventuró a preguntar él y Aimeé se acercó y le apretó una mejilla.

—No podría compartirte nada, Tomás. Te conozco desde pequeño y sé perfectamente bien que eres un casanova. Por ningún motivo te dejaría a solas con ella. Anda, ve a buscarte a alguien más —agregó con tono animoso—. Clarissa Canvil está disponible.

—No me agrada, demasiado frívola para mi gusto.

Bea sonrió ante el intercambio de frases entre ambos, pues parecía que Aimeé le tenía la suficiente confianza para hablar con él de ese modo, y que él no daba muestra alguna de sentirse ofendido por sus palabras; más bien, se veía animado.

—Volveré más tarde. Tal vez hayan cambiado de opinión.

Él se inclinó a modo de despedida y Bea le sonrió mientras él se perdía entre la multitud mirándolas jovial. Aimeé asió su mano y ella se volvió.

—No tienes que bailar con nadie, si no quieres, ¿entiendes?

Bea sintió un inmenso agradecimiento hacia esa mujer que parecía tener la habilidad de leer su mente. Aimeé le alcanzó una bebida que ella se negó a aceptar, pues debía tener la mente fresca y los reflejos activos. Prefirió ir a la mesa de las bebidas por agua con hielos; la mesa estaba al otro lado del salón. Mientras caminaba despacio cerca de la pared, no dejó de mirar a Sebastián.

Estaba con un grupo de hombres jóvenes y adultos mayores, y platicaba con ellos con facilidad, desprendiendo clase por todos los poros de su cuerpo. De pronto, Bea observó que la muchacha con la que él había hablado antes, se acercó y les sonrió a todos haciendo un comentario que a la mayoría le resultó gracioso. La joven se volvió hacia Sebastián e intercambió algunas palabras antes de que él asintiera y le diera la mano para llevarla a la pista.

Bea quiso despegar la mirada de ellos, por supuesto, pero no podía, y se sintió mal de tener tan poco control sobre sus ojos. Al final, llegó con dificultad a la mesa de bebidas, pues por estar ensimismada mirándolos, había tardado más de la cuenta. Desenfocó su atención y miró al sujeto que servía.

—¿Qué puedo ofrecerle?

—Solo agua, gracias.

Él se apresuró a servir con maestría una copa con agua y hielos, para alargársela. Bea se volteó, apoyó la espalda baja en la mesa y miró hacia la pista.

Daba la impresión de pasarla de perlas. Sonreía y platicaba con ella, como si la señorita Canvil tuviera más tema de conversación que solo su peinado o su maquillaje. Sintió una horrible punzada en la boca del estómago y negó ofuscada. En cuestión de segundos él la ubicó en la mesa de las bebidas y ella se sintió como si la hubiera descubierto en alguna travesura, así que, rápidamente giró el rostro hacia la derecha, encontrándose con Rolo, que la saludó con una inclinación.

—Debo decir que el vestido le queda mejor que el uniforme o esas ropas sueltas que le gusta usar —le dijo e intentó que fuera un cumplido, pero aunque no sonó de ese modo, Bea no se lo tomó a mal.

—Gracias. La señora Aimeé lo escogió para mí.

Rolo asintió sonriéndole por primera vez desde que lo había conocido.

—Tiene un gusto impecable para casi todo.

—No lo dudo.

Rolo se acercó la copa de vino a los labios y después de degustarlo, lo dejó sobre la mesa a un lado de él.

—¿Por qué no baila? —preguntó intrigado—. No me parece que le falten opciones para escoger. El joven Tomás se veía encantado por usted.

Bea no había dejado de mirarlo por miedo a perderse algo de lo que dijese pues no estaba frente a él, sino de lado.

—Bueno… el baile no está dentro de mis habilidades. No soy muy buena.

—Qué lástima; seguro que podría encontrarse a alguien con quién divertirse tanto como lo hace Sebastián.

Bea se forzó a continuar mirándolo y trató de no sucumbir ante las ganas de buscarlo entre las parejas.

—Sí, se ve que lo está pasando bien. Al final, de eso se trataba la fiesta, ¿no?

Rolo confirmó y volvió a beber otro sorbo de vino, lo tragó y dejó la copa en el mismo lugar para después aclararse la garganta.

—Podría ser alguien más. Ella no me agrada —confesó con un mohín y señaló con la mirada hacia donde Bea supuso que estaban Sebastián y Clarissa.

—¿No le agrada?

241

—No específicamente.

Bea notó que Rolo tenía la punta de la nariz enrojecida. Había tomado varias copas y ahora hablaba más de lo que ella lo había visto hablar.

—Cuando Sebastián se recuperó del coma, ambos se conocieron y se hicieron muy amigos. Estoy seguro de que él se enamoró de ella y ella de él. Pero cuando iban a poner en serio las cosas, aceptó casarse con otro hombre que era mucho más rico que Sebastián, un joven del reino vecino, hijo del presidente del Parlamento. Él no estuvo de acuerdo en casarse con ella y la mandó de regreso... ahora se ve que está interesada de nuevo —agregó y la miró con desdén.

Bea recordó que Sebastián le había contado de una mujer a la que él había amado y un estremecimiento la sobrecogió al mismo tiempo que una sensación de nerviosismo se acumulaba en su estómago. La música se detuvo y todas las parejas se separaron para aplaudir a la orquesta que estaba al fondo del salón. De un momento a otro sus pies se habían movido solos y había cruzado la pista tan apresurada que llegó al lado de la pareja antes de que la orquesta tocara la siguiente melodía.

Sebastián percibió su presencia más rápido de lo que ella hubiese deseado. Casi al instante de haber llegado a ellos Bea se arrepintió e iba a regresar, pero no se pudo mover cuando él la miró. La rubia, por otro lado, tardó en percatarse de que ella estaba allí, pero cuando lo hizo, una mirada adusta y de desagrado se reflejó en sus ojos negros.

Él sonrió divertido, dándose cuenta de que todos los miraban y cuchicheaban entre ellos como si pasaran de uno a otro el chisme más picante del año. No estaba bien visto que una mujer se acercase sola a una pareja en la zona de baile.

—¿Qué se te ofrece? —preguntó primero Clarissa, quien se aferró del brazo de él y la miró de arriba abajo con un tinte que revelaba que le importunaba su presencia.

Bea ni siquiera la vio, por lo que no pudo darse cuenta de lo que Clarissa preguntó. Sebastián se agachó un poco.

—¿Estás bien?

—Yo...

Él reparó en que de súbito todos estaban callados; el silencio expectante había cubierto la sala por completo y los invitados ansiaban escuchar lo que ella iba a decir. No supo si sentirse apenado por ella o admirado.

—¿Bea? —volvió a preguntar él, temiendo que estuviese demasiado nerviosa para continuar.

—Vine a pagar mi deuda.

De inmediato él comprendió a lo que se refería, aunque todos los demás estuviesen en la inopia respecto al tema. Sebastián se sorprendió del valor de su guardaespaldas.

—¿A qué se refiere con eso? —preguntó Clarissa y esta vez Bea sí la miró.

—Me debe un baile —explicó él con naturalidad. La rubia se mostró indignada.

—¿Bailarás conmigo? —preguntó Bea sin importarle la manifestación de estupefacción de la muchacha, que abrió la boca sorprendida al notar la familiaridad con la que se dirigía a él.

—Cielos... No puedes pedirle a un hombre que baile contigo de esa manera. No es correcto —se quejó Clarissa alarmada, y Bea reparó apenada, en que todas las miradas estaban puestas en ellos. Sebastián tuvo que aguantar las ganas de reír. Estaba casi seguro de que eso había sido lo más emocionante que le había pasado en mucho tiempo.

Bea entró en pánico. Sebastián lo supo al verlo en su mirada; de repente ella se viró con un rápido movimiento y volvió a abrirse paso entre las parejas para salir del área de baile.

—Esa mujer no tiene filtro, seguramente estás... —pero se interrumpió cuando Sebastián se liberó de su amarre y se inclinó a la brevedad para despedirse.

—Lo siento, no puedo dejar escapar ese baile, pasé por mucho para conseguirlo.

Todos en el salón exclamaron sorprendidos en cuanto él apuró el paso tras ella y la cogió del brazo antes de que hubiera dado diez pasos. Bea lo observó con las mejillas rojas por la vergüenza mientras los demás cuchicheaban y ojeaban hacia ellos; él cabeceó hacia un lado y le sonrió.

—Sáldala —ordenó acercándose con movimientos lentos, sujetándola por la cintura y apremiándola a apoyar la mano en su hombro. Les dio una breve mirada a los músicos y ellos; iniciaron con la pieza en el acto. Todas las parejas tuvieron que instarse a continuar bailando.

—Lo siento —musitó ella en el instante en el que comenzaron a moverse con suavidad—. No sé por qué lo hice.

Sebastián le sonrió con los ojos y los labios y giró con ella con lentitud para tratar de darle confianza en los movimientos.

—Ni siquiera me gusta bailar —se lamentó en un susurro sin dejar de mirarlo.

—Tal vez has descubierto que te gusta hacerlo… conmigo.

Bea no aceptó ni negó la premisa del joven y él modificó el ritmo para acelerarlo.

—Es bonita —le dijo sin pensarlo. El alzó las cejas, al parecer, asombrado por su opinión.

—¿Eso crees?

—Sí —dijo; mas sin aviso el vómito verbal la traicionó—. Pero tiene el cuello demasiado largo.

Sebastián tuvo que apretar los labios para aguantarse la risa, mientras negaba sin poder creer lo que escuchaba.

—¿El cuello?

Asintió completamente seria.

—Entonces, ¿lo que me estás diciendo es que no debería elegirla por tener un cuello tan largo?

—También tiene los pies muy grandes. Tal vez son detalles sin importancia, pero en el futuro, tendrás que prestarle tus zapatos porque no creo que existan muchos de ese tamaño para dama.

—No me molestaría hacerlo, si la amara.

Bea lo observó perpleja y quiso impedirse preguntar lo que deseaba preguntar, pero no lo logró:

—¿Así que ya no la amas?

Sebastián alzó las cejas sorprendido por la pregunta de Bea y quiso dejar de bailar, pero al reflexionarlo llegó a la conclusión de que eso causaría más habladurías, por lo que continuó moviéndose con ella.

—¿Por qué lo preguntas de ese modo?

—¿Cómo?

—Lo preguntas con la seguridad de que alguna vez lo hice.

Bea abrió y cerró los labios varias veces en un paréntesis fugaz de mutismo y sin comprender del todo el modo en el que, a todas luces, había malentendido sus palabras.

—Me dijiste que habías estado enamorado antes.

—¿Por qué pensaste que era de Clarissa?

—Pues… —Bea perdió el paso cuando buscó a Rolo para señalarlo, pero él ya no estaba en la mesa de las bebidas. Sebastián la sostuvo antes de que se tropezara, acercándola más a él—. Rolo me dijo que estaba seguro de que antes… de que tú habías estado enamorado de ella.

Sebastián se dijo que no podía estar más equivocada y continuó girando, llevándola con él con fluidez.

—La gente pudo haberlo pensado, supongo. Éramos cercanos; pero nunca estuve enamorado de ella.

—Aun así concuerda. ¿No me dijiste que te había dejado porque estaba enamorada de otro?

—La mujer a la que me refería, me amó en algún punto. Dudo mucho que Clarissa haya amado a alguien además de a sí misma.

Bea se quedó pensativa y trató de acomodar sus pensamientos.

—Entonces… ¿de quién se trataba?

Ante la pregunta, él evadió su mirada por algunos instantes y continuó bailando con ella. Bea apretó su hombro para buscar una respuesta y él gruñó con suavidad.

—No puedo decírtelo. Quisiera poder hacerlo, pero no puedo… al menos no hoy.

—¿Ella está aquí? —quiso saber sin poder detener su curiosidad.

—No, ella no está aquí, Bea. Eso está en el pasado, no necesitas saberlo —habló él con tono terminante, pero con mirada tranquila.

Bea asintió y no volvió a preguntarle nada, hasta que él le sonrió y dijo—: Se supone que debo hablar de cómo luces esta noche y no de cosas del pasado.

—No creo que sea buena idea.

—¿Por qué no?

—Porque la última vez que se te ocurrió decir lo que pensabas acerca de mí, las cosas se salieron de control —dijo ella sonriéndole.

—Entonces, ¿cómo debería ganarme tu atención?

Bea se quedó pensativa por algunos segundos y se encogió de hombros.

—De la manera en la que normalmente lo haces con las demás.

—¿De la manera en que lo hago con las demás? —repitió sin captar el sentido oculto de sus palabras.

—Puedes preguntarme, sin temor, cuál es mi insecto favorito. Te prometo no huir.

Sebastián no pudo contenerse y dejó salir la risa por sus labios, mirándola encantado.

—¿Cuál es tu insecto favorito?

—La araña.

—¿La araña?, ¿por qué?

—Cuando era pequeña solía tener muchas pesadillas, ¿sabes? Me despertaba llorando a mitad de la noche y mi padre tenía que llevarme con él porque después de que la idea se metía en mi mente, era difícil olvidarla.

—¿Tenías un peluche de araña con el que podías dormir?

—No —contestó ella riendo—. Mi padre me contó la historia de una mujer araña.

—¿No te dio eso más pesadillas? Supongo que eras extraña desde pequeña.

—Se trataba de una mujer araña muy hermosa, que se dedicaba a tejer una red con su telaraña alrededor de las camas y de las cunas de los niños. Su nombre era *Asibikaashi*.

—¿Tenía poderes en su telaraña?

—Sí. Ella podía hacer que los malos pensamientos y las pesadillas quedaran atrapadas en los finos hilos de su red y por la mañana, los rayos de luz del sol los destruían y no volvían a aparecer en la mente de los pequeños. La mujer araña tenía cada vez más trabajo, pues la población del lugar en donde ella vivía iba creciendo con rapidez. Las noches no le alcanzaban para tejer sobre todas las camas; así que las jóvenes madres y las abuelas, comenzaron a tejer sus propias telarañas alrededor de un círculo de madera.

Sebastián reflexionó, pensativo.

—¿Un atrapasueños?

—Sí. Mi padre hacía uno nuevo para mí cada año.

—Nunca he tenido uno —le dijo él y se detuvo. La música había parado y con lentitud la soltó.

—Haré uno para ti, antes de irme.

Sebastián identificó una inefable pesadez en su pecho y se quedó inmóvil mientras todos los demás invitados aplaudían emocionados ante la increíble pieza musical que la orquesta había interpretado. Bea tuvo la intención de alejarse, pero él se inclinó, rodeó con la mano la parte trasera de su cuello y susurró algo en su oído. Bea lo supo porque sintió su aliento contra su piel, pero no pudo identificar de qué se había tratado. Él se alejó, se inclinó a modo de despedida, se volvió y caminó entre la multitud, dejándola a mitad de la nada.

Cuando las personas se movieron del área de baile hacia los lados del salón ella hizo lo mismo y lo buscó con la mirada, hasta que después de unos minutos, lo encontró. Estaba parado a un lado de la gigantesca puerta de cristal que daba hacia el balcón de cantera. La miró fijamente, pues él no la había perdido de vista y después salió por la puerta abierta.

Bea no supo qué hacer. Se quedó pasmada, pero al recordar su encomienda caminó con tranquilidad hacia la puerta y salió del salón para llegar al balcón que era muy amplio y tenía forma de media luna. Sintió miedo, pues estaba muy poco alumbrado y no podría comprender nada si él intentaba continuar con la

247

conversación. Sebastián estaba apoyado en el bruñido barandal, lo más alejado posible de la puerta; caminó hacia él con paso indeciso y deseó poder persuadirlo de volver al salón.

Al llegar a su lado, él no la miró y habló de frente hacia el jardín.

—Te tardaste.

Se sintió nerviosa y se frotó los brazos desnudos para entrar en calor.

—Deberíamos volver —le dijo y trató de tranquilizar su voz, la cual pudo sentir que salió con una vibración poco uniforme.

—No quiero volver —contestó y meneó negativamente la cabeza; Bea comprendió que él no estaba en la disposición de hacer lo que le pedía.

Sebastián alargó el brazo, la abrazó por la cintura, la movió hacia él y la dejó entre su cuerpo y el barandal. Ella se mantuvo inmóvil, sintiendo el latido del corazón de él contra su espalda y esperó pacientemente. Sintió una leve presión sobre su hombro en cuanto él apoyó su barbilla sobre este.

Bea sentía su aliento en el cuello y sabía que él le estaba diciendo algo, pero no tenía idea de lo que podría ser. En ese segundo de pánico, lo único que se le ocurrió fue volverse de frente a él, colocar sus manos en sus hombros y besarlo. Por supuesto, instantes antes de hacerlo, se dijo, se repitió a sí misma una y otra vez, que era una estupidez, pero cuando sus labios tocaron los de él, se olvidó de todo y su mente se nubló.

Sebastián la apretó contra él y le respondió, ávido del contacto de sus labios, la apretó entre su cuerpo y el barandal de piedra, y acarició con sus manos su espalda, sus brazos y su cuello. El cuerpo masculino irradiaba calor y la atraía como un brillante y ardiente día de verano. Bea lo abrazó por el cuello y él la besó más profundamente, internando los dedos entre su peinado y deshaciéndolo un poco, cosa que no le importó a ninguno de los dos. Ella suspiró contra su mejilla y él repasó su labio inferior varias veces con su lengua. En cuestión de segundos, la obnubilación de Bea se esfumó y se dio cuenta de que eso no era correcto. Estaban en medio de una fiesta, por todos los cielos, pasándoselo lindo, escondidos y comportándose como unos adolescentes sin control. Se separó de él con un ágil movimiento.

—Debemos regresar.

Él negó con la cabeza y afianzó su posición, apretándola más contra el barandal, pero sin llegar al grado de lastimarla.

—No. Quiero quedarme contigo unos minutos más.

Bea sabía que él se negaba a hacer lo que le pedía, así que apoyó las manos en sus hombros e intentó alejarlo.

—Regresemos —apremió; pero el brillo de unos diamantes a lo lejos, la alarmó. Alcanzó a ver la sombra de alguien que se acercaba. Sebastián lo supo al encontrarse con su mirada avergonzada y la estrechó, escondiéndola contra su pecho. Él volvió el rostro; identificó a su tía y ahogó una exclamación de cansancio. Aimeé los miró a ambos y reflejó en sus ojos negros algo que su sobrino no pudo descifrar. Bea tuvo que asomarse a un lado para ver de quién se trataba, y lo empujó cuando se enteró de que era la mujer de anteojos.

Sebastián buscó su mano, pero Bea se rehusó, se inclinó hacia él y hacia ella y volvió a entrar en el salón. Aimeé se quedó de pie en el mismo lugar en cuanto Bea la pasó de largo, y no la detuvo. Al quedarse solos, avanzó con lentitud hacia él, mientras él se cruzaba de brazos y se apoyaba contra el barandal.

—¿Vas a decirme que no debería? —preguntó sonriéndole pícaramente.

—No, y la verdad es que tampoco puedo decirte que estoy sorprendida. Desde hace días me di cuenta de que ella te atrae; soy vieja y puede que no vea bien pero mi intuición nunca me ha fallado.

Sebastián se rio y descruzó los brazos para apoyar sus manos en el barandal detrás de él.

—No solo me atrae. Es mucho más complicado que eso.

Aimeé asintió sin saber qué decir con exactitud. Se acercó a él y en cuanto estuvo a menos de tres pasos se retorció los dedos como hacía cuando estaba nerviosa.

—Entiendo.

—No tienes por qué inquietarte. Me ha rechazado más de una vez.

La mujer no dio la impresión de creerle pues había estado segura de que la soldado estaba interesada en él.

—No comprendo.

—Dice que no puede estar conmigo, en primer lugar porque nadie lo aprobaría y, en segundo lugar, porque ella tiene obligaciones con su profesión.

—¿Le has dicho…?

—No. Nunca. Lo sabes. Sabes qué tipo de persona soy y he hecho un juramento. No rompo votos de confianza.

—Querido, ¿crees que no puedes confiar en ella?

—Sé que puedo hacerlo, pero no puedo pedirle que me espere. No sé cuánto tiempo más necesite —le dijo demostrándole su preocupación.

Aimeé produjo un sonido grutural de derrota, se acomodó a su lado y descansó su espalda baja contra la barandilla de cantera.

—Supongo que debo perder las esperanzas con respecto a la boda. No elegirás a nadie que no sea ella, ¿verdad?

Sebastián no respondió, pero con su silencio básicamente marcó la realidad de cómo estaban las cosas. Aimeé dejó descansar su mano sobre la de él y le acarició el dorso con sus yemas.

—¿La amas?

Sebastián la miró sorprendido, y volvió la mirada hacia el frente, pensando seriamente la respuesta que le daría. Él creía que había estado enamorado antes, pero la verdad era que solo ahora, sintiendo lo que sentía por Bea, se daba cuenta de que lo que había sentido en el pasado, no había sido amor… tal vez un profundo cariño y un encaprichamiento. Tenía que aceptarlo, pero era difícil, por supuesto, aceptar que se ama a alguien y que es imposible estar con esa persona.

—No sirve de nada aceptar algo como eso. No haría mucha diferencia.

Aimeé pensó entonces, que aceptar algo así, haría toda la diferencia.

Identidades descubiertas

Bea se arrepintió de haberlos dejado de esa forma tan grosera, y estuvo a punto de regresar, pero el miedo la paralizó. No tenía idea de cómo iba a enfrentar a Aimeé después de toda la confianza y la ayuda que ella le había brindado. Se llamó estúpida varias veces y luchó en su mente con la idea de regresar, pues sabía que no era correcto dejarlos a mitad de la nada por cómo se habían presentado los incidentes anteriores.

Diez minutos después de haber entrado de nuevo al salón, se llenó de valor y se dirigió otra vez hacia la salida al balcón, pero a los dos pasos los miró a ambos entrar y platicar con naturalidad y no supo qué hacer. Sabía que su trabajo era permanecer a su lado, pero creyó conveniente dejarlos a solas por más tiempo. Así que caminó hacia la puerta que daba al pasillo y se decidió a salir lejos de allí por unos minutos. Nada iba a pasarles estando entre tantas personas y eso la tranquilizó.

Al salir del salón, cerró con cuidado la puerta detrás de sí y suspiró aliviada, mientras relajaba todos los músculos que se habían tensado por estar entre un grupo tan inmenso de gente. Caminó sin rumbo pensando y tratando de ordenar sus ideas y sus sentimientos. La realidad era que estaba enamorada de él; no tenía caso seguir resistiéndose a la verdad. Pero era difícil, porque su relación parecía imposible y, además, había prometido vengar la muerte de Cam. Era algo que no podía olvidar ni quería olvidar. Por otro lado, aceptar quedarse con él no solamente era decir que sí; también se trataba de confiarle su secreto, de decirle que sobre ella pesaba un maleficio... nadie la aceptaría sabiendo lo que sucedía con ella. Pero lo que más temía era que él la rechazara por ello. Era algo demasiado difícil que jamás había tenido que confesar a alguien que quisiera de esa forma.

Se detuvo cuando miró a lo lejos una luz encendida que salía por la rendija de debajo de una puerta. Bea se ubicó aunque era de noche y no había casi nada de iluminación. Era la biblioteca. Pensó que tal vez alguien había dejado la luz encendida y caminó hacia allí, para ver si podía descansar un rato a solas.

La joven abrió la puerta sin prestar demasiada atención y se sorprendió al ver la espalda de dos personas. Ambos se giraron al escuchar que la puerta se abría y Bea reconoció a Rolo y a Lord Canvil. Los dos la contemplaron sorprendidos y se miraron entre ellos. Bea se inclinó a modo de disculpa.

—Lo lamento —bisbiseó y cerró la puerta.

Se dio la vuelta y caminó de regreso por donde había llegado, pensando que le parecía extraño haberlos visto a ambos charlando en la biblioteca, cuando las veces que ella había estado en el Parlamento, nunca habían cruzado palabra. De pronto se detuvo y miró hacia el suelo. Pensó y trató de organizar sus ideas, completamente absorta, tanto, que no pudo identificar las vibraciones de los pasos detrás de ella y cuando estuvo a punto de reaccionar, fue demasiado tarde. Una mano se colocó frente a su rostro obligándola a oler la sustancia que había en un pañuelo. Gimió con fuerza y trató de soltarse, pero sus músculos comenzaron a perder ímpetu y, lentamente, perdió el conocimiento.

Cuando recuperó la consciencia sintió el piso duro y frío debajo de su espalda, mientras un dolor visceral le recorría desde las piernas hasta el abdomen. Abrió los ojos con lentitud y sin tener total control de su movilidad. En cuanto pudo enfocar mejor a pesar de que la luz le calaba con intensidad, supo que estaba en la biblioteca de nuevo. Pudo sentir la presencia de alguien cerca y suponiendo que era la persona que la había agredido, intentó levantar la parte superior de su cuerpo, pero sus fuerzas y agilidad seguían pasmadas. La persona se acercó y cuando logró verla bien, advirtió que había dejado de respirar.

—¿Rolo? —preguntó a media voz cuando el hombre se hincó en el suelo a su lado mirándola alarmado—. Lord Canvil... él... ¿en dónde está?

—No está aquí —contestó él con un tono seco; pero Bea no alcanzó a leer sus labios, pues sus ojos se movían solos de un lado a otro y supuso que se trataba de un efecto secundario de la sustancia que había inhalado.

—¿En dónde está? —repitió y cabeceó hacia todas las direcciones para tratar de que las náuseas que sentía se esfumaran. Bea pensó, en un instante de lucidez, que le habían dado un fármaco en verdad poderoso, pues no lograba mover sus dedos.

—Te he dicho que no está aquí.

—¿Por qué estoy aquí? —preguntó Bea y lo miró intrigada.

—Tenías que complicar las cosas, ¿cierto?, no podías quedarte de brazos cruzados —se lamentó el hombre del peluquín, mientras juntaba sus brazos y con su corbata amarraba sus muñecas.

—¿Qué demonios... qué está haciendo? —gimió ella y apremió a sus sentidos a despertar. Finalmente logró controlar su movimiento ocular y lo concentró en él.

—¿Cuánto escuchaste? —preguntó y apretó el nudo sobre sus muñecas. Ella volvió a gemir.

—No escuché nada.

A pesar de que Bea no había oído ni un ápice de la conversación, había comprendido a la perfección, lo que sucedía. Los dos hermanos que trabajaban en el Parlamento, de los cuales había sospechado, no tenían en absoluto que ver con los intentos

254

de asesinato. Rolo y Lord Canvil, por otro lado, parecía que tenían demasiadas cosas que esconder.

—¡Suéltame! —le gritó a todo pulmón; pero él estaba a horcajadas sobre ella y no tenía suficiente fuerza para moverlo de allí.

—Eres una entrometida y ahora crees que puedes arruinar todo por lo que he sacrificado mi vida entera. No lo vas a lograr —refunfuñó.

—¿Por qué está haciendo esto?

Rolo terminó el nudo y se incorporó, aún a horcajadas sobre ella, y la miró con fijeza.

—No lo entenderías.

—Sebastián sabrá sobre esto —se quejó ella mientras apretaba los dientes y comenzaba a mover poco a poco sus dedos.

—No va a creerte. Tu palabra en contra de la mía, no significa nada…

Bea necesitaba ganar tiempo y lo sabía, debía intentar conseguir toda la información posible y, al mismo tiempo, tenía que trabajar en recuperar la movilidad. Rolo la miraba con desprecio y la recorrió un sentimiento de desagrado.

—Has estado intentando arruinar todo desde que llegaste. Es el trabajo de mi vida; ganaré mucho dinero y no vas a impedirlo.

Sin captar la razón, Bea vio que el hombre cortó con los dientes un trozo de manga de su camisa y envolvió su mano en ella dando varias vueltas a la tela. Al terminar se levantó y agarró un sacacorchos de un balde que estaba sobre la mesa de centro y se hizo un corte en la piel expuesta de su brazo derecho.

—¿Quién está pagándote para que hagas esto? —preguntó intuyendo la respuesta.

—No voy a decirte nada; aparentemente has escuchado lo que necesitas —contestó con una mueca de dolor cuando terminó la tajada en la base de su muñeca.

Bea pudo cerrar ambas manos por encima de su cabeza, en puño, para medir cuánta fuerza había recuperado. Él se volvió a sentar sobre ella a horcajadas y las ganas de vomitar se hicieron más intensas.

—¿Qué piensas hacerme?

—¡Matarte!, eso está claro; alegaré defensa propia —dijo mientras de su brazo corría la sangre. Bea vio que el corte no era tan profundo y él había esquivado venas gruesas—. Lo intenté la otra vez, en el centro de la ciudad, pero... Sebastián tiene el mal tino de inmiscuirse donde no lo llaman, igual que tú.

—Pensé que lo apreciabas.

—Por supuesto que lo apreciaba —dijo con sarcasmo—. Fui un fiel servidor de su padre, hasta que me harté de servir y no obtener beneficios por ello. Me ofrecieron un mejor trato y lo acepté.

Bea trabajó con sus piernas, pero le fue difícil pues al estar él sentado sobre ella, cortaba parte de su circulación y empezaba a sentir un hormigueó en las pantorrillas. Solo podría usar sus brazos y su torso. No habría más.

—Lord Canvil lo hizo —aseguró. Rolo puso los ojos en blanco para evidenciar su fastidio.

—Basta de charlas.

Justo en ese momento, Bea comprendió por qué había amarrado la tela en su mano del brazo bueno. Iba a golpearla con tanta fuerza que la tela amortiguaría el golpe y no parecerían heridas graves... la causa de muerte sería, aparentemente, debido a una caída o a alguna hemorragia interna.

Rolo levantó el brazo y con la mano enrollada en la manga de su camisa, la golpeó de manera suave. Bea aguantó la respiración y no supo qué había sucedido.

—¿No creerías que iba a descargar toda mi fuerza a la primera, verdad? Eres merecedora de una buena batalla, querida. —Ella estuvo a punto de gritar pero él la acalló con la mano mala y la sangre que escurría por su brazo, le manchó el rostro—. Si gritas será el fin... te mataré tan rápido que no tendrás oportunidad para decir o hacer nada —y uniendo las palabras al acto la golpeó en las costillas, tan fuerte, que Bea soltó un resoplido y un grito que quedó atrapado en la mano que seguía sobre su boca.

—Por favor…

—No vengas a rogarme ahora, tuviste muchas oportunidades para irte, para quitar tu sucia nariz de mis negocios; pero continuaste. Solo una persona estúpida lo haría: un suicida. Si quieres morir yo voy a ayudarte.

Bea cerró los ojos y soportó el juego por algunos minutos. Él hacía amago de golpearla con fuerza en el rostro, pero luego no lo hacía; en una de esas veces la golpeó en la nariz y ella volvió a gritar. Le escocía y la sangre brotó intensamente de un orificio nasal. Bea ladeó la cabeza hacia un lado para no ahogarse con la cantidad de sangre que pasaba hacia su garganta. Tosió severamente unas veces y él esperó con una fingida paciencia que la hizo enervar.

—Esta es la parte en donde deja de ser un juego —susurró con voz violenta; y aunque Bea no pudo escucharlo, vio que levantó de nuevo el brazo y que iba en serio.

El brazo de Rolo bajó en picada y ella movió sus antebrazos más lentamente de lo que hubiera querido, así que recibió la mitad de la fuerza del golpe que la dejó atontada, mientras que con ambos brazos retenía la mano buena de él contra su pecho. Rolo se soltó después de unas sacudidas y masculló algo que ella no alcanzó a comprender. El hombre volvió a levantar la mano y lanzó un golpe en dirección a su mejilla derecha. Bea esperó paciente y cuando sus nudillos cubiertos iban a chocar contra su mejilla, movió la cabeza de modo tan sorpresivo que él no lo vio venir y terminó estampando el puño contra el suelo.

Un aullido de dolor salió de los labios de Rolo quién, de inmediato, levantó la mano que había golpeado contra el piso y la sacudió para tratar de enviar lejos la sensación.

—Maldita zorra —gimió y escupió a diestra y siniestra. Bea intentó quitarse el lazo de las muñecas, pero supo que tardaría demasiado, solamente pudo sujetarse de las solapas para abrirle la camisa y encontrar un punto de presión para desmayarlo, pero se quedó petrificada al notar algo en la base de su cuello: un tatuaje. De improvisto y aprovechando su repentina parálisis, él la aferró del cuello con la mano sana, apretó, separó su cabeza del suelo y la estampó contra la superficie con tanta fuerza que Bea creyó que se había descalabrado al tiempo que Rolo soltaba un alarido, al unísono que ella—. ¡Voy a matarte!

Sin embargo, Bea se dio cuenta de que había gritado por otra razón. El impacto de su cabeza contra el suelo, había sido tan fuerte, que los tapones de sus oídos se habían salido. La voz irritante del hombre que estaba sobre ella se abrió paso dentro de sus conductos auditivos y provocó las primeras tres grietas en la perla que llevaba en su cuello y que brilló intensamente. Bea se mordió el antebrazo para no volver a gritar, pues su voz causaría el mismo efecto. Por un segundo perdió consciencia de todo a su alrededor, pues el dolor en todo su cuerpo era demasiado fuerte, y en especial el de su cabeza, que era como un martillo que la golpeaba constantemente con una tremenda fuerza.

—¡Qué diantre! —gritó el hombre y alzó la voz mientras miraba estupefacto el brillo iridiscente de la perla traslúcida en el cuello de Bea. La voz de él volvió a atravesarla e instintivamente Bea se llevó las manos a las orejas para intentar detener el paso del sonido hasta sus oídos. Sintió unas terribles ganas de vomitar y una sensación violenta la recorrió de los pies a la coronilla, mientras evitaba gritar apretando los labios. De repente, todo se volvió borroso y su respiración agitada se salió de control, la invadió el dolor más horrible de su vida y gritó. Gritó tan fuerte que incluso Rolo se fue de espaldas, asustado por lo que pasaba; pero recuperó el valor y volvió a inclinarse sobre ella.

La puerta de la biblioteca se abrió de golpe y entró Sebastián. Rolo, asustado, miró con los ojos fuera de sus órbitas al recién llegado que evaluaba la situación; en cuestión de segundos se acercó corriendo, lo aferró por las solapas, lo levantó con facilidad y lo arrojó hacia la pared. El del peluquín aterrizó contra la dura superficie y se quedó sin aire.

—Lárgate de aquí. Vete antes de que te mate —ordenó con voz rasposa y apuntó a la puerta.

Rolo se levantó a duras penas y salió corriendo de la biblioteca. Sebastián se inclinó al lado de ella y le acarició la frente.

—Bea... ¿estás bien?, háblame, dime qué... —pero la perla volvió a brillar y ella se retorció de dolor sobre el suelo. Sebastián la presionó con fuerza contra el piso para tratar de que dejara de moverse, pues se golpeaba contra el suelo con incontrolables contracciones. Algo en su mente le dijo a Sebastián que debía aguantar, que debía esperar a que la luz de la esfera de cristal se desvaneciera. Bea recuperó la consciencia después del ataque de dolor y cuando él iba a hacer amago de hablar, ella puso sus manos atadas sobre sus labios. Sebastián calló al instante mientras ella intentaba recuperar el ritmo de su respiración, cosa casi imposible pues los dolores eran realmente intensos.

Permanecieron de ese modo hasta que el sudor que brotaba de la frente de ella, se convirtió en pequeñas gotas resbaladizas y su respiración fue más estable. Durante esos minutos Sebastián había subido sus manos a las de ella y las desató, mientras ella continuaba sin permitirle hablar.

Bea se concentró para poder incorporarse un poco y dejó una mano sobre los labios de él, al mismo tiempo que con la otra, tanteaba casi ciegamente el suelo en busca de los tapones. Cuando los encontró, ante la mirada sorprendida de él, se los colocó de nuevo y quitando la mano de sus labios, se dejó caer débilmente hacia atrás. Sebastián reaccionó con sus buenos reflejos y con rapidez la sostuvo antes de que tocara el suelo.

No comprendía nada de lo que había sucedido. Nada. Pero de lo que estaba seguro, era de que, al parecer, tanto ella como Rolo, tenían demasiados secretos guardados.

—¿Estás bien? —preguntó y acarició su cabello que se había despeinado y salido del moño casi en su totalidad. Bea no respondió y él supo por qué. Ella no podía escuchar con esas cosas que tenía puestas; la separó de su cuerpo y la miró de frente—. ¿Estás bien? —volvió a preguntar. Bea, que ya había intentado enfocar, pudo comprender parte de lo que él le decía.

—No puedo escucharte —anunció al sentir que las fuerzas se le escapaban y se tambaleaba hacia atrás.

—Lo sé —dijo él sintiéndose como un estúpido.

Volvió a abrazarla. La apretó contra su cuerpo y acarició su espalda para tranquilizarla. Después de unos minutos, Bea sintió que Sebastián se tensaba y alzó su cabeza para mirarlo. Él observaba completamente enfadado hacia la puerta. La ayudó a levantarse, pero Bea tuvo problemas para mantener su equilibrio mientras miraba hacia donde él lo hacía.

Era Rolo, acompañado de Aimeé y un grupo de cinco guardias, que formaban parte del personal de la mansión. La apuntó con desagrado.

—Es ella. Ella me ha atacado —anunció, pero Bea no pudo leer sus labios correctamente.

—¡Tú la agrediste! —gritó Sebastián mientras la contenía con sus brazos. Bea tampoco supo lo que dijo.

—¡Fue en defensa propia! —replicó el del peluquín y se tocó la herida del brazo.

—Esto no tiene sentido —intervino Aimeé y miró a todos—. ¿Por qué iba a hacer algo así Bea?

Rolo la miró despectivamente al mismo tiempo en el que sus ojos oscuros reflejaban la perla de color verde traslúcido sobre su cuello. Bea pudo anticipar sus palabras y supo lo que venía.

—¡Ella es una bruja!

Sebastián la abrazó aún más fuerte, pero Bea se defendió con premura.

—Eso no es verdad.

—Y además es sorda… lo he descubierto esta noche —agregó retándola con la mirada—. Tenemos que llamar al sargento Dimitri. Seguramente el regimiento sentirá una profunda vergüenza al saber que han estado buscando hechiceras, sin saber que una se introdujo en el ejército.

—Rolo, te juro, una palabra más y en verdad te vas a arrepentir.

El del peluquín se volvió a la mujer de gafas y negó con la cabeza, apretándose la herida.

—Lo ha hechizado, Aimeé —le dijo y Bea sintió que el alma se le caía al suelo.

—¡Mientes! Lo que sucede es que no quieres que sepan la verdad —rugió Bea; pero Rolo le quitó su arma a uno de los guardias y le apuntó con ella. La de ojos verdes se vio obligada a callar y sintió una fría impotencia.

—¡Sebastián, tienes que volver en ti! Confía en mí —le gritó Rolo y levantó la mano libre hacia él, a modo de invitación.

Bea se volvió hacia Sebastián y frunció el entrecejo mientras se percataba por su mirada, cómo la mente del joven parecía agilizarse. Aimeé gimió sin saber qué hacer y observó a su sobrino, que despacio, separó a Bea de su cuerpo.

—No —pidió cuando él la dejó por completo.

—¿Eres una bruja?

—No lo soy —gimió y trató de reprimir sus ganas de llorar, pero no pudo. Las lágrimas se agolparon entre sus pestañas y comenzaron a caer libremente en el suelo. Rolo, Aimeé y los guardias abrieron mucho los ojos al mirar las lágrimas que en vez de quedarse en el suelo, se convertían en pelotas cristalinas y rebotaban provocando tintineos.

—Sebastián —llamó Aimeé, él la miró y siguió hacia la dirección en la que apuntaba su mano. El suelo estaba lleno de esferas pequeñas. Eran sus lágrimas. Bea miró hacia abajo como todos y reparó en lo que sucedía. Por alguna razón que ella desconocía, sus lágrimas se convertían en diamantes… o en algo similar.

—¡Se los dije! —exclamó victorioso, Rolo.

Bea supo que estaba condenada. Sebastián estaba genuinamente sorprendido y tuvo que retroceder cinco pasos, mientras estudiaba los diamantes del suelo.

—Si no vienes en este mismo instante, no me quedará de otra más que llevarte con ella —sentenció Rolo. Sebastián levantó la mirada y en seguida, sin volverse hacia Bea, se dirigió a los guardias:

—Llévenla a su habitación y enciérrenla. Esperaremos por las indicaciones y los deseos del Sargento Dimitri, pues él es su mentor.

—Sebastián... —gimió, y él se volvió hacia ella con una mirada helada.

—No se atreva a dirigirse a mí de ese modo. ¡Llévensela, ahora! —ordenó con expresión tensa. Los guardias se adentraron en la biblioteca y la tomaron de los brazos con tanta fuerza que ella apretó los labios para impedirse gritar. Ese era su fin... se sentía traicionada; pero también comprendía que él, probablemente, se sentía de la misma forma. Levantó la barbilla y, sin mirarlo, salió escoltada por los guardias.

Revelaciones

Cuando los guardias la dejaron en su habitación, la esposaron a uno de los postes de la cama, y luego salieron para encerrarla bajo llave. Bea se dejó caer en el suelo escondiendo su cara entre los brazos elevados y negó al pensar que todo eso se sentía tan irreal... como las pesadillas que tenía de niña. No le preocupaba el dolor que había sentido cuando por fin había escuchado algo, ni los golpes que Rolo le había dado; mas sí pensó en su padre y lo afligido que iba a sentirse en cuanto se enterara de lo que había sucedido y pensó también en Dimitri, que había confiado tanto en ella... que la había ayudado y la había procurado, sin importarle nada. Iba a estar muy decepcionado.

Se rehusó a pensar en Sebastián. En sus palabras o en el modo tan frío en el que la había mirado. Lo que había estado eludiendo, al final no había podido contenerlo. Era imposible detener una tempestad.

Le dolía a mares la cabeza y le palpitaba como si hubiese golpeado la pared con ella unas diez veces, como mínimo. Al mismo tiempo, se sentía con náuseas y mareada; dudaba que pudiera ponerse en pie y mantener el equilibrio como se debía.

Decidió dormir un poco para despejar su mente antes de encontrar una solución. Cerró los ojos lentamente y apoyó su cabeza a un lado del colchón de su cama. Estaba tan débil que no tardó en quedarse dormida, pero por el estrés, su cuerpo la instó a despertar antes de que hubiera pasado la hora.

Debía encontrar un modo de salir antes de que los soldados la llevaran con ellos. Sería su fin si se quedaba allí, así que iba a intentar salir, por cualquier medio.

Acercó la cabeza a las manos y buscó entre su peinado desarreglado, algún pasador que se hubiese mantenido en su lugar. Había tres. Tomó uno, lo abrió, le quitó las gomillas y pasó quince minutos intentando abrir la cerradura de las esposas.

Mientras Bea estaba prisionera en su recámara, Sebastián y Aimeé discutían:

—Esto no tiene sentido, Sebastián —le dijo Aimeé en cuanto entró por la puerta de su despacho y lo encontró analizando unos papeles. Su sobrino levantó la mirada de los documentos y después miró su reloj de pulso.

—¿Han mandado el mensaje para los soldados? —preguntó con tranquilidad, mientras abría el tercer cajón de su escritorio y metía los papeles. Cerró con llave y la metió en su pantalón.

—No he podido evitar que Rolo lo hiciera. Ya fue enviado. ¿Por qué no lo impediste?

—¿Y dejar que me creyeran cómplice de una bruja, también?

—Sabes tan bien como yo, que ella no lo es.

—¿Tienes idea de cuánto tiempo tardarán en llegar? —preguntó Sebastián, cambiando de tema.

—Por lo menos, unas tres horas. Sebastián, tenemos que hacer algo, no podemos dejarla así. La matarán si no la ayudamos.

Sebastián no contestó. Caminó a un armario en donde tenía algunas prendas de ropa y sacó varias cosas.

—Necesito una mochila… ¿podrías conseguírmela?

Aimeé levantó las manos con las palmas encarando el techo, sin una pista acerca de lo que su sobrino pensaba.

—Pero, ¿es que no te importa?

Sebastián se detuvo y la miró de reojo.

—Qué tonterías dices, por supuesto que me importa.

La mujer de lentes lo miró conflictuada y negó con la cabeza preguntándose qué pasaba por la mente de él.

—No entiendo…

—Es complicado. Soy una persona importante y debo arreglar algunos asuntos antes de que decidan acusarme de estar bajo el hechizo de una bruja. No podía ayudarla, me habrían encerrado con ella y yo necesitaba permanecer afuera de esto.

—¿Por qué?

—Porque estando adentro, esposado, no habría podido ayudarla. Tú tranquila, lo tengo todo bajo control. Solo necesito hacer algunas cosas. Escucha —dijo y se acercó para sujetarla de las dos manos—. Es importante que pongas mucha atención. En ese cajón, hay evidencia importante del hombre que trató de matarme, cuando Miguel regrese, debes hacerle llegar esa información, si aún no he vuelto. Él sabrá qué hacer.

—Pero…

—Necesito saber que me has comprendido. No puedes dársela a nadie más, ¿entendiste? Sabes en dónde guardo la llave de repuesto.

—Pero, pero… ¿a dónde irás?

Sebastián la soltó y continuó seleccionando cosas del armario.

—Debo llevarla lejos. Ponerla a salvo en algún lugar en donde no puedan encontrarla.

Ambos sabían que eso era, además de peligroso, imposible. Él había hecho un juramento y debía mantener su posición, debía quedarse allí y cumplir con lo que dictaba su título, pero él no podía continuar haciéndolo sabiendo que Bea estaba en peligro. Se sintió avergonzado por actuar de ese modo tan egoísta, se detuvo y miró fijamente la madera del armario frente a él. Su corazón le decía que hacía lo correcto, pero su mente lo apremiaba a quedarse, a cumplir lo que había prometido. Aimeé se acercó al verlo dudar, su corazón latió rápido, demostrando su preocupación hacia él.

—Sé que no debería… —se lamentó y cerró los ojos, pero Aimeé posó su mano delicada sobre el hombro de él.

—Debes.

—Una vida no es más importante que la de cientos… —susurró él.

—¿Quién lo dice? Contigo he aprendido que una vida es igual de importante que la de cientos. Todos tienen el derecho a ser felices. Yo me encargaré de las cosas, en caso de que decidas no regresar.

—¿Cómo? —preguntó alarmado.

—Diré la verdad.

—Prometí que iba a protegerte. Lamento… Realmente siento mucho no haber cumplido mi palabra.

—Pero la cumpliste. Estaré bien, no soy una jovencita que necesite desesperadamente tu ayuda, ella sí. Cuídala.

Sebastián asintió y se acercó para darle un beso en la mejilla. Ella le sonrió, se acercó al escritorio y regresó a él, alargándole la pluma de madera.

—Guárdala bien.

Y sin más, se volvió para salir del despacho y buscar la mochila que él le había pedido. A los pocos minutos regresó con una mochila y en compañía de Mily, quien iba vestida con unos pantalones de mezclilla y una blusa rosa. Ella le sonrió y le alargó una bolsa plástica con su uniforme. Sebastián contempló a su tía con cariño.

—Yo me encargaré de todo —anunció Aimeé—. Puedes confiar en mí.

Cuando el segundo pasador se rompió, Bea, sudorosa, intentó con el último, se concentró en hacerlo despacio y con precisión hasta que escuchó el chasquido que había estado esperando. Con rapidez se liberó de las esposas y las dejó sobre la cama. Se puso de pie y al girar se alarmó al ver una sombra por el pequeño balcón de la ventana; inmediatamente se movió del camino de la luz de la luna y se quedó apoyada contra la pared de al lado. Las puertas de cristal se abrieron con cuidado y entró por ella un hombre vestido de negro. Bea, veloz, se colocó frente a él y le lanzó un golpe con el puño tratando de hacer el menor ruido posible, pero el hombre esquivó el golpe y la bloqueó cuando intentó golpearle en la espinilla; en seguida la sujetó por los brazos y la estabilizó contra la pared, quitándose el pasamontañas que lo cubría.

Bea abrió los ojos sorprendida en cuanto vio que se trataba de Sebastián. Estuvo a punto de hablar, pero él le tapó la boca con la mano y se llevó el dedo índice a los labios para indicarle guardar silencio.

Cuando ella se tranquilizó él le señaló las puertas por las que había entrado. Bea le dio una mirada airada y asintió despacio. Ambos se dirigieron hacia las puertas de cristal; cuando estuvieron en el balcón él las cerró tras ellos. Con el dedo nuevamente sobre los labios, le indicó, con la otra mano, el balcón a su derecha. Bea vio que la distancia entre uno y otro era bastante amplia. Se giró y cuestionó con las manos. Él apuntó a un alfeizar en la pared que tenía un ancho de unos quince centímetros y que conectaba todos los balcones. Bea miró hacia abajo y se le revolvió el estómago; aun así, se quitó los zapatos de tacón que aún llevaba, y con ayuda de él subió al barandal del balcón. Sin mirar hacia abajo, aseguró el pie en el borde, se volteó y apoyó las manos y la espalda contra la pared y se deslizó lentamente hacia el siguiente balcón.

Sebastián subió tras ella y con cuidado se deslizó al igual que Bea lo había hecho. Así, uno detrás del otro atravesaron seis o siete balcones en total; cuando estuvieron de pie en el último, Sebastián entró primero a la habitación para cerciorarse de que no hubiera nadie, se volvió hacia ella para darle la mano; Bea no aceptó su ayuda y entró tras él sin hacer ruido.

Sebastián se acercó a una de las mesitas al lado de la cama y prendió la lámpara de noche. Bea, que estaba apoyada en la pared, ni siquiera lo miró.

—¿Estás bien? —preguntó acercándose. Al recordar que ella no podía oírle, esperó a estar cara a cara y la sujetó por los brazos, pero Bea se alejó alterada y se pegó a la pared. Sebastián dio un respingo y sintió angustia al verla golpeada y cabizbaja, pegada contra la pared y abrazándose a sí misma. Levantó su brazo y con los dedos de su mano derecha la hizo elevar el mentón. Lo miró a regañadientes—. Entiendo que estés molesta.

—¿Cómo pudiste creerle a él antes que a mí? —lo cuestionó enfadada.

—Bea, ¿qué esperabas que hiciera? Tenías una perla que brillaba alrededor del cuello y, al parecer, tus lágrimas no eran del todo líquidas. No sé si él tiene razón o no.

—¡Crees que soy una bruja! —replicó, haciendo una mueca cuando el labio partido le dolió.

—Tal vez —divagó encogiéndose de hombros.

Bea observó su actitud casi indulgente y se quedó sin palabras, pues lo había dicho como si eso no fuera gran cosa.

—¿No te importa? —preguntó con voz temblorosa.

—No me importa, Bea, si eres o no una bruja… o si eres una alienígena come humanos; te entregaría en bandeja de plata mis órganos.

—Te lo agradezco, pero no lo soy.

—¿Una alienígena?

—Ninguna de las dos cosas. Te lo juro.

Sebastián suspiró reflejando el cansancio que sentía de continuar discutiendo sobre el tema.

—Bien. Te creo. Pero debe de haber una razón para todo esto y más vale que me la digas… —Bea hizo amago de hablar, pero él la silenció con su dedo—. Ahora no, cariño. No tenemos tiempo para confesiones. Debo sacarte de aquí antes de que llegue el ejército.

Bea asintió y él le dio la bolsa plástica que había recibido de Mily con anterioridad.

—¿Qué es esto?

—Es el uniforme de Mily. Aimeé le pidió ayuda y ella aceptó prestártelo para que pudieras salir de la habitación sin problemas. Cámbiate.

—Necesito ayuda con los botones del vestido —dijo girándose y se retiró el cabello hacia el frente.

Sebastián se acercó más para desabotonar los pequeños botones de color plateado. La angustia lo superó cuando el vestido entreabierto le mostró algunos moretones en la espalda e identificó una abrumadora impotencia dentro de sí mientras, con la yema de sus dedos, los delineaba. Tenía ganas de coger a ese pequeño hombre por el cuello y estrangularlo. Bea se giró en cuanto sintió sus manos sobre su piel, él no le dijo nada y simplemente cabeceó hacia la puerta del baño, ella entró y se cambió.

Al salir del baño con el uniforme de servicio, él ya se había cambiado también y volvió a ayudarla con el cierre y con el moño del delantal blanco; Bea le alargó la cofia y él, con delicadeza, sujetó toda su cabellera y la metió en la prenda blanca.

—Mis heridas llamarán la atención.

—Caminaré frente a ti todo el tiempo. Intentaré que nadie te note. Mira hacia abajo todo el trayecto.

Bea aceptó insegura y ambos se movieron hacia la puerta de la habitación. Sebastián se asomó. Los guardias de la habitación de Bea habían quedado lejos. Salió primero y ella lo siguió.

Sebastián la llevó por zonas que Bea nunca había tenido la oportunidad de recorrer, casi como si buscase el camino menos transitado de la mansión. Después de lo que le parecieron horas, pero solo fue un poco menos de cinco minutos, salieron por una puerta que daba a la cocina y de ahí cruzaron otra hacia un invernadero. Todo estaba oscuro, así que él era sus ojos pues conocía el lugar.

Salieron por la puerta más alejada del invernadero y entraron a una zona de enormes árboles. Una luz cegadora se abrió paso por los troncos y los tomó por sorpresa. Sebastián y Bea se cubrieron los ojos de la luz y luego poco a poco se descubrieron, él intentando averiguar de quién se trataba y ella queriendo huir.

—Su excelencia. La señora me ha pedido que le ensille su yegua.

Era uno de los mozos de cuadra que indicaba a unos metros más adelante en donde estaba Pólvora.

—Y me pidió que le diera esto.

Sebastián recibió de él una mochila de tamaño grande y se la puso al hombro.

—Gracias. Te dijo que…

—Mis labios están sellados —anunció el mozo y Sebastián le regaló una mirada repleta de agradecimiento. El muchacho se fue y Sebastián sujetó a Bea de la mano, avanzó con ella con cuidado por entre los árboles y trató de hacer el menor ruido posible.

Cuando llegaron a la yegua, ella intentó montar primero, pero un dolor en sus costillas la hizo arquearse y gemir. Sebastián maldijo en voz baja y subió antes. Ya en la silla se giró hacia ella con las dos piernas del mismo lado de la montura y le alargó las manos.

Bea se aferró a ellas y se impulsó hacia arriba mientras él la halaba con cuidado hacia su cuerpo. Cuando estuvo arriba, la sentó frente a él y se colocó a horcajadas sobre la silla de montar. Sebastián le hizo un chasquido con la boca y Pólvora comenzó a moverse. Él mantuvo un ritmo a paso lento para que ella no sufriera con el galope.

Así continuaron sin hablar. Él ya estaba al tanto de que no tenía caso hablar con ella mientras no estuviesen con luz y de frente. Recordó las veces en las que no respondía; o la noche en la que se había querido quedar con él en la biblioteca por miedo a atravesar la mansión a oscuras. Lamentó, con un suspiro, el no haberse dado cuenta de lo que sucedía, pues siempre se había considerado alguien en extremo observador. La temperatura disminuyó y él se detuvo para sacar una delicada manta de la mochila y arropó con ella a Bea, quien reconfortada, se apoyó en su pecho. Él la rodeó con un brazo deteniéndola con la mano y continuó guiando a Pólvora con la otra.

Bea cabeceaba de vez en vez, pero hizo todo lo posible por permanecer despierta pues tenía miedo de no poder reaccionar a tiempo si algo ocurría inesperadamente. Así que se obligó a tener los ojos abiertos a pesar del calor corporal que él emanaba y que la atraía a dormir.

La noche dio paso con rapidez a la madrugada y Sebastián advirtió que Bea no aguantaría mucho más tiempo sobre la montura. Llevaban ya mucho camino recorrido, pero sabía que no podía parar en cualquier lugar y era peligroso quedarse a acampar en mitad de la nada, sabiendo que el ejército estaba perfectamente capacitado para buscar personas. Los encontrarían y les darían alcance con demasiada rapidez, así que no tuvo otra opción más que continuar el camino.

En cuanto los primeros rayos de sol salieron y chocaron contra sus rostros, Sebastián pudo ubicarse con facilidad; hacía años que no andaba por esa zona, pero había logrado llegar sin luz. Sonrió al recordar el lugar. Seguía siendo igual de hermoso. Con los rayos de la mañana se podían apreciar los árboles de un verde mucho más profundo y sendas de preciosas piedras que llevaban a diferentes lugares.

Bea durmió las últimas dos horas de camino y cuando abrió los ojos, observó un lugar realmente hermoso. Era como un paraíso. Todos los troncos de los árboles estaban tallados con diferentes figuras, y de ellos colgaban un montón de campanas de viento que, aunque ella no podía escucharlas, las veía brillar por encima de sus cabezas. Las sendas eran de piedras de diferentes colores, como si cada color llevara a un punto distinto.

—¿Qué lugar es este? —preguntó volviendo el rostro hacia él mientras llegaban a un claro que tenía hojas secas por doquier y un lago cuya agua reflejaba todos los colores del arcoíris. Bea miró hacia el cielo, pero no logró ver ninguno—. ¡Hay un arcoíris en el agua! —y cuando sintió el aliento de él sobre su coronilla, volvió a girar.

—Ese claro tiene unas bombas colocadas por las personas que viven aquí, Bea. Las bombas asperjan agua del mismo lago y se puede ver un arcoíris en su superficie cuando los rayos del sol chocan contra ellas en las primeras horas de la mañana.

—Es hermoso.

—Lo es.

—¿Cómo se llama este lugar?

—A esta zona del bosque, a las afueras de la ciudad, se le conoce como El bosque del Arte —contestó Sebastián. Cabeceó hacia la izquierda y agregó—: De ese lado hay unas montañas de arenisca de colores. Las han hecho para que los niños jueguen y se deslicen por ellas.

—¿Viven muchas personas aquí? No veo a nadie.

—Es muy temprano, pero además, no son muy sociables, no les gusta relacionarse con personas nuevas, prefieren mantenerse al margen.

Bea asintió y continuaron montando, mientras observaba todas las cosas hermosas que se abrían paso frente a sus ojos. Atravesaron al otro lado del claro y pronto se encontraron con unos hongos descomunales de diferentes colores.

—¿Son reales?

—Lo son.

—Nunca había visto algo así —susurró y alzó el rostro para ver con atención.

—Son prototaxites, hongos prehistóricos. Estaban extintos, pero un científico encontró inmerso en hielo uno pequeño y trabajó en su reproducción de probeta y clonación. Este fue el lugar que se escogió para que crecieran silvestres. Los trajeron a esta zona pues es húmeda y la tierra tiene las características específicas para su reproducción.

—Son increíbles, ¿se pueden comer?

—No. Básicamente aún es una especie en peligro de extinción y no se pueden ingerir ni utilizar para ningún otro fin. Las personas de este lugar han aprendido a cuidarlos y a protegerlos —contestó Sebastián, mirándola a la cara, y continuaron cabalgando.

Fue entonces que ella se percató de las cabezas que salían detrás de troncos de árboles y les miraban intrigados; se habían camuflado con éxito hasta que ella había encontrado a uno. No dijo nada e intentó fingir que no lo había visto. Sebastián silbó cinco veces en tonos diferentes y de súbito, Bea ya no vio a nadie.

A los veinte minutos de seguir sobre la yegua se detuvieron y él la ayudó a bajar con mucho cuidado para no lastimarla. La cogió de la mano y caminó con ella por un sendero de color azul pálido. Bea miró de un lado a otro y apretó su mano, sintiéndose en desventaja en un lugar tan desconocido.

Caminaron durante un rato más, hasta que llegaron a una cabaña pintada de color rojo. Era pintoresca y tenía un lindo pórtico, pero se veía descuidada: había telarañas en la parte de afuera y musgo creciendo entre la madera. Un lindo molino de agua lleno de moho le llamó la atención y quiso ir hacia allí, pero él la hizo subir por las escaleras y entrar a la cabaña.

—Hay un banco por allá, siéntate —dijo mientras tomaba una cubeta y salía por la puerta.

Bea lo hizo así y esperó pacientemente los cinco minutos que tardó en volver. Cuando él regresó, llevaba el balde lleno de agua, asió otro banco y se sentó frente a ella.

—Estaremos seguros aquí —aseguró. Sacó un pedazo de tela de la mochila que llevaba, la mojó, la exprimió y levantó el mentón de la muchacha para limpiarle los restos de sangre que se había endurecido en su faz.

Bea soportó el dolor, ni siquiera rechistó y se dejó atender como una buena paciente. Sebastián estaba concentrado en hacerlo con cuidado para no lastimarla y se llevó más tiempo del que hubiese pensado que se llevaría. Cuando terminó, dejó el pedazo de tela en la cubeta y esta a un lado de la puerta. Bea notó que la cabaña era de dos pisos y que estaba muy bien dispuesta, casi como si una mujer hubiese trabajado en decorarla y diseñarla.

—¿Estás seguro que estaremos a salvo aquí?

Él asintió y la cogió de las dos manos, se las apretó suavemente y ella supo que iba a decirle algo importante; pero pasaron los minutos y él no pudo hablar, así que ella empezó:

—Parece que conoces este lugar muy bien —musitó. Él la miró con sus atrayentes ojos negros, debatiéndose entre decirle la verdad o seguir mintiendo.

—Así es —contestó.

—Sebastián... —empezó pero él negó, interrumpiéndola.

—No me llames de ese modo.

Bea se sintió desorientada y se inclinó un poco, ladeó la cabeza y frunció el ceño para denotar su incomprensión.

—¿Cómo dices?

—Te he pedido que no me llames así.

—¿Así?, ¿por tu nombre, quieres decir? —preguntó con la voz temblorosa.

—Ese no es mi nombre —le dijo él mirándola fijamente. Bea abrió y cerró la boca varias veces, tal como hacía cuando no sabía qué decir.

—Tú... No entiendo, ¿ese no es tu nombre?

—No. No soy quien crees que soy, Bea.

La respiración de ella se agitó y tuvo que hacerse consciente de eso para poder tranquilizarla.

—¿Cómo es eso posible?

—No soy el duque de Valte... y no me llamo Sebastián.

—Entonces... ¿cuál es tu nombre? —deseó saber sin poderse creer ni media palabra. Él tardó demasiado en responder, tanto que Bea pensó que nunca le diría.

—Oliver. Y esta... es mi casa. —Luego, con una sonrisa nostálgica, agregó—: Como puedes darte cuenta, no eres la única persona que tiene secretos.

En el Bosque del Arte

Oliver esperó paciente, sentado frente a ella. Miró su reacción y la estudió con cuidado. Había prometido no decírselo a nadie, había jurado mantener el secreto, pero al final, no podía seguir escondiéndoselo. Había querido decírselo por tanto tiempo que, ahora que lo había hecho, sentía su pecho ligero, su mente tranquila y su corazón expectante.

Bea, por otro lado, sentía que había caído dentro de un enorme y oscuro espacio, no podía encontrar una razón para todo eso; su mente estaba por completo impactada y no se sentía capaz de manejar algo así. Parecía todo falso, como si esa persona frente a ella no fuese la misma persona de hacía solo unos minutos. Inspiró para despejarse y negó varias veces sin saber qué contestar. Oliver rompió el silencio después de unos minutos.

—Veo que estás… sorprendida —Bea le miró con obviedad y él agregó—; no te culpo, por supuesto.

—¿De qué… de qué se trata todo esto?, ¿es una broma?

—Por supuesto que no es una broma, Bea. ¿Estás hablando en serio?, ¿por qué bromearía contigo de ese modo?

—Es solo que… no lo entiendo. Estoy aturdida. No puedo dar crédito a lo que dices.

—Escucha —inició él. Alzó las dos manos y las movió lentamente hacia arriba y abajo—. Te lo explicaré. Pero todo esto es en verdad importante. Debes prometer que lo mantendrás entre nosotros; porque es algo que no debería haberte dicho.

Bea se percató de que probablemente estaba a punto de convertirse en parte de algo de suma importancia.

—¿En serio es tu casa? —preguntó.

—Lo es.

—Si tú no eres el verdadero duque…

—Él… —Oliver hizo una pausa larga antes de continuar—, aún no se ha recuperado.

Bea comprendió a lo que él se refería y recordó cuando la primera vez en su oficina, él había negado haber pintado el cuadro del jardín.

—¿Aún sigue en coma?

Oliver asintió y resopló mientras ella trataba de enfocar su mente.

—Tú lo suplantaste.

Oliver supo que esa no había sido una pregunta, ella lo había afirmado y él no pudo negarlo.

—Lo hice.

—¿Quién… quién lo sabe?

Él se tronó los dedos de la mano, sintiéndose nervioso de volcar toda esa información.

—Aimeé, Miguel y yo. Somos los únicos que sabemos de todo esto. Y el doctor al que tuvimos que sobornar para que mantuviera la boca cerrada, nos apoyara y diera fe de la recuperación.

—¿Cómo es que nadie más se percató de eso?

—Después del accidente del duque y de sus padres, Aimeé era la única que tenía permitido visitar la alcoba de Sebastián. Ella lo cuidaba, le leía todas las noches; tenía una esperanza insana de que algún día lo recuperaría.

—Y quisieron desconectarlo —finalizó ella y Oliver confirmó.

—Aimeé acudió a Miguel y entre los dos decidieron... buscar a alguien que pudiese suplantarlo, para darle más tiempo para poder recuperarse.

—¿Y te encontraron a ti?

Oliver se mordió el labio inferior y esperó bastante antes de contestarle con tono relajado.

—No. Miguel me conocía desde que era pequeño. Mi padre y él eran muy buenos amigos y cuando mis padres fallecieron... —Bea no escuchó cuando su voz se quebró, pero notó perfectamente, por su expresión, que estaba sufriendo—, él cuidó de mí. Me daba trabajo y a veces me invitaba a quedarme en su casa. Siempre me comparó con Sebastián por la similitud física que teníamos, cosa que ya había escuchado antes de personas cercanas, pero nunca lo creí, hasta el día en el que me hicieron la propuesta.

—Y aceptaste.

—Tenía que hacerlo.

—¿Tenías?

—Tal vez no lo comprendas, Bea, pero iban a matarlo. Yo... —se detuvo y la observó angustiado—. Aimeé me lo pidió mientras lloraba, sufriendo por él. Quizá podrías creer que fue egoísta de su parte, pero no es tan fácil, Bea. No es tan fácil aceptar que alguien termine con la vida de una persona a la que amas. Es la única familia que le queda.

—Lo sé, pero es algo egoísta mantener a una persona en cama por tantos años, solo para no sentirse sola.

—Ella estaba segura de que iba a despertar. De hecho, su estado ha mejorado y ha empezado a tener ciertas reacciones y responde a algunos estímulos desde hace poco más de tres meses. Pero no estamos seguros...

—Nadie puede saberlo. —Bea lo estudió, admirada—. Y aún después de que tu vida corría peligro no abandonaste tu promesa.

—No podía hacerlo, Bea. Aunque no lo creas, era mi forma de luchar también.

—¿De luchar?

—Si mataban a Sebastián, quien estaba representándolo quedaría de manera oficial al mando del reino. Esos años en los que Sebastián estuvo en coma fueron los peores para el reino, Bea. El duque de Valte fue un representante sabio y bueno.

—Y pensaron que Sebastián habría sido igual.

—Teníamos esperanzas.

—¿En dónde está él? —pero ella misma respondió a su propia pregunta casi de inmediato—. Lo escondieron, ¿no es así? Hay un pasadizo que va directo de tu oficina al lugar en donde lo mantienen, ¿verdad?

Oliver abrió los ojos sorprendido por su perspicacia, a continuación asintió y apretó los labios con fuerza.

—Sí. ¿Cómo lo sabes?

—Detrás del cuadro del jardín encontré un agujero y parecía llevar a algún lugar, pero no pude dar con la puerta de acceso.

—Hay unas habitaciones que se clausuraron desde antes del accidente. Aimeé era la única que tenía acceso a ellas. Nadie más las conoce. Después de que la cámara de integrantes del Parlamento estableciera que debían terminar con la vida de Sebastián, Aimeé comenzó a tener sus sospechas de que alguien había tratado de asesinar a su hermana, su cuñado y su sobrino.

—¿No fue un accidente?

—Eso fue lo que se creyó por muchos años, pero Aimeé y Miguel encontraron pruebas de que los frenos del auto habían sido manipulados antes de que ellos subieran.

—¿Por quién?

—Supusimos que se trataba de alguno de los hermanos Fader, pero ahora creo que Rolo fue quien tramó todo.

Bea apretó los labios y negó lentamente al recordar lo que había sucedido la noche anterior.

—No fue solo él.

—¿Qué quieres decir con eso?

—Él no fue la mente detrás del asesinato. Rolo me dijo… él dijo… —Bea se concentró y cerró los ojos tratando de hacer memoria—, dijo que había hecho un trato con alguien.

—¿Te dijo con quién? —preguntó afectado.

—No, no me lo mencionó, pero estoy segura de que esa persona fue quien lo invitó a tramar el asesinato. Y creo saber de quién se trata.

—¿Quién?

—Lord Canvil.

Oliver frunció el ceño y negó al principio, tratando de comprender por qué habría sido él.

—No puede ser él.

—¿Por qué no?

—Nunca… quiero decir, él siempre me apoyó y a Aimeé. ¿Por qué la habría ayudado, entonces?

—Quería cubrirse, probablemente; o pensó que estaban intentando encontrar los bienes que obtuvo el padre de Sebastián para fugarse con ellos y dejar el puesto, después de tantas veces que trató de asesinarte.

—Pero, ¿qué te hace sentirte tan segura?

—¿Hay alguna razón por la que él intentaría asesinarte?

—No estoy seguro. Aunque, pensándolo fríamente, Canvil está en la línea del título. Es noble y tiene una excelente relación con la corona.

—Tal vez deseaba llegar al ducado.

—Puede ser. ¿Rolo lo mencionó?

Bea negó con las manos y le explicó intentando recordar todo con lujo de detalle.

—Pues, ayer por la noche estaba dando un paseo. Cuando me di cuenta ya estaba cerca de la biblioteca y vi que había alguien adentro, entré y estaban los dos hablando; algo que se me hizo en realidad extraño, pues nunca había visto que tuviesen una relación cercana. Cuando me vieron entrar ambos parecieron muy sorprendidos, dije que lo lamentaba, salí de la biblioteca y…

—Rolo fue por ti —concluyó Oliver en un asentimiento.

—Sí, pero cuando recuperé la conciencia Lord Canvil ya no estaba en la habitación. Se había ido y Rolo fingía no saber que él había estado presente; lo negó y en seguida me preguntó por lo que había escuchado.

—Demonios —bisbiseó intranquilo.

—Seguro que hablaban de lo que harían contigo. No se habría alterado tanto si hubiese sido de otro modo.

Oliver se puso ambas manos en la frente y apoyó sus codos en las rodillas tratando de tranquilizar su furia, pero no se creía capaz de contenerla; quería romper algo, golpear algo, estaba en verdad molesto por haber confiado en las personas incorrectas. Bea lo tocó suavemente con su mano, apoyándola en su hombro y su odio se disipó.

—Estoy segura de que es él —dijo ella y él levantó la mirada.

—No tengo pruebas Bea. Eres el único testigo… eres la única persona que lo sabe y no puedo llevarte de vuelta. No importa si la vida de otros corre peligro, no voy a sacrificarte.

Ella le sonrió y se agachó para quedar a su altura.

—Yo… creo que puedo darte las pruebas que necesitas.

—No, ni hablar. No voy a volver allí contigo. Olvídalo. Está fuera de discusión.

—No necesitas llevarme de nuevo. Las tengo aquí —dijo ella señalando su cabeza con su dedo índice. Oliver la estudió absorto y Bea siguió con tranquilidad—: ¿Tienes las fotos del tatuaje del hombre?

—Están en mi oficina —contestó, sin entender cómo se relacionaba eso con lo demás.

—Rolo tiene un tatuaje igual a ese hombre; en el mismo lugar. Lo vi ayer cuando iba a defenderme de él. Y estoy más que segura que Lord Canvil también tiene uno.

—Eso los haría cómplices, o al menos los relacionaría directamente.

—Debes presentar el caso ante los miembros de la cámara lo más pronto posible.

Oliver contestó afirmativamente mientras ponía todas sus ideas en orden. Bea desplazó una mano a la cabeza y se tambaleó.

Haciendo uso de sus buenos reflejos Oliver la sujetó por los brazos.

—Estás cansada.

—Estoy bien —mintió al sentir un repentino mareo.

—No, no lo estás. Tienes que descansar.

Sin permitirle ponerse de pie por sí misma, la alzó en brazos y la llevó escaleras arriba; para cuando la recostó en la cama de una de las dos habitaciones ella ya estaba dormida por completo. Oliver la arropó y la acarició por varios minutos antes de decidirse a conseguir algo de comer.

En cuanto regresó, dos horas después, con unas frutas y unos pescados, los cocinó y subió una bandeja para ella, la dejó en una empolvada mesita redonda que estaba a un lado de la ventana. Regresó a la cama, le quitó las cobijas e inspeccionó sus heridas, pero en el camino de sus ojos, se topó con la perla de cristal, acercó la mano temblorosa a esta y luego desenganchó el seguro que la mantenía alrededor del cuello de Bea. Después se levantó, agarró por el respaldo una silla de madera y la acercó a la cama sentándose en ella, esperando pacientemente a que despertara.

Bea abrió los ojos casi a los tres cuartos de hora; se sintió aliviada al verlo sentado a un lado de la cama mirándola con la cabeza apoyada sobre los antebrazos, que a su vez descansaban sobre la parte alta del respaldo.

—Traje comida, pero tendrás que esperar a que vuelva a calentarla.

—La comeré así.

Oliver negó y cuando Bea trató de incorporarse, notó que su collar no estaba en su cuello. Oliver introdujo la mano al bolsillo de su pantalón, sacó el collar, lo sujetó entre sus dedos y lo hizo mover como un péndulo.

—Es tu turno.

—¿Mi turno?

Él le lanzó una mirada recelosa y sonrió divertido.

—Vas a decirme de qué se trata todo esto. Me he portado como todo un caballero exponiéndote mis secretos y debilidades antes, para que comprendas que puedes confiar en mí.

—¿Puedo? —preguntó Bea. Oliver levantó ambas cejas en declaración de incredulidad y ella sonrió—. Bien.

—Esta perla… ¿qué significa?

—Es una perla que me dio mi madre. Bueno, no me la dio directamente. La dejó con mi padre y él se encargó de dármela junto con las malas noticias.

—¿Cuáles malas noticias?

—De que sobre mí pesa un maleficio —dijo ella concretamente. Por la expresión que le disparó él, supo que quería una versión más completa. Suspiró y descansó las manos en el regazo—. Mi tía es una bruja, o al menos es lo que me dijo mi padre. Mamá me dejó a su cuidado para intentar protegerme de lo que ella podría hacerme. Al parecer ambas tenían una mala relación y mi tía, para vengarse de mi madre, me lanzó el hechizo.

—¿Tiene… tiene que ver con los aparatos que utilizas? —preguntó al ver sus orejas y ella asintió.

—No debo escuchar nada.

—¿No debes? —repitió intrigado—. Pero… ¿eso quiere decir que sí puedes hacerlo?

—Puedo oír, sí; pero si me quito los tapones cada palabra que entra a mis oídos hace que el maleficio se active y pierdo un año de mi vida.

Oliver estaba en verdad sorprendido, mucho más de lo que ella había estado en la confesión de su secreto. Miró a la perla traslúcida y luego a ella y de regreso, varias veces.

—¿Un año menos por cada palabra que escuches?

—Sí. Sin contar lo que siento cuando escucho algo. Es mucho peor que el dolor de los golpes. Jamás había pasado por un tormento físico tan horroroso.

—La última vez que la miré… no tenía estas líneas —observó él al analizar la perla de cerca, notando las grietas irregulares en ella. Bea percibió el filoso miedo a lo desconocido y se incorporó gimiendo ligeramente por el dolor en sus costillas. Oliver se paró de la silla, se sentó con ella en la cama y colocó la perla sobre la palma de su mano—. Deben de representar algo.

—Brilló cuando los tapones se salieron con los golpes y Rolo habló. Creo que son los años que acabo de perder en una sola noche.

Bea las contó, eran pequeñas y podía identificar perfectamente en donde acababa una e iniciaba otra. Eran veintidós. Los ojos se le llenaron de lágrimas y alejó de ella la mano de Oliver con la perla. Identificó un peso que le oprimía el pecho y antes de derramarlas, se cubrió con las manos los ojos y sollozó. Oliver soltó el collar que cayó en el colchón, se acercó a ella y la abrazó. Él la contuvo por un largo tiempo, meciéndola lentamente contra él y acariciando su cabeza con delicadeza, susurrándole palabras para tranquilizarla a sabiendas de que ella no podía escucharlo.

Cuando ella logró calmarse y se separó de él, los pequeños diamantes de sus lágrimas, estaban por doquier. Oliver recogió varios de ellos y los analizó.

—¿Sabes por qué te sucede esto?

—No. De eso no tengo idea.

Oliver volvió a dejarlos sobre el colchón.

—¿Hay algo que pueda hacer para ayudarte? —preguntó él tomándola por la barbilla.

—Estoy bien.

—Me refiero a... es un maleficio, ¿no hay un modo de romperlo?

Bea trató de no revelar la verdad que estaba en su mente.

—No.

Oliver asintió y ambos se quedaron en silencio por un largo rato. Sin decir nada, después de casi media hora, él se levantó de la cama y fue por la bandeja de comida, bajó con ella, calentó el pescado y volvió a subir a la habitación, dejándola en el mismo lugar. Bea lo miró con atención.

—Ven a comer. Debes reponer tus energías—. Al sentarse frente a él y asir el tenedor para comer, él ladeó la cabeza y le preguntó algo que ella no pudo identificar.

—¿Cómo dices?

—¿Lees mis labios?

Bea se sonrojó y cortó un trozo de pescado y se lo llevó a la boca. En un principio, sintió que las náuseas regresaban, pero cuando lo tragó, su estómago lo recibió y le pidió más, gustoso.

—Sí.

—Eres muy buena para eso —sonrió, y ella le devolvió la sonrisa.

—Gracias —luego de la nada preguntó—: ¿Quién es ella?

—¿Ella? —repitió él como su eco y Bea asintió.

—Pregunta por pregunta. ¿Vas a decirme quién es la chica de la que te enamoraste?

Oliver bajó el rostro para enfocar su vista en la mesa. Bea esperó paciente a que él se decidiera a contestar su pregunta.

—Una amiga de la infancia. Nadie relevante. Yo pensé que estaba enamorado de ella, pero ahora sé que no fue así. Su nombre es Eva. ¿Estás contenta? —preguntó con una sonrisa, sintiéndose liberado por poder contestar lo que ella quería saber desde hacía tiempo—. ¿Cuándo aprendiste a hacerlo? Lo de leer los labios.

—Tendría unos cinco o seis años cuando comencé. Mi padre me ayudaba y jugaba conmigo.

—Debe ser terriblemente agotador.

—Lo es. Antes de ser tu guardaespaldas no había tenido que usar mis habilidades para leer labios con tanta frecuencia —se quejó en tono acusador y él liberó una carcajada.

—Ya lo creo. Al principio lo disimulaste muy bien, aparentando ser tan reservada.

—No me gusta leer los labios, prefiero comunicarme con señas.

—¿Con señas?

Bea confirmó y comió el último trozo de pescado. Luego dejó el tenedor sobre el plato y comió las uvas con las manos.

—Mi padre y yo hicimos un alfabeto y también dimos una seña para cada palabra. Era divertido... me permitía sentirme más libre que el tener que leer los labios de las personas.

Oliver sonrió escuchándola hablar, deleitándose con el tono de su voz y con sus expresiones.

—¿Y la pluma?

Él recordó haberla guardado en el bolsillo de su camisa y la sacó. La pluma hizo un suave ruido al chocar contra la madera. Bea se inclinó y corroboró sus pensamientos anteriores. En efecto, esa era una letra "O".

—Mi madre la talló para mí antes de morir. Lo hizo con la madera del árbol debajo del cual los enterré a ambos.

—Es magnífica —respondió acariciando el cuerpo de la pluma con la yema de los dedos.

—¿Quién fue la persona a la que perdiste? —cuestionó él cuando ella regresó su mirada a sus ojos. Bea se mostró reacia a contestarle, pero después de unos minutos, se relajó y asintió.

—Un amigo muy querido. Mi único amigo.

—Lo lamento. Estoy seguro de que él estaría orgulloso de ti, por todo lo que has logrado.

Bea continuó contándole diferentes anécdotas de su infancia: el modo en el que su padre había hecho todo tan entretenido e interesante, los juegos que tenían y la manera en la que ella aplicaba todo lo que aprendía. Oliver la escuchó con atención e intentó no hacer preguntas y dejarla expresar su historia. Era feliz contándola. No parecía estar traumatizada por el atroz maleficio que había caído sobre ella desde que había nacido. Eso lo hizo darse cuenta de que la admiración que sentía por ella era inmensa.

La mañana dio paso a la tarde y la tarde, a su vez, a la noche. Durante ese lapso, Bea se había puesto de pie de vez en cuando con ayuda de Oliver ya que debía comenzar a caminar para reponerse más rápido; así recorría la habitación hasta que las fuerzas la abandonaban y debía sentarse de nuevo. Para la hora en la que salió la primera estrella en el cielo, Bea volvía a tener más control de su cuerpo; si bien aún tenía dolores al realizar ciertos movimientos, en general se sentía mucho mejor. En una de sus caminatas, después de que él encendió la chimenea, terminó apoyando las manos en el alfeizar de la ventana y Oliver la abrió para ella.

El olor a bosque, a petricor y a flores, inundó sus fosas nasales. Oliver se posicionó detrás y Bea dejó descansar su cabeza en el pecho de él.

—Tus padres, ¿de qué fallecieron? —preguntó unos minutos después y giró su cuerpo para mirarlo de frente.

—Ellos… Hubo un brote de un tipo nuevo de escarlatina muy fuerte. El encargado provisional del Parlamento, en vez de buscar incrementar la ayuda médica, la pasaba de lo mejor gastándose el dinero en antros de mala muerte.

Bea exhaló con tristeza y levantó una de sus manos para acariciar la mejilla de él. Estaba áspera, con la sombra de la barba que ansiaba salir. Oliver cerró los ojos y dejó caer suavemente el peso de su cabeza contra la palma de la mano de ella.

—¿No estás decepcionada? —preguntó aún con los ojos cerrados y Bea frunció el ceño sin comprender su pregunta.

—¿Decepcionada?, ¿por qué debería sentirme decepcionada?

—Soy una persona simple… un humilde comerciante. No tengo una mansión, ni una limosina, ni cien millones de kurdos en el banco.

Bea delineó con las yemas de sus dedos los labios de Sebastián, curveados en una cálida sonrisa.

—Ni siquiera tengo el nombre correcto —bromeó cuando ella no contestó.

—No me importa cómo te llames —susurró y él olvidó sonreír por un momento. La sujetó por la muñeca y depositó un beso en cada uno de sus dedos—. Te quiero.

Oliver alzó las cejas sorprendido por su repentina confesión y pensó que, tal vez bromeaba, pero no se retractó y supo que hablaba en serio.

—Pensé que nunca iba a escucharte decirlo.

—Gracias por volver por mí —le dijo y apoyó su frente contra la de él.

—Siempre volveré, sin importar lo que pase, voy a encontrarte y a mantenerte a mi lado a salvo —prometió aunque sabía que ella no podría escucharlo.

Bea miró hacia el suelo con atención, tratando de mantenerse objetiva, pero no podía. Las ganas de estar con él habían crecido monumentalmente desde que se había enterado que él no pertenecía al lugar en el que había vivido por los últimos dos años. También interfería con su objetividad el hecho de que, ahora, ella se vería forzada a dejar su puesto y toda su vida como soldado. En el fondo le preocupaba el hecho de que estar juntos pudiera interponerse en las cosas que, al parecer, ambos tenían que hacer.

Oliver acunó sus mejillas con las manos y, con un movimiento suave, la instó a levantar el rostro, sonriéndole y obligándola a abandonar cualquier pensamiento. Una duda se abrió paso en la mente de Bea:

—Oliver, no termino de comprender cuál era la prisa que tenía Aimeé por tu matrimonio. Si regresas...

—No voy a casarme con nadie —le aseguró con una acción negativa; resopló y explicó—: Cuando todo esto dio inicio, ellos me dijeron que debía olvidarme de mi vida, tanto de mi pasado como de mi futuro, pues sería una persona diferente por tiempo indefinido. Si él despertaba podría volver a mi vida normal y si no... debía permanecer con esta identidad. La verdad es que no tuve problemas con eso. Pero casarme, involucrar a alguien más en la mentira, no me parecía correcto. Ellos querían una esposa para mí, pero también para él si despertaba, alguien frívola que no pudiese siquiera darse cuenta de que habíamos cambiado. A mí me inquietaban demasiadas cosas para hacerlo; y si terminaba enamorándome de ella o ella de mí, si moría o si tenía hijos y luego debía abandonarlos y... después llegaste tú.

Bea se percató de que le era en verdad difícil abordar el tema. Así que lo abrazó y lo instó a descansar su frente sobre su hombro mientras acariciaba su cabello de manera acompasada.

—Creí que si te decía todo... pero no podía —susurró él sabiendo que ella no podía escucharlo.

Cuando Bea se separó de él, lo sujetó de la mano y lo guio a la cama, se sentó y lo haló del brazo para indicarle que imitara su acción. Él le sonrió con cansancio, aceptó, se apoyó en la pared y la rodeó con sus brazos. Estuvieron así por un largo rato, hasta que ella se volteó para mirarlo.

—Debes volver —casi le ordenó, y él puso mala cara.

—Lo haré en unos días —repuso de malas.

—No. Tiene que ser pronto.

—No puedo abandonarte aquí. Podrían encontrarte.

—Puedo cuidarme sola —anunció y elevó el mentón con autosuficiencia. Él se rio con suavidad.

—Me preocupas, ¿qué vas a hacer ahora?

Bea lo pensó por unos instantes y cuando ordenó sus ideas, asintió para sí misma, como finalizando una discusión con su propia mente.

—La buscaré.

—¿A quién? —preguntó inquieto y ella produjo una imagen mental antes de contestar.

—A la chica de ojos azules —confesó decidida.

Oliver acarició su mejilla con los dedos mientras la miraba con intensidad.

—¿Es como tú? Quiero decir, ¿le sucede lo mismo que a ti?

—No lo sé. Solo la vi una vez, pero algo me dice que debo encontrarla. Partiré lo antes posible.

Oliver suspiró, frustrado.

—Podríamos estar juntos unos días.

—No es seguro. Si te encuentran conmigo no será nada bueno para ti.

—No me importa.

—Pues debería. Prométeme que volverás.

—No puedo prometerte eso ahora, Bea. No hablemos del tema; ya buscaré una solución después. Es hora de que aproveches el tiempo y descanses.

Oliver hizo el intento de ponerse de pie, pero ella lo retuvo y con un movimiento ágil, se sentó sobre sus piernas.

—¿Qué estás haciendo? —preguntó cuando Bea le rodeó el cuello con un brazo y con la otra mano delineó su rostro.

—Lo que me dijiste que hiciera. Aprovecho el tiempo.

—Me refería a que es hora de que duermas.

—No quiero dormir, aún. Quiero estar contigo. Tiempo… no es algo que tenga de más, pero me temo que, aunque tuviera cien años para estar contigo… no serían suficientes.

Él sintió que el latido de su corazón se aceleraba cuando Bea asió los bordes de las solapas de su camisa para instalo a acercarse. Él obedeció y le rozó con suavidad la boca con los labios. Bea cerró los ojos y se perdió en ese mismo instante, casi como si quisiese congelar el tiempo. Ella experimentó una fuerte y cálida sensación, algo muy diferente a lo que había sentido las veces anteriores. Pertenencia. Toda su vida había creído que no pertenecería más que al bosque con su padre, cortando maderos, pero en ese punto, se sentía como en un lugar que había sido diseñado específicamente para ella. Oliver la abrazó por la cintura con ímpetu, tomándola por los labios, urgente, pero a la vez, atendiendo a lo que ella le exigía con sus movimientos. Una oleada de placer se extendió por el cuerpo de Bea cuando él le sujetó la mano y con la palma abierta la dejó sobre su pecho, ella sintió el modo en el que latía rápidamente su corazón. Oliver notó que ella jugueteaba con sus labios, divirtiéndose y presionando con fuerza o con suavidad hasta que él separó los propios y le introdujo su lengua en la boca. Bea no retrocedió ante la extrañeza de aquel contacto sino que respondió gustosa a la cálida intromisión. Estando así, se sentía cómoda y llena de vida, expectante y emocionada.

Él, sonriendo, la recostó con lentitud en la cama. Una descarga de sensaciones estalló en el fondo de su estómago y en partes de su cuerpo que ni siquiera podía nombrar, cuando soportando su peso con los brazos para no aplastarla, él recorrió con sus labios su cuello suave y terso. Aguardó a que él la saboreara de nuevo;

la manera en que le exploraba el cuello era peculiar, íntima y excitante, y no pudo evitar que un leve gemido ascendiese por su garganta. Su cuerpo se relajó poco a poco y sus manos volaron hasta la cabeza de Oliver para acariciar los sedosos mechones.

Él se movió hacia un lado, atrayéndola con él y dejándola sobre su cuerpo. Bea volvió a besarlo lánguidamente y él acarició su espalda en círculos hasta que ella sintió que la caricia la hipnotizaba de tal manera que las fuerzas la abandonaron.

—Descansa —indicó y aunque no lo escuchó, supo lo que él había dicho.

A la mañana siguiente, Oliver se levantó temprano y observó a Bea que tenía la cobija entre las piernas y el cabello hecho un desastre. Se inclinó y la besó en la punta de la nariz. Ella sonrió entre sueños y él se incorporó, tomó un pedazo de papel y escribió una nota indicando que iría a buscar algo de comer y que no tardaría.

Ya fuera, al aire libre, quiso huir con ella lejos y empezar de nuevo; mas sabía que tenía una tarea que cumplir y que no podía dejar nada en manos del destino. Debía regresar por la noche, como Bea le había dicho, y debía tratar de poner todo en orden. No sabía… no tenía idea de cuánto tiempo iba a tardar para poner las cosas en orden. Debía decidir: elegir si regresar a la mansión o irse con ella y olvidarse de todo. La elección más difícil que había tenido que hacer en su vida. Cuando regresó a la cabaña, lavó las verduras que había conseguido y sacó unos huevos frescos, puso la sartén sobre la estufa y decidió subir a ver si ella estaba despierta. Subió de dos en dos los escalones de la escalera y abrió la puerta de la habitación.

—Prepararé el desayuno…

Pero estaba hablando solo. Bea no estaba en la habitación y decididamente no estaba en ningún lado de la cabaña. Oliver caminó hacia la ventana de la alcoba y aferró con tanta fuerza el marco que los nudillos se le tornaron blancos.

Cuando se volvió para salir de la habitación, percibió que la nota que él le había dejado era mucho más larga de lo que recordaba. Ella había escrito algo. Aferró la nota entre sus manos y se sentó en la cama para leerla. Al terminar se dejó caer sobre el colchón y miró hacia el techo por horas; aunque en la nota estaba muy claro que ella se había ido y no iba a regresar, él se quedó en el mismo lugar, esperando haber leído mal.

Libertad

Cuando la yegua se detuvo relinchando, Oliver bajó con agilidad y subió las escaleras de la mansión tan rápido que le costó mantener la respiración tranquila. Entró y la primera persona que se encontró en el comedor fue a Aimeé; estaba sentada mirando por la ventana más cercana con gesto cansado y unas ojeras debajo de los ojos negros. Al verlo entrar en el comedor la mujer de lentes se levantó y corrió para abrazarlo.

—Estoy tan feliz de que estés a salvo —le dijo mientras él la estrechaba contra su pecho.

—¿Los soldados?

—El sargento Dimitri vino a verme y le he dicho lo que he creído correcto. Rolo le planteó la situación de un modo horrible. Yo lo rectifiqué. Se han ido ya, pero Dimitri ha parecido creer mi versión de la historia y, aunque debe buscarla, no creo que se tome muy en serio la tarea.

Oliver sintió un tremendo alivio en el pecho.

—¿En dónde está Rolo?

—Ha pedido una junta con los miembros de la cámara del Parlamento.

292

—Bien. Prepara el auto, recojo algo de la oficina y te veo afuera.

Aimeé asintió y Oliver salió del comedor y caminó en dirección a la oficina; al llegar, abrió el cajón con la llave que había guardado y sacó las fotografías, las guardó dentro de una carpeta flexible y se dirigió al auto.

En el trayecto le contó a Aimeé todo lo que había descubierto mientras ella apretaba las manos en puño y se quejaba de Lord Canvil y de Rolo. El camino se les hizo realmente largo. Cuando por fin llegaron al magnífico edificio se apearon y se apresuraron a entrar y a subir al ascensor.

—Es una suerte que no nos hayamos topado con nadie —anunció Oliver y Aimeé convino.

—Al parecer están todos reunidos en la sala de juntas.

—Perfecto.

Oliver se llenó el pecho con una bocanada cuando salieron del ascensor, esperando no tener que librar ninguna batalla antes de estar en la sala. Le ofreció el brazo a la mujer que caminaba a su lado y se dirigieron a las colosales puertas de la sala de reuniones.

El barullo se convirtió en silencio cuando entraron por las puertas y todos se quedaron estupefactos al verlo allí. Rolo y Lord Canvil, que estaban liderando la sesión, se giraron y fruncieron el ceño sin comprender de qué se trataba todo eso.

—¡Este hombre es un traidor! —exclamó Rolo, señalándolo con el dedo índice.

—¿Un traidor? —preguntó Oliver, con tono sarcástico.

—Has desaparecido en compañía de una bruja. Eso habla muy mal de ti.

—Yo no he huido en compañía de nadie —negó él acallando las voces bajas de todos los presentes.

—¿En dónde está la bruja?

—No está conmigo. Lamento que no sea eso lo que les hubiese gustado escuchar.

—Sáquenlo —ordenó en tono helado Lord Canvil a un lado de Rolo, pero Oliver levantó el folder en el aire.

—Un minuto. Antes de que decidan hacer cualquier cosa, necesito unas palabras con los miembros de la cámara. ¿Me permiten? —preguntó a los demás caballeros sentados alrededor de la larga mesa. La mayoría asintió.

—¿Cómo va a defenderse de lo que le acusan haber hecho? —cuestionó uno de los hombres mientras se acomodaba la corbata.

—No tengo que defenderme. Nada de lo que acaban de decir es verdad. Todo lo que ellos han dicho es una mentira.

—¡Calumnias! —gritó Rolo mientras lo miraba enfadado y rojo de furia.

Oliver, no obstante, arrojó las fotografías a la mesa y todos los miembros se levantaron para ver de qué se trataba.

—¿A qué viene todo esto, excelencia? —cuestionó otro que estaba cerca de él. Tanto Rolo como Lord Canvil se inclinaron para ver de cerca las fotografías y Oliver sintió una punzada de alegría cuando el color de sus semblantes desapareció.

—¿No es el hombre que quiso asesinarle? —inquirió uno de ellos al ponerse los anteojos y observó la fotografía con atención.

—En efecto. Es el mismo hombre —afirmó Oliver al mostrar las fotos.

—¿Qué tiene que ver una cosa con la otra? —preguntó Lord Canvil con el rostro desencajado.

—Sucede, querido amigo —subrayó Oliver sarcásticamente, caminando hacia él—, que la persona que intentó asesinarme, tiene una marca en el pecho. Un tatuaje… idéntico al que tienes tú, en el mismo lugar —dijo girándose hacia Rolo y señalándolo con el dedo.

Un murmullo se extendió por toda la habitación y Rolo, enfurecido, negó con vehemencia.

—Es mentira.

—No lo es —aseveró. Se giró hacia todos, elevó la voz y continuó—. Si este hombre no tiene esa misma marca en el pecho, renunciaré a mi cargo y a mi título sin causarles molestias.

—¡Descúbrete truhan! —gritó Aimeé con los ojos llenos de lágrimas.

—Además —agregó Oliver con voz cansina—, hay otra persona en esta sala que lleva el mismo tatuaje. La misma persona que planeó el asesinato de mis padres y el mío en varias ocasiones, aparte de haberle pagado una cuantiosa suma a la persona en la que más confiaba, para facilitarle información.

Todos giraron la cabeza mirándose unos a otros, hasta que Oliver apuntó con el dedo índice al hombre detrás de Rolo.

—Jaque mate —susurró y el hombro lo miró con tanto odio reflejado en sus pupilas que Oliver supuso que en cualquier momento se lanzaría sobre él, pero a diferencia de lo que creyó, Canvil dio media vuelta y corrió hacia afuera de la sala. Rolo intentó seguirlo pero Oliver les hizo una seña a los guardias para que lo detuvieran.

—¡Soy inocente!, ¡él me indujo a hacerlo, Sebastián! —exclamó y cabeceó hacia las puertas abiertas por donde había salido Canvil, seguido de tres guardias.

—Díctenle sentencia y sáquenlo de aquí —ordenó Oliver mirando a los miembros de la cámara y salió rápidamente detrás de Canvil.

Cuando lo encontró, estaba forcejeando con los tres guardias que lo tenían de los brazos. Oliver se acercó a él y lo miró despectivamente.

—Voy a matarte —murmuró Canvil—, y a ella también. No sé en dónde la escondiste, pero la encontraré y terminaré con la vida de ambos —dijo con seguridad, apretando los dientes.

Oliver se acercó a él y colocó sus dos manos en la camisa de Canvil, la haló hacia los lados para romperla y dejó a la vista el tatuaje. Lo miró tratando de digerir todo lo que había sucedido y negó.

—No lo harás. Si lo intentas, te mataré antes de que le pongas un dedo encima. Llévenselo.

Oliver escuchó los últimos insultos e improperios que le lanzó el hombre y descansó la espalda en el muro cercano a donde estaba.

¡Por fin había finalizado todo!

Dos días después, Miguel apareció con toda la información restante que el administrador había guardado durante mucho tiempo: datos de las malas jugadas que Rolo le había hecho al duque, añadiendo más tiempo a su condena. Proporcionó datos en papel de todas las pertenencias de Sebastián, que incluían un gran número de obras de arte, pinturas, esculturas y algunos bienes monetarios que estaban guardados en una cuenta diferente.

Un mes después, acostado en su cama, Oliver miraba sin observar. Su mente estaba vacía y solo el pensamiento de Bea se presentaba continuamente. Metió la mano debajo de su almohada y tomó con firmeza la nota que ella había escrito, para leerla de nuevo.

Querido Oliver:

Lamento mucho no poder despedirme de ti frente a frente, pues mucho me temo que no tendría el valor de dejarte si lo hiciera de ese modo. Creo que ambos tenemos responsabilidades que cumplir y en especial tú; debes terminar lo que comenzaste. Presiento que el estar juntos ahora nos podría obligar a dejar las cosas a medias y llegué a la conclusión de que en este momento nos rebasan las circunstancias. Tal vez vas a odiarme por eso. Recuerdo que la noche en la que nos conocimos me confesaste cómo te molestan esos libros de drama en dónde las parejas terminan abandonándose por las razones incorrectas... temo que también seremos como los protagonistas de esos libros.

Sé que podrás conseguir resolver las cosas, pero no puedo esperarte sin poner en riesgo tu vida o la mía. Nuestros caminos se separan hoy, pero estoy segura de que nos volveremos a encontrar, si el destino lo permite.

No pongas en duda, jamás, mis sentimientos por ti. Te amo y espero que puedas entender que, gracias a las vidas que hemos decidido llevar, aunque ahora nos separan, hemos podido encontrarnos. No me olvides…

Bea.

De pronto, la puerta de su habitación se abrió y entró por ella Aimeé. Oliver se levantó como impulsado por un resorte y miró a la mujer que estaba con los ojos llorosos y una sonrisa mientras se llevaba las manos al pecho.

—¡Ha despertado! —sollozó con las lágrimas cayéndole por las mejillas. Oliver caminó con paso lento hasta ella y la abrazó.

—¿Cómo se encuentra?

—Desorientado, pero feliz de estar vivo —dijo Aimeé contra su pecho y Oliver sonrió. Por primera vez en casi tres años, podía volver a respirar la libertad.

Epílogo

Acompañado de una cuantiosa recompensa en kurdos y del eterno agradecimiento del duque de Valte y de su tía, Oliver dejó la mansión con unos pantalones gastados, una playera de color negro y con la mochila al hombro. Justo como había llegado.

Sus obligaciones habían terminado y lo que le quedaba ahora era encontrar a Bea. No iba a quedarse con los brazos cruzados y supuso que ella ya le llevaría una buena ventaja. La echaba de menos. En esos instantes, mientras recorría las calles, se preguntaba cómo había podido aguantar tanto tiempo sin ir a buscarla, sin verla, sin hablarle... Era una locura. Estar enamorado era mucho más difícil de lo que él había creído.

Necesitaba encontrarla, pero había algo que tenía que hacer antes de poder buscarla. Cuando llegó a su destino, preguntó a todas las personas con las que se topaba, por el carpintero al que llamaban "El ermitaño". Y así, llegó a la casa de Bea. Era como él la había imaginado cuando ella se la había descrito. Tomó aire, se acercó lentamente y estando frente a la puerta de madera, tocó tres veces. Una jovencita le abrió la puerta y lo miró recelosa.

—¿Qué se le ofrece?

—Buenas tardes. Soy… un amigo de Bea.

La chiquilla lo miró de arriba abajo, se encogió de hombros y se volvió hacia adentro de la casita.

—Señor Benjamín, buscan a Bea —anunció.

La voz de un hombre mayor se escuchó desde adentro.

—Permítele pasar.

La joven se movió de la entrada y Oliver entró despacio, dejando su mochila en el suelo a un lado de la puerta. Lo invitó a ocupar una silla frente a la mesa y él caminó hasta esta y se sentó justo en el momento en el que, de una pequeña habitación, salía, ayudado por un bastón de madera un hombre canoso y moreno.

Oliver se levantó y le alargó la mano. Benjamín lo miró con una expresión de incomprensión pero, después de unos segundos se inclinó para verlo mejor, sonrió y estrechó su mano.

—Un gusto conocerte, Oliver. Bea me ha contado mucho sobre ti. Lamentablemente —agregó mientras se sentaba—, ella ya no está aquí. Llegaste dos semanas tarde. Parece que fue en busca de otro topo dorado —dijo burlón.

—Créame, me hubiera encantado haber podido estar aquí hace dos semanas; empero, varias cosas me han mantenido ocupado y no he podido deshacerme de ellas.

—Lo sé. Para como ella me lo puso, pensé que tardarías por lo menos seis meses más.

—¿Ella le contó…?

—Me contó lo que necesitaba contarme, pero no más.

Oliver afirmó con la cabeza y luego le dio las gracias a la joven que le ofreció una taza de té.

—Lamento que hayas viajado hasta aquí y no puedas verla.

—Bueno… la verdad es que me alegra que ella no esté aquí —confesó él cruzando los dedos que abrazaban la taza de té. Ben se mostró intrigado.

—¿Ah, sí?

—Sí. De hecho he venido a verlo a usted específicamente.

—Vaya. Hace años que no tengo una visita. Dime, ¿qué puedo hacer por ti?

Oliver bebió un sorbo de su té y sonrió cuando dejó la taza sobre la mesa. A continuación sacó de la bolsa de su pantalón la pequeña esfera que Bea le había dado. Una de sus lágrimas. Sonrió al sentir el tacto de esta entre sus dedos y con mirada decidida, enfrentó a Benjamín.

—Verá. Hay algo que quiero aprender… y necesito su ayuda.

Sonriendo ampliamente, recordó el listón floreado que estaba en su mochila. Él se iba a encargar de regresárselo.

Made in the USA
Middletown, DE
12 May 2024